江苏省社会科学基金重点项目（22ZWA002）

Dangdai Wenxue
Piping Lilun Yu Shijian

当代文学批评

理论与实践

李新亮 著

中央民族大学出版社
China Minzu University Press

图书在版编目（CIP）数据

当代文学批评理论与实践 / 李新亮著 . —北京：中央民族大学出版社，2023.2 （2023. 9 重印）

ISBN 978-7-5660-2179-3

Ⅰ . ①当… Ⅱ . ①李… Ⅲ . ①中国文学 - 当代文学 - 文学评论 Ⅳ . ① I206.7

中国版本图书馆 CIP 数据核字（2022）第 253232 号

当代文学批评理论与实践

著　　者　李新亮
责任编辑　杨爱新
封面设计　舒刚卫
出版发行　中央民族大学出版社
　　　　　北京市海淀区中关村南大街 27 号　　邮编：100081
　　　　　电话：（010）68472815（发行部）　传真：（010）68933757（发行部）
　　　　　　　（010）68932218（总编室）　　　　（010）68932447（办公室）
经 销 者　全国各地新华书店
印 刷 厂　北京建宏印刷有限公司
开　　本　787×1092　1/16　　印张：14
字　　数　180 千字
版　　次　2023 年 2 月第 1 版　2023 年 9 月第 3 次印刷
书　　号　ISBN 978-7-5660-2179-3
定　　价　68.00 元

目　录

一　理论

2　当下文学批评的三种"病症"

12　接受理论与解构主义的阅读差异

23　回到现场的文学批评

——以汪政、晓华的文学批评为例

34　文学作品中视觉与听觉的分化

49　论复调小说的诸种形式

62　论新时期高尔泰的美学追求

二　思潮

76　论现代小说的音乐性

88　现代小说叙事节奏的音乐性

101　现代小说中的艺术跨界与文体互参

119　辛亥革命时期白话文学的兴起与发展

135　清末民初白话报刊的兴起、发展及影响

151　战争美学中的悲剧人文主义

——战争题材电影如何表现当代中国大众的情感结构

三　作品

164　毕飞宇的现实主义及其叙事策略
177　论毕飞宇小说的写作美学
187　中国叙事传统的现代转换
——葛亮的长篇小说《朱雀》《北鸢》合论
204　舌尖上的人生艺术
——解读美食纪录片《舌尖上的中国》
212　《蒹葭》的形式分析

217　后　记

1

一 理论

当下文学批评的三种“病症”

中国当下文学批评呈现出学院批评、作家批评与媒体批评互相交织的局面。文学批评的各种“病症”日益凸显，具体来说，第一，学院批评对作为文学批评方法论工具的文学理论极为推崇，以至于文学批评成为各种理论的实验场，成了“理论”批评；第二，当下文学批评呈现出从文学批评到批评姿态彰显的转变，一些批评家的文学批评不是为了探究文学创作经验与理论方法而是为了凸显自己与众不同的观点与立场；第三，当下文学批评少了一些真诚而深刻的求疵的批评，多了寻美的批评，由此导致批评品格丧失、庸俗批评大行其道的批评病象。

蒂博代在《六说文学批评》中将文学批评分为自发的批评、职业的批评与大师的批评三种类型。按照他的解释，这三种类型似乎正好对应着当下文学批评中媒体批评、学院批评和作家批评三分天下的格局。蒂博代在谈到这三类批评时，尤为强调说：“应该把这三种批评看做三个方向，而不应该看做固定的范围；应该把它们看做三种活跃的倾向，而不是彼此割裂的格局。三个之中，几乎没有一个愿意承认另外两个有独立存在的权利。任何一个都不以做一部分为满足，他们要独霸天下，都要占有批评的全部，都要成为批评的生命。”[①] 遗憾的是，中国当下的文学批评不是作为

① 蒂博代：《六说文学批评》，赵坚译，北京：生活·读书·新知三联书店，2002年，第46–47页。

三种批评的倾向而存在，却是真正“彼此割裂”的局面：彼此之间，各自为政。媒体批评认为：“学院批评假深沉，不说人话，老百姓谁能看得懂啊？看不懂，就没有存在的价值！”① 学院批评则认为：“现在的读者啊，简直不知道什么是好，什么是坏！没人愿意静下心来好好看看真正的批评家文章，以明白点学理，得到点知识，熏陶些思想，只知惟传媒是听！”② 作家批评更是直接否定文学批评家存在的合法性，在1998年《北京文学》的一份作家调查问答中，作家朱文说：“最好的文学批评都是作家写的。批评家这个行当很特殊，容易让人变态，或者说，变态的家伙容易选择这个行当。”③

毫无疑问，这是一个文学批评混乱的时代。韦勒克曾对20世纪的文学批评做过这样的论断：“十八、十九世纪曾被人们称作‘批评的时代’。实际上，二十世纪才最有资格享有这一称号。在二十世纪，不仅有一股名副其实的批评的洪流向我们汹涌袭来，而且文学批评也已获得了一种新的自我意识，在公众心目中占有了比往昔高得多的地位。”④ 如果他能看到中国当下的文学批评，这种不无自豪的情怀无疑会变得悲观与无奈。曾经风光无限的文学批评的时代早已风流云散，批评标准失范与批评团派林立直接导致文学批评的失效。当下文学批评的各种“病症”在此环境中也愈加凸显。

一、从“文学”批评到“理论”批评

中国当下文学批评的第一个“病症”表现为从“文学”批评到“理论”

① 静矣：《媒体批评与学院批评》，《南方文坛》，2001年第3期。

② 静矣：《媒体批评与学院批评》，《南方文坛》，2001年第3期。

③ 朱文：《断裂：一份问卷和五十六份答卷》，《北京文学》，1998年第10期。

④ 韦勒克：《批评的诸种概念》，丁泓等译，成都：四川文艺出版社，1988年，第326页。

批评的批评怪状。这一批评怪状的深层“病理”源自文学批评对批评方法论的极度推崇，文学理论作为文学批评的方法论工具，被推崇到史无前例的高度。文学批评被缩小到“理论”这一狭窄范围。无论一篇批评作品如何具有洞见，如果没有运用新的文学理论作为批评的方法论来支撑，那么它也不过是一篇浅薄而没有深度的文字。文学批评已经沦为文学理论的试验田，一些批评家感兴趣的不再是从对具体文学作品的批评中总结出批评经验，而是热衷于将各种新式的文学理论应用在具体的文学批评实践中。

新时期以来，随着欧美文学理论的大量译介，心理分析、原型批评、新历史主义、后殖民主义、女性主义等文学理论流派成为文学批评强而有力的理论工具，一些批评家以这些理论作为方法论进行文学批评，不断地进行经典重释，最终发现每一种理论都可以在文学批评的园地中结出丰硕的成果。例如，福柯的理论被引进后，让文学批评界为之一振，批评家们争相将之运用于文学批评实践之中，并且乐此不疲。陈平原对此曾有过一针见血的论述，他说：“九十年代以后，我们懂得了福柯，动不动往权力、往阴谋、往载制方面靠，每个人都是火眼金睛，看穿你冠冕堂皇的发言背后，肯定蕴藏着见不得人的心思。不看事情对错，先问动机如何，很深刻，但也很无聊。”① 在这里，归根结底还是文学批评的起点问题，到底是理论先行还是艺术感觉先行，即从理论出发解读作品，还是从作品出发探询理论。中国传统的文学批评向来重视整体感知的印象批评，批评家在对作品有了艺术感觉之后才进行理性的文学批评，而如今，理论先行的批评则是凭借“万能”的文学理论对各种作品进行分析，并对印象批评嗤之以鼻，以为那不过是缺乏“科学性”与“客观性”的感性抒发罢了。为此，面对20世纪80年代盛行的印象批评，王宁在1990年率先提出学院派批

① 查建英：《八十年代访谈录》，北京：生活·读书·新知三联书店，2006年，第132页。

评，王宁认为：学院批评“与直觉、印象批评有着本质区别，它也不同于一般的文学批评鉴赏或文化批评。学院派并不是一个有着完全一致的理论背景或美学观点的批评流派，而是代表了当今中国文学批评的多元格局中的一种倾向或一种风尚。它应当同直觉印象式批评和社会历史批评一起，形成90年代中国文学批评的‘三足鼎立’之格局”①。较之王宁的温和态度，南帆对20世纪80年代印象批评的态度则更为尖锐，他说：“学院派批评的确看不上信口开河的印象主义批评。二两烧酒，一点才情，三钱想象，添加些许忧郁的表情或者泼皮般的强调，这种配方炮制出来的文学批评不过是一些旋生旋灭的即兴之论。”②学院派批评是对20世纪80年代文学印象批评和社会批评的超越，是一种走向学术化和学理化规范的文学批评。在这之后，南帆又在《90年代的“学院派”批评》一文中再次肯定“学院派”批评：“尽管文学批评是一种作品的解读，但这种解读最终体现为理论性的学术话语。学术意味着历史积累、学科规范和学科逻辑。”“‘学院派’批评恰是通过学术话语实现个性的。概念的严密运作并没有成为个性表现的障碍，相反，学术话语的丰富往往使独到的思想如鱼得水地展开。个性的强调甚至已经使‘学院派’批评出现了‘审美化’的倾向。迭出不穷的崭新的概念和理论体系证明了思想个性的踊跃与生机。学术话语的个性化很大程度地表现为批评家对于分析过程的倾心和享用。精彩的拆解、揭露和奇思异想甚至时常闪烁出智慧和深刻，但他们却不在乎这些见解是不是触及这个时代之中最有分量的问题。”③谈到文学批评的学术化，不免让人想起20世纪90年代初，王元化先生与李泽厚先生关于学术与思想的对话。李泽厚认为，90年代是一个“思想家淡出，学问家凸显”的

① 王宁：《论学院派批评》，《上海文学》，1990年第12期。

② 南帆：《学院派批评又有什么错？》，《中华读书报》，2003年6月25日。

③ 南帆：《90年代的“学院派”批评》，《天津社会科学》，1994年第2期。

时代[①]，王元化先生则认为应积极倡导“有思想的学术和有学术的思想”，因为“思想可以提高学术，学术也可以充实思想。它们之间没有‘不是东风压倒西风，便是西风压倒东风’那种势不两立的关系”[②]。文学批评在面对思想与学术分裂时，更多地偏向了学术。所以，思想可以暂且放在一边，应强化学术规范。当然，强调规范并不是什么坏事，但是，一味追寻规范而压抑思想，倒不如没有规范的思想。

一种新批评理论绝不是凭空产生的，大多是从具体的作品批评中归纳出来的。欧美的文学批评家们所提出的批评理念和批评策略无不是建立在对文学作品细致分析的基础上。罗兰·巴特通过对《少年维特之烦恼》与《萨拉辛》的解构分析阐释了其解构主义的“文本理论”。巴赫金则通过对小说《巨人传》与《罪与罚》的分析阐释其狂欢化理论与复调对话理论。他们的文学批评都是从对具体作品的分析开始，而不是做一种纯粹形而上学思辨性的哲学美学分析。可是，现在一些文学批评家们已没有了耐心与定力，他们不再像罗兰·巴特和巴赫金那样通过对一部作品的细致分析来得出一种崭新的文学批评方法。文学批评，源自一种文学感觉，最终走向一种理论范式。但是，如果文学批评非得要哲学理论才显得深刻而富有思想，具有学理性，那么，这将是个较大的误解。当下的文学批评需要的是一种对作品的真切感受，而不是从概念到概念，从理论到理论的哲学思想的呈览。

王德胜就曾指出学院派批评最为根本的病症：“文学批评本来就是一桩理论范围里的事情，但它之不同于文学的一般理论或理论研究，乃是它同文学创作实践过程和文学现象之间的联结，不是空泛、抽象、概念性的关系，而是建立在批评指向上的直接性、确定性、具体性和批评规范的可

① 李泽厚:《思想家淡出，学问家凸显》,《二十一世纪》，1994年6月号。

② 王元化:《清园近思录》，北京：中国社会科学出版社，1998年，第54-55页。

操作性运作过程之上的；其间所产生的，是批评意图和批评过程的相对应的有效性，文学批评的过程与文学创作、文学作品、作家、文学接受方式之间，在结构上是同一的；批评家不可能超越文学存在的现实利益而自我精神漫游。”① 学院批评拒绝情感、经验等一系列富有个人生命气息的词语，认为唯有理性分析才是理解文学的唯一正途，理论之外无一物。说到底，这是一种唯理式的批评，是一种反人文性的批评。所以，我们应该对那些精心于文学文本分析的学者表示由衷的敬重，因为现在的文学批评离文学越来越远，文学批评成了所谓批评家们挥着理论快刀肆意砍伐的试验场。

二、从文学批评到批评的姿态

中国当下文学批评的又一“病症”表现在从文学批评到批评的姿态的转变。文学批评的对象自然是作家、作品和创作思潮，其核心本质是通过对文学现象的描述与分析总结文学创作经验与理论方法。然而，当下的文学批评却背离了这一核心，彰显的是批评家的态度与立场。一些批评家通过文学批评来突显自己与众不同的观点与立场，甚至为此目的，不惜文风夸饰浮华，用词刁钻刻薄。这是当前文学批评的又一重大“病症”。对于这一批评，时下学界给予其特殊的称谓，即“酷评”。如果说学院派批评是一种秉持理论之外无一物的批评，那么酷评则强调“自我之外无一物”，这与学院批评犯了两个不同极端的错误。

文学批评，感字当头，现已逐渐难见其风采。文学批评不是一个唯理论是从或用某一个博大精深的理论作为框架，然后硬从作品中牵强附会地

① 王德胜:《“学院派批评”二疑》,《文学自由谈》，1993年第1期。

摘取只言片语来充作论据的话语系统，也不仅仅是一个自我满足、自娱自乐的话语系统。文学批评的真正价值在于对作家创作的影响与提升，在于批评家独特的审美判断与文学观点，在于引导读者理性、科学地鉴赏作品，在于对文学史书写的贡献。的确，批评家的批评立场是文学批评的核心部分，一个立场分明和有审美价值、判断理性、客观的文学批评文本自然是批评之佳作，然而，若是一味地彰显自己的批评立场，将自己凌驾于作品之上，甚至是道听途说便随意评论，将文学批评作为张扬自己身份的一种途径，那便走向文学批评的误区了。由于当下商业、媒体甚至是人际关系等各种错综复杂的因素，这种凸显姿态的"酷评"正大行其道。例如，前几年，各种以《×××批评书》和《×××批判书》命名的书在社会上大行其道，纷纷畅销，追溯其源头是1999年出版的《十作家批判书》，该书一出版狂销二十多万册，创下了当时的销售记录。2004年，北京理工大学出版社出版《十作家批判书》续篇，再度掀起了销售的狂潮，编者如此宣传："此书的出版已被视为中国当代文学史的一个事件。"而此书仅仅是出版者策划的批判系列丛书中的一本。由此，批判的矛头指向各个领域，各行各业的批判书风起云涌①，看谁批判得彻底，看谁批判得凌厉，既然是批判，那就索性做到最酷。于是，批判酷评之风几乎风靡了各个领域。虽说"酷评"是一种建立在商业文化、社会时尚基础上的文学批评现象②，有其一定的合理性和需求性，但文学毕竟不是现实社会，而是有其自身独特的话语系统，文学批评不需要刻意追求时尚，更不能媚俗。如果

---

① 类似的图书有：《与魔鬼下棋——五作家批判书》（苍狼、李建军、朱大可等著，中国工人出版社，2004年版）、《十美女作家批判书》（他爱著，华龄出版社，2005年版）、《十少年作家批判书》（黄浩、马政主编，中国戏剧出版社，2005年版）、《十导演批判书》（苏七七等著，中国戏剧出版社，2005年版）、《十诗人批判书》（伊沙等著，时代文艺出版社，2001年版）等。

② 姚楠：《酷评：一类反调的文学批评时尚——世纪之交文学批评论》，《文艺评论》，2004年第4期。

酷评这种高姿态的文学批评现象长期占据批评主流，批将不批，评将不评，对文坛乃至文学史的危害不可估量。勒庞研究群体性心理的《乌合之众》一书就让人看到了这种可拍的担忧，他说：如今，“将酷评进行到底”，甚至成了一些酷评家的口号，大有“将牢底坐穿”的气魄。酷评，在虚张声势的观众热捧中走上了一条不归路。李建军也曾在《时代及其文学的敌人》一书中指出：酷评是一种“锋芒毕露、咄咄逼人、动机不纯、效果不好的批评”①。

文学批评要在作家、作品、创作思潮等多元化的文学现象面前有自己的态度，不能人云亦云，不能随大流。这种“自己的态度”是指基于对作家作品、文学思潮熟知的基础上生发出来的感性判断与审美鉴赏力，和批评家自身的理论视野与理性批判精神结合而形成的一种文学批评的价值立场。批评家要有种肩负文学之兴衰的历史使命感，切不可沽名钓誉。只有坚持这种感性与理性、文本与理论、经验与直觉相结合的批评态度，文学批评才能真正起到“批”与“评”的作用，才能较为客观、科学地呈现文学的面貌，引领读者阅读，文学批评才会真正走出当下的误区。

三、从求疵的批评到寻美的批评

中国当代文学批评的第三个“病症”表现为从求疵的批评到寻美的批评的转变。20世纪80年代，文学批评经历了从舆论性功能的文学批评向“纯文学化”批评的转型。到了90年代，文学批评在理论的多元、批评规模的多样化、批评家队伍以及批评专著的数量和质量等各个方面取得了令人瞩目的成绩，然而，在面对各种各样的西方新理论的冲击时，文学批评

① 李建军：《关于“酷评”》，《文学自由谈》，2001年第1期。

也开始唯理论是从，其自身的批评规范与创新精神受到了严重挑战，批评的功能渐渐淡出，赞美之声凸显。进入21世纪以来，文学批评更是呈现出一种寻美批评的倾向。作家作品还未问世，各大媒体、广告已大篇幅地对其进行一番吹捧。在商业化的社会，媒体要生存，本无可厚非，但作为供读者阅读与鉴赏、评论家评论的作家作品想方设法地利用媒体名不副实甚至是黑白颠倒地进行宣传，以引起读者与批评者们的关注，进而博得其名声大振，这似乎过于功利化。文学本是精神世界的事，本不该掺和太多世俗的东西。但奇怪的是这种商业和功利性的意图如其所料地奏效。尽管读完作品后不时有种雷声大雨点小的失落、失望感，但评论家们似乎都不愿驳媒体、作家们的面子，文学批评一片叫好，拼命寻找其作品的“闪光点”，对其缺陷尽量避而不谈。我们可以静下心来，仔细想想有多少批评家脱离和超越了媒体提供的视角与思路？又有多少平庸之作甚至不堪阅读之作因批评家的评论而“熠熠生辉”？

“表扬化”暴露出批评家与作家“零距离”的庸俗关系。王彬彬对此做了这样的描述：如今的批评家与作家“那可是亲密到了甜腻的程度，仿佛在度着永远也度不完的蜜月。批评家‘保姆式’的服务，批评家跟屁虫式的‘表扬’，令作家感到被伺候得十分舒服。于是他们与批评家之间也就亲如兄弟。但要让他们发自内心地对这样的批评家敬重敬畏，那可就‘难矣哉’了”①。鲁迅先生早在《骂杀与捧杀》一文中就说：“其实所谓捧与骂者，不过是将称赞与攻击，换了两个不好看的字眼。指英雄为英雄，说娼妇是娼妇，表面上虽像捧与骂，实则说得刚刚合式，不能责备批评家的。批评家的错处，是在乱骂与乱捧，例如说英雄是娼妇，举娼妇为英雄。”② 批评家要理性客观地进行文学批评。要做到理性客观，就要秉持争

---

① 李建军:《十博士直击中国文坛》，北京：中国工人出版社，2004年，第45页。

② 鲁迅:《鲁迅全集》第5卷，北京：人民文学出版社，2005年，第615页。

论与怀疑精神。批评家要敢于求疵、争论与审辩，勇于追求真理。

别林斯基面对论敌的责难和攻击，丝毫不退缩，他有他的原则：“当问题述及真理，述及艺术的利益的时候，我的确不喜欢宽容。”① 当他发现果戈理的创作出现严重倒退时，坚定的艺术立场促使他对果戈理后期的一些作品，特别是《死魂灵》第二部进行毫不留情的批评和抨击。② 与别林斯基相比较，那些对一些不堪阅读的作家作品熟视无睹，甚至对一些精神庸俗和品格低下的作品给予令人难以置信的高度评价的批评家们，是否应该反思一下其作为评论家的规范与操守？与别林斯基般的不讳缺陷与瑕疵的批评相对照，那些功利性的寻美的批评是否应该反思一下到底何谓文学批评？

求疵批评是一种意气风发的批评。当代文学批评很大程度上缺乏的就是这种批评的锋芒与锐气，更多地呈现出一种言不由衷的批评。许多批评家私下里对部分当代文学作品表示不满，认为其水平之低不堪阅读，可是一旦涉及具体的作家作品便哑口无言。这种批评的“失语”无论是由于批评能力的丧失还是由于人情关系避而不谈，反映的都是真正批评的阙如。于是，庸俗批评大行其道便有了存在的理由。而那些基于具体作品分析的求疵批评就越发显得真诚可贵。如果批评家们放弃了自由独立精神，丧失对是非争论的怀疑精神和理性的批判、求疵精神，那么文学批评将会走向衰退，甚至会消亡。

---

① 别林斯基：《别林斯基的话》，《文学的幻想》，满涛译，合肥：安徽文艺出版社，1996年，第422页。

② 别林斯基：《给果戈理的一封信》，《别林斯基论文选》（上），满涛、辛未艾译，上海：上海译文出版社，2000年，第581页。

接受理论与解构主义的阅读差异

接受理论与解构主义的阅读理论构成了西方 20 世纪后期文学理论中一次鲜明的理论转向。在这一理论转向中，读者这一以往备受忽视的要素一跃成为文学四要素中的主导因素，从而掀起了阅读理论中的一场读者革命。虽然，接受理论与解构主义在阅读理论中有许多共性，但是，其差异亦同样明显，具体展现在三个方面：第一，接受理论将作者看作读者阅读的合作者，而解构主义的阅读则决然地否定作者的存在；第二，接受理论强调阅读作品是要体现读者的创造性并最终确认一种意义，而解构主义则把阅读看作是读者解构文本符码的能指游戏；第三，接受理论十分强调阅读的历史语境，而解构主义的阅读理论则表现出一种超历史语境与反人文性的游戏姿态。这三组差异，揭示了接受理论与解构主义是两种不同范式的阅读理论。

按照雅各布森的信息发送者 — 信息符码 — 信息接收者的语言交流模式，文学活动对应的是作者 — 作品 — 读者这样一个语言交流模式。在经历了19世纪浪漫主义对作者的无限推崇与20世纪一系列形式主义文论对作品结构的精微分析之后，读者从文学四要素中脱颖而出，一跃成为文学批评的主体。于是，阅读理论成为西方当代文学理论中的一个重要转向。对此，特里・伊格尔顿曾做过总结："人们的确可以把现代文学理论大致分为三个阶段：全神贯注于作者阶段（浪漫主义和19世纪）；绝对关心作品阶段（新批评）；以及近年来注意力显著转向读者的阶段。”① 张隆溪的概述与之不无相似，他说：“二十世纪形形色色的西方文论如果说有什么明显的总趋势，那就是由以创作为中心转移到以作品本身和对作品的接受为中心，对十九世纪实证主义的理论和研究方法步步逼近地否定。批评家的目光从作者的社会背景、身世缩小到作品，从作品整体缩小到作品的语言文字，从阅读的作品缩小到作品的阅读，以至于研究阅读而抛开作品，使批评本身成为一种创作。”② 艾布拉姆斯索性将之称为“阅读时代”的来临：“在本世纪中叶达到顶峰的批评时代已经让位给阅读时代；批评时代的美国新批评和欧洲形式主义者发现了作品本身（work-as-such），当下的文学理论家则发现了读者本身（reader-as-such）。”③

在20世纪后期诸多的文学理论流派和思潮中，联邦德国康斯坦茨大学以姚斯和伊瑟尔为代表的接受理论与以德里达、“耶鲁学派”和罗兰·巴特等人为代表的解构主义批评理论都把重心放在了阅读上，秉持以读者为中心的阅读理念，突出读者在文学作品的存在和意义构成中所起到的重要作用，由此而掀起了一场阅读理论中的读者革命，并逐渐发展为西方20世纪后期文学理论与批评的重要话语方式和批评流派。由于接受理论与解构主义兴起的时间都在20世纪60年代末期④，所以很难分清谁受谁的影响。有学者认为，“正是接受美学的创立，才导致文学研究中心的转移，

---

① 特里·伊格尔顿：《二十世纪西方文学理论》，伍晓明译，西安：陕西师范大学出版社，1986年，第94页。

② 张隆溪：《二十世纪西方文论述评》，北京：生活·读书·新知三联书店，1986年，第6页。

③ M.H.艾布拉姆斯：《以文行事》，赵毅衡译，南京：译林出版社，2008年，第251页。

④ 一般来说，接受理论兴起的标志事件是1967 年姚斯《作为向文学科学挑战的文学史》一文的发表，解构主义兴起的标志事件是1966 年解构主义的创始人德里达访问美国，在约翰·霍普金斯大学发表了轰动性的演讲——《人文科学中的解构、符号与游戏》，对美国知识界产生了极大的冲击力。

即由过去的以本文为中心转移到以读者为中心，从而使文学研究的趋向发生了根本的变化。”[①] 也有学者认为，解构主义的阅读理论十分强调阅读过程中的读者介入，“这一观点显然是受现象学、阐释学的影响，并直接启发了接受理论的产生”[②]。其实，从理论发展的渊源来看，接受美学多受现象学与阐释学的影响，而解构主义则从结构主义语言学的内部发展而来，前者更多的是继承，后者更多的则是反叛。学界在谈到接受理论与解构主义的阅读理论时，往往将二者分而论之并忽略其差别。虽然它们在阅读理念与具体的阅读策略上有许多貌似相同之处，诸如都坚持读者的主体地位以及文本的多元阅读，但是，在本质上它们却存在着一些显著的差别。这尤其表现在二者对作者的态度、阅读的旨归和阅读的特征三个方面，它们是两种不同路径的阅读理论。

一、读者对作者的态度：合作与否定

接受理论与解构主义作为阅读理论最为突出的特征是读者功能的转变。它们反对把读者看作文学的被动接受者而强调读者应该是文学活动的主动参与者，并且正是因为读者的参与，文学活动才得以圆满，文学作品的意义才得以生成。虽然，接受理论和解构主义都强调读者在文学活动中的主体地位并把批判的矛头指向了作者，但是，它们在阅读理论中对作者的态度是截然不同的。接受理论反对把作者作为作品意义的唯一合法赋予者，而强调作品的意义是由读者与作者合作共同实现的；解构主义认为文本的意义与作者决然没有半点关系，其对作者的态度是断然否定的。

---

① 姚斯，霍拉勃:《接受美学与接受理论（出版者前言）》，周宁，金元浦译，沈阳：辽宁人民出版社，1987年，第3页。

② 赵宪章,《文体与形式》，北京：人民文学出版社，2004年，第216页。

接受理论旗帜鲜明地指出："在作者、作品和读者这个三角形中，读者不只是被动的一端、一连串反应，它本身还是形成历史的又一种力量。文学作品的历史生命没有其接收者的积极参与是不可思议的。因为正是由于接收者的中介，作品才得以进入具有延续性的、不断变更的经验视野，而在这种延续性中则不断进行着从简单的吸收到批判的理解、从消极的接受到积极的接受、从无可争议的美学标准到超越这个标准的新的生产的转化。"① 由此，我们可以清楚地认识到，接受理论虽然重新阐释了文学活动中作者、作品、读者等要素各自的功能，但是并没有走出传统文学四要素的框架，不过是对浪漫主义以降的作者权威与各种形式主义文论对作品内部的封闭研究表示强烈不满，因而更为关注长期以来被忽略的读者这一要素，将之视为文学活动中最重要的一个环节。缺失了读者的文学活动是不存在的，作者与作品的意义是由读者的存在才得以确认的。但是，接受理论在提升读者地位的同时，在阅读起点上并没有否定作者之于作品意义生成的作用。接受理论提出空白理论，并认为作品是一种未完成的存在，是作者手中的一件半成品，作者在作品中留下的许多空白之处正是等待读者去填充，作品是靠读者和作者共同合作来实现的。所谓合作，就是读者在阅读中把自己的个人经验和理解力加入作者在作品中所设置的空白结构中去，通过充实这些空白结构来赋予作品意义。所以，接受理论认为，没有读者在阅读中的参与，作品永远只是个半成品，是读者成全了作者和作品的存在。但是，无论如何提高读者的地位，读者在阅读理论中的一切贡献都是踩在作者和作者所创作的作品之上的，作者为读者在阅读中实现自我创造性的解读提供了基础。读者反对作者作为作品意义唯一合法者的霸权行为，强调在作品意义建构过程中自我作为主体的积极参与，但读者与作

① 姚斯:《作为向文学科学挑战的文学史》，中国艺术研究院马克思主义文艺理论研究所外国文艺理论研究资料丛书编委会:《读者反应批评》，北京：文化艺术出版社，1989年，第142页。

者的合作依然没有脱离读者对作者的理解这一框架。所以，接受理论的阅读理论只不过是把曾经属于作者的部分权力让渡给读者，读者与作者是解读作品的亲密合作者。

解构主义的阅读理论对读者的态度绝没有接受理论那样“宽容大度”，其提出的响亮口号是：“读者的诞生必以作者的死亡为代价。”① 换言之，只要还有作者的存在，以读者为主体的阅读理论便不会产生。但是，文学文本必须由作者来撰写。那么作者到哪里去了呢？解构主义给出的解释是，并没有真正的作者，作者只不过是一位文字抄写者，当其把作品抄写完成之后再去阅读作品时，他已不再是作品的作者。“这并不是作者不能‘回归’到文本中来，回归到他自己的文本中来；而是说，他只能作为‘客人’回去。”② 这个“客人”就是曾经的作者，现在的读者。如同接受理论认为作品是一个未完成的空白结构一样，解构主义同样认为文本是由无数相互关联的符号组成的纵横交错的编织物，符号时时刻刻都在这个网状的编织物上游移着，作者并不是掌握文本意义的主人，唯有读者在阅读中对文本语言进行重新编织，也就是重写文本，文本的意义才能诞生。所以，解构主义者认为，读者阅读的文本可以分为两类：一曰可读之文；一曰可写之文。所谓“可读之文”，就是能够在阅读中引人入胜的具有可读性的作品。所谓“可写之文”，就是能够激发读者在阅读中对原作进行重写的作品。罗兰·巴特认为，真正的阅读是属于“可写之文”的。因为，面对“可读之文”的读者“陷入一种闲置的境地，他不与对象交合，总之，一副守身如玉的正经样：不把自身的功能施展出来，不能完全地体味到能

① Roland Barthes: *The death of the author*, In William Irwin, *The Death and Resurrection of the Author*? Westport: Greenwood, 2002, p7.

② 罗兰·巴特:《从作品到文本》,《文艺理论研究》, 1988年第5期, 第86-89页。

指的狂喜，无法领略写作的快感”[①]。面对“可写之文”的读者就不同了，其不仅摆脱了被动接受的地位，而且还拥有了和作者一样的进行写作的权力，读者就不再是文学的“消费者”，而成为文学的“生产者”。所以，读者阅读的过程也就是文本创作及意义生成的过程。

由是观之，在对作者的态度上，解构主义无疑比接受理论更为彻底。他们甚至根本就不承认有真正的作者，解构主义的阅读理论否定了赋予作品意义的作者，只承认沦为文本抄写者的作者。接受理论虽然也否定作者，但是其反对的重点在于作者之于文本意义的绝对支配地位，而并不是像解构主义的阅读理论那样与作者毅然决然地“断交”。

二、阅读的旨归：动态的所指与游移的能指

接受理论与解构主义作为阅读理论，最终是要通过阅读给予作品或文本一种意义的阐释。因为，阅读即为阐释。但是，接受理论与解构主义在阅读的旨归上也表现出极大的差异，甚至是一种相对立的追求。具体来说，接受理论的阅读旨归是通过读者对作品的阅读赋予作品本身一种意义的阐释，是要确认意义的；解构主义的阅读旨归则是消解意义的，读者对文本的阅读分析并不是赋予文本本身一种意义，而是把文本看作一个由语言符码建构起来的编织物，阅读的意义就是随意地拆解与重组这一编织物的语言游戏。所谓阅读文本的意义在于解构文本的过程之中，文本自身并没有表达什么意义。为了更为清晰地区分这二者的阅读差异，我们不妨引用结构主义语言学的术语——所指与能指——来加以说明。接受理论的阅读最终是要赋予作品一个明确的所指，而解构主义的阅读并不关心文

① 罗兰·巴特:《S/Z》，屠友祥译，上海：上海人民出版社，2000年，第66页。

本是否有所谓的所指，在他们看来，阅读本身只不过是一场解构文本符码的能指游戏。换句话说，接受理论的阅读是有中心的解读，是现代的阅读范式，而解构主义的阅读是无中心的解读，是后现代的阅读范式。

将接受理论的阅读旨归总结为赋予作品一种明确意义的解读，这势必要引出这样一种质疑：接受理论的阅读认为文学作品是一个潜在的不确定的存在物，并在读者的阅读中呈现出解读的开放性、多元性与无终极性；既然接受理论的阅读对作品的解读是一种开放性、多元性与无终极性的动态的发生，那么又何来明确的意义解读呢？其实，接受理论反对对作品作静态的阅读和阐释，作为接受理论的代表人物，姚斯与伊瑟尔都曾作过明确的论述。姚斯认为："文学作品不是一个为自身而存在、并在任何时候为任何观察者提供同样面貌的客体。它不是一座独自在那里显示其永恒本质的纪念碑。相反，它倒像一份多重奏乐曲总谱，是为了得到阅读中不断变换的反响而写的。阅读把本文（今译为文本，作者注）从词句的物质材料中解放出来，使它成为现时的存在。"① 伊瑟尔说："文学本文的意义并不是一个可解释的实在，而是一种动态的发生。"②

但是，需要指出的是，这一动态的发生始终没有超越读者对文本审美效果进行阐释的范围。动态的阅读只是阅读行为的状态，而阅读的旨归则是赋予作品一种明确的意义。所以，这种动态的阅读并不与读者赋予作品一种确定的意义相冲突。伊瑟尔就曾明确地指出接受理论的阅读旨归，他说："阐释者的任务是阐明本文的潜在意义，并捍卫某一种意义。"③

① 姚斯：《作为向文学科学挑战的文学史》，中国艺术研究院马克思主义文艺理论研究所外国文艺理论研究资料丛书编委会：《读者反应批评》，北京：文化艺术出版社，1989年，第144页。

② 伊瑟尔：《阅读活动》，金元浦，周宁译，北京：中国社会科学出版社，1991年，第30页。

③ 伊瑟尔：《阅读活动》，金元浦，周宁译，北京：中国社会科学出版社，1991年，第30页。

M.H · 艾布拉姆斯说："解构主义是指文学批评中阅读作品的一种理论和实践方法。"① 作为一种理论，它是一种哲学方法论，主要指德里达批判索绪尔在《普通语言学教程》中以所指和能指为二元对立的结构主义语言学观念。作为一种实践方法，主要指的是被称为"耶鲁学派"的保罗·德曼等学者将"解构"作为一种阅读策略与批评方法，以及罗兰·巴特在《从作品到文本》《S/Z》《恋人絮语》等作品中所进行的解构主义的文本分析实践。解构主义的阅读理论反对结构主义将文学文本看作是能指与所指相统一的语言结构这种僵化而封闭的阅读模式，与结构主义主要强调能指与所指相对应的阅读模式不同，解构主义更看重在文本的阅读中寻找能指与所指的区别与差异。正是它们之间的差异才产生了无数相互对立矛盾与不确定的意义，这是一种富有创造性的阅读。解构主义的阅读理论就是希望打破文本的能指背后必然表达着一种所指的这一二元对立模式，在其看来，文本根本就不存在一个固定的绝对存在的所指，因此他们转而积极倡导一种无中心论阅读观，认为阅读的旨归并没有唯一的终点和结论。阅读的意义就是不断地变换着对变动不居的能指进行重新编织的游戏。

综上所述，接受理论与解构主义的阅读理论都是一种动态的发生，但是这两种动态是不同的。接受理论的动态阅读是由于读者的能动性得到了绝对的提升而带来的，在作品作为阅读对象的唯一性与读者作为阅读主体的无限性这一对应关系中，是阅读主体的变动导致了作品意义的不同阐释；解构主义的动态阅读是由于阅读对象——文本的能指——的游移不确定带来的，其阅读理论并不强调读者作为阅读主体的变动导致阅读文本意义的不同。所以，解构主义的阅读并不像接受理论的阅读那样强调读

---

① M.H · 艾布拉姆斯：《文学术语词典》，北京：北京大学出版社，2009年，第111页。

者把自身的经验等加入文本的解读之中，而是要把文本重新组合或重新撰写，以此来实现文本意义的生成。它在阅读的源头上否定文本具有固定意义的所指，阅读文本不过是一场追寻游移能指的编织游戏。

三、阅读的语境：历史语境与超历史语境

接受理论与解构主义不仅仅在阅读旨归上有着明显的差别，在阅读语境上亦显现出极大的差别。概而言之，接受理论在阅读中十分强调历史语境，而解构主义的阅读理论则表现出一种超历史语境与反人文性的游戏姿态。

接受理论十分强调阅读的历史语境并极为反对传统阐释学那种对文学作品进行所谓的静态与客观阐释的方法，从而在阅读中积极引进动态的历史维度。姚斯在《作为向文学科学挑战的文学史》(1967 年)这篇宣言式的论文中曾明确指出，文学史的更新需要清除历史客观主义的偏见，他说："如果从作品和读者持续不断的对话的视野去观察文学的历史，那么文学的美学方面同历史方面的对立也在不断地得到沟通，从而，被历史主义所隔断的、从文学过去的现象到当前的经验这条线索又联结起来了。文学和读者的关系中既有美学的关联，也有历史的关联。"① "文学的历史性不是基于后来建立起来的'文学事实'的关联，而是基于由读者先前所获得的文学作品的经验。"② 这是从宏观的文学史的角度来论述阅读活动是美学与历史的统一，接受理论在阅读中架起了历史与当前的联系。伊瑟尔的

① 姚斯:《作为向文学科学挑战的文学史》，中国艺术研究院马克思主义文艺理论研究所外国文艺理论研究资料丛书编委会:《读者反应批评》，北京：文化艺术出版社，1989年，第143页。

② 姚斯:《作为向文学科学挑战的文学史》，中国艺术研究院马克思主义文艺理论研究所外国文艺理论研究资料丛书编委会:《读者反应批评》，北京：文化艺术出版社，1989年，第144页。

接受理论一向被认为与姚斯这种宏观论述有所不同而更加关注具体的阅读活动中的审美反应，但是，在论述具体的阅读活动与历史语境之间的关系时，他也毫不犹豫地认为：“意义离不开主观介入与语境的制约。”① 在他看来，读者的主观介入与历史语境是导致意义生成的并列因素。其实，从来都没有脱离具体历史语境的读者，任何读者的主观介入总是在流动的历史语境中的。所以，接受理论在阅读作品时总是将读者和作品放在一定的历史语境中，正是历史的流动性带来了读者阅读视域的不断变化，由此而产生了对作品意义的多元解读。一言以蔽之，接受理论的理论基石与阅读策略全都建立在阅读中时刻关注着历史语境的特征之上。

解构主义的阅读则是超历史语境的，它并不关心是否要把文本放置于一定的历史语境之中来解读，其最为关心的是文本中的对立因素。在解构主义的阅读中，作者并不存在，读者也消融于阅读之中，成为原作的重写者，他不受先前原作者的任何影响，也不会对以后的阅读者有任何影响。呈现在读者面前的，只是超越历史语境制约的文本与书写，解构阅读只是从文本中那些对立的因素出发，把文本的结构和意义表面上的确定性消解为许多不确定性的碎片。于是，解构阅读在否定文本意义明确性的同时，把意义的不确定性和相对性夸张到不适当的程度，从而走向一种解释的虚无主义和极端的相对主义，对文本意义的解释就成为一种“怎么都行”的虚妄，这是一种典型的反人文性的游戏姿态。艾布拉姆斯将解构主义的阅读称为“无灵魂的阅读”的“冒险”。他说：“按这些关于阅读的新型文章所说，作者已经消融到作品本身中，读者已经消融到阅读本身（reading-as-such）中，而且所影响的以及阅读本身所从事的，也并非什么文学作品，而是文本、书写。渐次地，文本伪造了自己作为关于人类和人类关注的有

① 伊瑟尔：《阅读活动》，金元浦，周宁译，北京：中国社会科学出版社，1991年，第27页。

目的的言说这种身份，甚至其独特性也变成无所不包的文本性中的插曲而已 —— 如爱德华·萨义德所评价的，它已融入‘语言性公海’。相应地，传统上所谓作者与作者之间的‘影响’也被剔除个性，变成了‘互文性’，成了无主的符号串之间的某种回响。也许可以想到，当其人文性被蒸发掉，阅读本身便会成为无血无肉的众多抽象东西之间的一种交互影响游戏。”①

因此，接受理论与解构主义同是坚持多元与开放的阅读理念，但是，由于接受理论更加强调阅读的历史语境，将读者与作品放置于动态的历史观中进行阅读活动的分析，并不是否定自己，而是在发展中肯定自己。解构主义则完全超脱于历史之外，不仅否定了作者与作品，而且在阅读的过程中肆意地解构与重写文本，最终也否定了自己。

综观接受理论与解构主义的阅读理论，虽然二者在西方晚近以来的文艺理论中都秉持以读者为中心的多元阅读理念，但是两者不过是一种貌合神离。对二者的差异比较，有助于我们厘清其理论表象背后的实质。接受理论的阅读实质上是在传统文学理论内部的一次调整，是从以作者、作品为中心转移到以读者为中心的理论转向，其本质是要提高读者在阅读中的地位，并不与之前的文学理论彻底决裂，而是在其内部寻求一种新的理论视角，仍然属于文学理论的现代范式。解构主义的阅读则实质上与传统的文学理论彻底决裂，所谓作者、作品以及作品的历史背景之于读者阅读没有任何意义，他们所谓“真正的阅读”就在于读者反复地拆解文本的语言游戏之中，其立足于传统文学理论之外，并拒绝与之交流沟通，这是一种反现代范式的后现代范式。学界在面对西方阅读理论的洪流时，往往以多元、开放、动态等来概括接受理论与解构主义的理论特征，其实这不过是二者的表面共相，其潜在的阅读范式恰恰是截然对立的。

---

① M.H·艾布拉姆斯:《以文行事》，赵毅衡译，南京：译林出版社，2008年，第252页。

回到现场的文学批评

——以汪政、晓华的文学批评为例

在当代文学批评的丛林中，汪政和晓华的身影经常出现在我们的视线里。从新时期文学伊始，他们初登文学批评的舞台，至今算来已经有三十多年。难能可贵的是，无论是20世纪80年代文学批评的风光，还是90年代文学批评的失落，以及21世纪以来文学批评的众声喧哗，他们一直坚守着这块阵地，从未离开。更难能可贵的是，这么多年来，他们不像某些批评家在文学批评的风光时代大红大紫、独领风骚，而在文学批评备受冷落的时代便改行转业，把文学批评作为立身扬名的手段。汪政、晓华从未把文学批评作为某种工具，而是将之看作是终生的事业，一直坚持文学批评的本色，以开放包容的文学批评理念面对文学发展中出现的新文学类型，以直击现实的文学批评情怀关注现实社会所存在的问题，以优雅的文学批评姿态对批评对象饱蘸着同情之理解，他们的文学批评是讲究务实的，是建设性的而非破坏性的，在指出问题的同时也提供解决问题的方案。总览三十多年的文学批评实践，虽然他们的文学批评对象涉猎的范围有所转变，批评的方法和策略也有调整，但是他们的文学批评情怀则是一贯的。本文将以其《我们如何抵达现场》为中心，谈谈汪政、晓华文学批评的变与不变。

一、开放包容的文学批评理念

在一般人的印象中，批评家是个性鲜明、锋芒毕露的，对事物的分析和理解是睿智而深刻的，但是，他们也偏执而尖锐，具有很强的批判性和排他性，尤其是形成了自己独特批评风格的批评家更是如此。批评家们对符合自己审美理念的文学作品尽情讴歌、极尽赞美之能事，而对违背自己审美理念的文学作品则穷追猛打、严厉批判，不容其有任何生存的空间。这种批评观念在传统纯文学的批评格局中源远流长，似乎也合情合理。但是，近来的文学格局发生了翻天覆地的变化，无论是文学的写作方式、还是文学的传播方式，甚至是文学的阅读方式，都超越了传统文学的格局，依然秉持以往的批评理念是否不合时宜了呢？在文学发展演变的历史洪流中，汪政、晓华无疑是深刻地认识到了这一点，他们在《我们如何抵达现场》的序言中开宗明义："与前几本集子比较，不能不说，自己的文学观念正在发生改变。"① 他们认为，当下的文学批评必须认识到这一点，才有利于文学的未来发展。在他们看来，"多样化本来是文学发生以来的常态，但是，许多文学现象与文学文本却一直在文学之外，这里面无疑有文学标准的问题，也与文学机构、文学体制等等所构成的文学权力与漠视有关，说你是文学你就是文学，说你不是文学你就不是文学，实际上文学歧视与文学霸权已经长期存在并被视为正常，这其实不利于文学的发展。"② 因此，汪政、晓华倡导开放包容的文学批评理念，主张适时地与时代保持同步，并不固守自己的批评理念，不以多年前的眼光看待新事物，认为吐故更要纳新，对待不同的批评对象，批评家所选取的角度和立场应该有所调整。

① 汪政、晓华:《我们如何抵达现场》，南京：江苏文艺出版社，2012年，序第1页。

② 汪政、晓华:《我们如何抵达现场》，南京：江苏文艺出版社，2012年，序第1页。

体现在文学批评实践上，汪政、晓华的文学批评视野更为宽广了，以往被忽略和遭歧视的对象都合法地成为其文学批评的对象。他们不仅仅关注传统纯文学写作，也开始关注那些曾经被视为不登文学殿堂的新型文学类型，如网络文学、推理悬疑小说、类型小说，甚至是轻小说。网络文学曾遭受传统纯文学的围剿，即便承认网络文学具有传统纯文学的文学性，但也认为网络文学不过是将传统文学的纸质媒介转化成数字媒介罢了，并没有多少新奇之处。但是经过十多年的发展，网络文学逐渐成熟起来，而且在写作范式上也突破了传统文学写作的封闭模式，展现出在互联网技术支撑下作者与读者间更为直接与便捷的交流互动，俨然已经构成一种新型文学写作模式。如果再将之排斥在文学殿堂之外，这样的文学观实在是故步自封、抱残守缺了。汪政、晓华较早地认识到了网络文学这一特性，并指出，“它们应该是与纸媒文学或交叉或并行的新的视听物。”① 这样的认识就不再把网络文学视为传统纸媒文学的衍生物，而是将之视为平等的新型文学形式，更有利于对网络文学的全面认识和深入理解。

如果说网络文学是新型文学形式的话，那么推理悬疑小说则可谓源远流长，远之如公案小说，近之如田耳、麦家的侦探推理小说。但是，较之欧美和日本的推理悬疑小说，差距还是十分明显的。究其原因，汪政、晓华认为，一方面是创作推理悬疑小说的作家群整体素质不高，另一方面就是研究和批评的滞后。对于推理悬疑小说，当下的批评往往不得要领，一些批评文字更是隔靴搔痒，这主要是因为对当代推理悬疑小说“要进行批评与研究，仅仅从纯文学的理论框架出发‘客串’一下根本达不到目的，而是要建立符合推理悬疑小说的理论体系和范畴”②。这就要求文学批评要厘清推理悬疑小说创作的独特性，不能仅仅以传统纯文学的批评标准来评

① 汪政、晓华:《我们如何抵达现场》，南京：江苏文艺出版社，2012年，第7页。

② 汪政、晓华:《我们如何抵达现场》，南京：江苏文艺出版社，2012年，第74页。

价其创作的优劣。

汪政、晓华也注意到了类型小说和轻小说在当代社会的蓬勃发展。可以说，类型小说和轻小说在当下已经成为大众阅读最受欢迎的文学文本。“从总体上说，类型小说是一种轻质的易阅读品，难了，就会降低阅读的快乐。从这方面可以看出一点，即类型小说非常重视读者，如果说经典小说是作者的艺术，那么类型小说可以说是读者的艺术。”① 轻小说类似于类型小说，其主要特征是在内容上不表现严肃、语义复杂的主题；在叙事上，不排斥模式化的叙事，追求娱乐性，把阅读的新奇、刺激和替代性满足作为重要的创作目标。类型小说和轻小说的出现，一反纯文学创作在内容上反映重大社会主题、历史变迁，在表现形式上凸显作家创作个性的创作模式。对于生活在当代社会重压下的人们来说，类型小说和轻小说是生活的调味剂，缓解了人们日常生活所承载的压力，因此备受读者的喜爱，其蓬勃发展自有其生存的巨大空间。汪政、晓华对类型小说的本质概括十分到位，他们说:“类型化小说作家秉持的是快乐主义原则。类型小说上承市民、通俗文学，下接消费时代的娱乐文化，快乐、享受并无设定的阅读体验。”②

汪政、晓华从事纯文学批评多年，早已形成了自己的批评策略和批评风格，然而，在人到中年之后对文学批评能有这样的转变源于他们有着强烈的历史感和现实感。“问题主要还处在文化转型时期我们批评究竟在多大程度上坚持自己的经典的与精英的立场，是历史地、变化地看待批评，还是以现代学术体制下的文艺批评学作为基本的出发点？我当然是主张前者的。”③ 他们对网络文学、推理悬疑小说、类型小说以及轻小说的关

① 汪政、晓华:《我们如何抵达现场》，南京：江苏文艺出版社，2012年，第3页。

② 汪政、晓华:《我们如何抵达现场》，南京：江苏文艺出版社，2012年，第3页。

③ 汪政、晓华:《我们如何抵达现场》，南京：江苏文艺出版社，2012年，第254页。

注与批评——或许以后还有对其他新型文学类型的关注与批评，并不是放弃了纯文学的批评标准，而是要以更开放包容的批评理念来整体思考如今的文学现场。他们有一段文字比较全面地阐明了自己的批评观："我不是一概反对现代学术制度，也不是一个对抗语言的反智主义者，而是提倡批评的多样化，不管哪一种批评都有其存在的理由，当然，对同一种审美对象完全可以有不同的看法，但是却不可以从根本上质疑对方存在的合法性。"①

二、直击现实的文学批评情怀

文学批评应该从哪里出发？现实主义文论会首先选择从社会历史出发，浪漫主义文论会毫不犹豫地选择从作家出发，形形色色的形式主义文论自然会选择从文学文本出发，读者导向理论批评会优先从读者出发。其实，无论哪种批评方法，无论从哪里出发，它们都能罗列出一大堆从自己出发的理由。因为，文学作为一种各要素之间交互的活动，从任何一个要素出发都是合情合理的。不过，这些文学批评仅仅是作为一种批评的方法而已，并不体现批评家的批评情怀。汪政、晓华的文学批评一个重要特征就是不仅仅将文学批评看作是一种方法，而是要在文学批评的过程中展示自我的情怀和价值观念。他们的文学批评总是从现实出发，将文学批评植根于文学现场，从不脱离实际，始终接着地气。无论文学批评针对何种文学类型与文学现象展开论述，它的出发点和旨归都是日常生活现实本身。文学批评并不是钻进文学的世界里自足经营，它更大的价值体现在对现实的观照中。文学批评所呼唤的和所针砭的，并不仅仅出于对文学文本的审

① 汪政、晓华：《我们如何抵达现场》，南京：江苏文艺出版社，2012年，第255–256页。

美分析，而是源自我们日常生活中存在并急需解决的实际问题。所以，在汪政、晓华的文学批评中，现实、日常生活、文学现场、当下社会等等都是常见的高频词。这一切都源自汪政、晓华直击现实的文学批评情怀。

汪政、晓华对文学批评的定位就是关注当下现实社会。为了更明确地阐明这一立场，他们通过与文学研究的比较这样论述：“在空间上，批评应该是在文学现场的，而研究则不必，它可以在远离嘈杂喧嚣的后场；从时间上讲，批评与文学事件的发生是共时性的，它本身即是文学活动的有机构成，而研究则是滞后的，它可以在文学活动经过沉寂、自然筛选与淘洗之后再进行，它更多的面对的是过去时态的、已经成为历史的对象。”① 以时空视角的比较，汪政、晓华强调了文学批评迅速有效地介入当下文学的特征。文学批评家不像文学研究者可以从容地静心沉潜，而是要对当下的文学现状做出迅速的回应和评价，文学批评更注重批评的现场感与共时性特征。这就要求文学批评家要具有敏锐的艺术感觉和批判社会的现实感，对文学艺术的表现形式和社会历史的变迁做出相应的评价。

汪政、晓华直击现实的文学批评情怀体现在尤为强调作家与现实的亲密关系。用他们的话来说，文学创作家要有一颗“世俗心”，文学作品要充满人间烟火的气息。所谓文坛天籁，其根源则在人间烟火。一切脱离人间现实生活的文学创作都是虚假的，没有真正的生命力。因此，在他们的文学批评中对王安忆和毕飞宇的一段创作谈表示由衷的赞赏和认同。王安忆说：“从现实中汲取写作的材料，这抓住了文学，尤其是小说的要领，那就是世俗心。”② 毕飞宇则将“世态人情”视为文学的拐杖，他说：“世态人情是要紧的，无论我们所坚持的小说美学是模仿的、再现的、表现的，无论我们的小说是挣扎的、反叛的、斗争的，世态人情都是小说的出

① 汪政、晓华：《我们如何抵达现场》，南京：江苏文艺出版社，2012年，第296页。

② 王安忆：《王安忆说》，长沙：湖南文艺出版社，2003年，第301页。

发点，你必须从这里起步，你必须为我们提供一个小说的物理世界。”“任何时候，小说只要离开了世态人情，必死无疑。”[1] 这里对“世俗心”和“世态人情”的强调就是要作家保持与现实生活的亲密关系。小说家在作品中所反映的现实生活不需要刻意拔高与美化，而要真切地将日常生活原汁原味地书写出来，让读者在阅读的时候看到“世态”，更体验到“人情”。这是一种新的现实主义原则，是一种伦理写作。

汪政、晓华直击现实的文学批评情怀还体现在对反映当下现实生活的文学题材的特别关注。他们在《我们如何抵达现场》这部论文集中，用很大篇幅关注现实生活的热点问题，例如底层文学体裁、乡村文学、四川抗震文学题材、弱势群体的文学书写等等。这些都是当下社会在历史文化转型时期突出的典型问题或应急问题。随着社会阶层的分化，文学应该以怎样的姿态和表现方式去关注和表现底层社会和弱势群体的物质和精神生活？在城市化进程中，乡村社会生态和文化建设受到怎样的挤压和遮蔽？在突发灾难面前，文学应该怎样积极地介入现实生活？对灾后的日常生活与重建以及对灾难的书写应该持有怎样的审美标准？汪政、晓华的文学批评注意到了这些问题，指出文学创作所存在的问题，并试图给出自己的答案。例如，在论述底层文学题材时，他们认为，“对于文学来说，关键的不是单纯地从外部对底层给予同情，而应该将视角转移到他们内部，唤起他们对自身品质和力量的关注和自信。”[2]

三、优雅务实的文学批评姿态

优秀的批评家是时代的预言家，他们对社会现状和文学现象的理解和

① 毕飞宇：《文学的拐杖》，《上海文学》2007年第7期。

② 汪政、晓华：《我们如何抵达现场》，南京：江苏文艺出版社，2012年，第22页。

分析，总是能做到察他人所未察，仿佛置身事外的旁观者，对每个细节都洞察秋毫，从细小的端倪看到其发展的未来态势，所以，总是能领时代风气之先。优秀的批评家又往往语出惊人、一针见血，从纷乱的现象中去芜存菁，三言两语，抽丝剥茧，直击事物的本质。正是因为批评能为批评家带来如此高的声望，很多批评家不免十分向往获得这种声望，其下笔为文时更注重批评在社会中产生的效果。这导致有些批评家其用心不在分析批评对象上，而更在意批评的表达方式如何能更引起广泛的关注，将文学批评实践当成自我批评姿态的彰显①。于是，批评的风格更趋向于汪洋恣肆、天马行空的表达；批评家们因此不免指点江山、激昂文字，更加放言无忌；批评自然也就不免夸张和矫饰起来。用今天时尚的话语叫“酷评”，所谓“酷评”的基本原则就是根本不用理会批评的理性分析，而只在意批评效应。

在阅读汪政、晓华的文学批评时，我们几乎看不到他们抛出耸人听闻的观点，以博得批评的轰动效应。多年来，他们的文学批评保持着一贯平和的心态，富有建设性而非破坏性。人们很少在他们的文学批评文字中见到那种剑拔弩张或义愤填膺的情绪化表达，他们的批评以文本细读为基础，不刻意夸饰猎奇，逻辑严谨，用语平易，娓娓道来，展现出一派优雅务实的文学批评姿态，这在当代批评家中是很难得的。有学者曾评价：“汪政、晓华的许多批评就是如此，他们的观点往往平和而有个性，敏锐而不失温文，方法更是落到实处，从每一个具体的问题入手，仔细而真诚。”② 这是十分公允的。归根结底，这是因为汪政、晓华明白，真正本色的文学批评剑心所指并非贪图名气和效应，而在于批评家是否真切地理解了文学对象本身，并对时下文学现状给予诊断并开出药方；不能只破不

① 李新亮：《当下文学批评的三种病症》，《天府新论》，2011年第6期。

② 贺仲明：《批评的美丽——汪政、晓华批评论》，《当代作家评论》，2003年第4期。

立，而要务实地给出建设性的意见和建议。

批评家要对作家做到同情之理解。唯有同情才能理解，唯有理解方能深刻。汪政、晓华的文学批评向来都是从对批评对象满怀着同情之理解出发的。例如，在论述当下文学现象时，他们总是从当下的文学环境出发。因为，在他们看来，当下文学环境发生了很大的变化，而文学环境正是文学批评活动的真正起源，“在这个起源中，我们可以析出它的一些可能为今天的学者们所忽视或不齿的但却是批评的先验构成，比如，它和艺术创作与消费的共时性关系；它与艺术品制作、出版、流通的信息性关系；它与艺术消费的商业性关系”[①]。虽然这些因素被“忽视或不齿”，它们更多的是非文学性的因素，但是真正的文学批评不应该避讳，因为这些因素无时无刻不在影响甚至左右着当下文学的发展，文学批评如果戴着有色眼镜将这些都过滤掉，那么，我们的文学批评就是无根的批评。再如，汪政、晓华在论述青年作家尤其是“80后”作家的创作时指出，“从目前国内文学院研究与文学批评来说，对‘青年创作’还未曾有切实而具体的了解，如果将青年创作作为独立的批评对象，就必须承认有许多问题我们还知之甚少。比如当我们接触到我们自以为清晰的研究对象时，我们甚至不明白什么是‘青年’”[②]。汪政、晓华文学批评的这种同情之理解并不仅仅针对当下文学，他们在谈到先锋文学时认为，文学批评应该重新认识先锋，“先锋更重要的品格与特征显然是思想上的，是主体与世界的关系以及我们如何看待世界，如何看待自身与世界的意义，而不仅仅是这些元素如何以文学的语言方式呈现”[③]。这种认识观区别于以往对先锋文学的认识，真正的先锋并不体现在形式上，如果在思想上是守旧的，无论怎样离经叛道

① 汪政、晓华：《我们如何抵达现场》，南京：江苏文艺出版社，2012年，第257页。

② 汪政、晓华：《我们如何抵达现场》，南京：江苏文艺出版社，2012年，第28页。

③ 汪政、晓华：《我们如何抵达现场》，南京：江苏文艺出版社，2012年，第18页。

的形式也不是真正的先锋。“先锋就是语言实验”“先锋就是形式”，这种文学批评观曾在很长一段时间里成为共识，但是，汪政、晓华却在时隔多年之后又给出了较为传统的理解。这不是文学批评的循环或者倒退，而恰恰是经过时间的沉淀，我们对先锋文学的认识有了更为深刻的同情之理解。

汪政、晓华的文学批评还有一个重要的特点就是特别追求务实性。我们常常看到，他们在文学批评中不仅对批评对象进行剖析与评价，而且还乐于提出些建设性意见。这在当代文学批评中也是很少见的。对于批评家们只诊断不开药方的批评模式，我们早已屡见不鲜，并且已习惯于批评家的只破不立，在潜意识里认为，开药方并不属于批评家的职责范围。但是，汪政、晓华并不认为在文学批评中给出建议是画蛇添足，而认为这原本就是批评家义不容辞的职责。他们在谈到生态文学时，由衷地呼唤：“生态文学固然应该关心环境保护，关心日益严峻的生态现实，但它主要的目的不在于科学而在审美，不在于外而在于内，在于人们的日常生活。”① 生态文学要关注人们的日常生活和内心感受，“生态小说不应该只有对立与批判，它还应该回忆、展望与肯定，在将人们从现代化、物质、欲望与功利中拉出来的同时，给人们描绘曾经存在的美丽与温馨，唤醒迷失的感觉，肯定精神的价值，宣示理想的未来……”② 在谈到乡村文化书写时，他们倡导一种慢的艺术节奏。因为，现代社会的工业文明和信息文明提升了生活的节奏与速度，而原始朴素的乡村文化与这种节奏是不合拍的，更何况以文字为媒介的文学艺术绝不能因为追求速度而丧失自己的美学特质。

汪政、晓华的文学批评一直款款而行，从容不迫。在文学批评理念

① 汪政、晓华：《我们如何抵达现场》，南京：江苏文艺出版社，2012年，第147页。

② 汪政、晓华：《我们如何抵达现场》，南京：江苏文艺出版社，2012年，第148页。

上，不固执己见偏执一隅，秉持开放多元的理念；在文学批评情怀上，从现实出发，回到文学现场；在文学批评姿态上，满怀着同情之理解面对文学批评对象，追求务实而不凌虚蹈空。一言以蔽之，行走在当代文学批评的丛林里，汪政、晓华从未迷失自己的道路，这是因为在他们的心底一直坚守着文学批评的本色。

文学作品中视觉与听觉的分化

视觉艺术的膨胀与听觉艺术的萎缩是当代美学中视觉艺术与听觉艺术分化的重要表征。这一艺术分化现象对当代文学作品的创作也产生了显著的影响，即过度追求文学作品的视觉化与空间化而忽略听觉化与时间性特征。其实，从文学源头来看，注重听觉化与时间性特征更是文学的本质属性。只不过，经历了语言与音乐的分化及语言与文字的分化之后，文学的发展与听觉艺术渐行渐远，这严重削弱了文学作品的艺术表达效果。文学的未来应该回归其固有的听觉性特征，因为文学的本质就是声音与时间的艺术。许多注重听觉意象表达的经典现代小说指明了文学未来的发展方向。

一、视觉艺术与听觉艺术的分化

现代社会以来，艺术发展越来越受到外部条件的影响与引导。现代社会的生活方式在很大程度上决定了艺术发展的繁荣和衰落。丹尼尔·贝尔在《资本主义文化矛盾》中说："如今，'主流话语'是视觉，音响和画面（特别是后者）构成了美学，指导着观众。在大众社会里，几乎不可能有其他情形。”[①] 视觉艺术成为现代艺术发展的主导力量，“取代沉思的，是感性、同步、直接和冲击。这些新的意象为19世纪中叶到20世纪中叶所有艺术提供了一个共同的、正式的语法。”[②] 因为，“大城市的生活和它限定的刺激及社交方式，为人们看与想看（而不是读或听）事物提供了优先机会。其次，当代风尚的本质是渴求行动（和冥想相反），寻求新奇，欲求感官刺激。而恰是艺术中的视觉元素最好地安抚了这些冲动。”[③] 所以，在当前的文学创作与研究中，视觉因素占据着重要的地位，文学与图像、小说的影视化等都成为文艺研究的热点问题。归根结底，这是一个视觉思维的时代。

那么，听觉艺术是否就必然会走向衰败甚至是灭亡呢？虽然有人提出读图时代的文学灭亡论，但是并没有获得普遍的认同。虽然，听觉艺术与视觉艺术在现实生活中的比较和竞争中的确处于下风，如作为传统艺术的戏曲（当然也可看，但主要是听，如京剧主要听的是腔调而不是其表演对观众的视觉冲击）的表演远不如一部影视新片对人的影响力大。虽然，受到视觉艺术的影响，许多听觉艺术也不断改进，增加其艺术表现的视觉因素以期实现再度辉煌。但是，经典并不是靠接受者的暂时数量来决定的。视觉艺术虽然赢得大众喜爱但也受到了质疑，每当我们从电影院出来再去回味整个影片的时候，我们还能想到什么呢？留下的不过是那些极富视觉冲击力的画面，而那种曾经令我们对艺术品回味无穷的韵味则在这些快速切换的图像中消弭殆尽了。固然，视觉比听觉在影响读者与观众方面更为

---

① [美]丹尼尔·贝尔:《资本主义文化矛盾》，严蓓雯译，南京：江苏人民出版社，2007年，第109页。

② [美]丹尼尔·贝尔:《资本主义文化矛盾》，严蓓雯译，南京：江苏人民出版社，2007年，第114页。

③ [美]丹尼尔·贝尔:《资本主义文化矛盾》，严蓓雯译，南京：江苏人民出版社，2007年，第109页。

便捷与迅速，更易形成具有强大震撼力的感官效果，但其存在的弊端也往往为我们所忽略，那就是阅读与观看中的联想不断地减缩，这就使得在文本的阅读与接受的过程中，停顿、凝视与回味只能是一种久远的回忆。阅读中“余音绕梁，三日不绝”的审美效果逐渐消失了。用本雅明的话来说，现代文学的审美取向是从“韵味”走向“震惊”。究其原因，还要回到视觉与听觉的知觉表现差异，“视觉符号有助于精确的模仿，声音则能更有效地激发听者的意欲”①。丹尼尔·贝尔就指出视觉媒介的虚假性：“视觉媒介——这里我指电视和电影——把自己的步骤强加给观众，强调意象而不是戏剧化。在这种强调中，电视新闻青睐灾难和人类悲剧，它唤起的不是净化或理解，而是很快就消耗殆尽的滥情与悲悯情绪，以及对这些时尚的伪仪式感和伪参与感。”② 所以，视觉艺术并不能独霸天下，尤其是在喧嚣的现代社会，人更需要的是静心、冥想、回忆，并以此来安顿精神的家园。听一首音乐，读一篇小说，对于现代人来说比观看一场电影确实更能慰藉人的心灵。

伴随着视觉艺术的蓬勃发展，现代艺术更注重向空间的拓展。有些现代小说为了凸显空间往往刻意压缩时间，从而实现了空间的膨胀。其实，时间性是小说存在的本质，无论怎么强调小说的空间性，小说都是一种叙述文本，都要遵循时间性。“小说一旦完全摆脱了时间观念，就根本不能表现任何事物。”③ “尽管诗与小说都以语言为媒介，但比较起来，诗更

---

① [德]卢梭：《论语言的起源：兼论旋律与音乐的模仿》，洪涛译，上海：上海人民出版社，2003年，第6页。

② [美]丹尼尔·贝尔：《资本主义文化矛盾》，严蓓雯译，南京：江苏人民出版社，2007年，第111页。

③ [英]福斯特等：《小说美学经典三种》，方土人、罗婉华译，上海：上海文艺出版社，1990年，第234页。

依赖于空间而不是时间，小说则相反，更多地依赖于时间而非空间。”① 当然，小说也可以表现空间性，让-伊夫·塔迪埃认为：“小说既是空间结构也是时间结构。”② 其实，任何艺术都表现为一种“艺术时空体”，这是巴赫金的术语，巴赫金把“文学中已经艺术地把握了时间关系和空间关系相互间的重要联系”称之为“艺术时空体”。③ 在《小说的时间形式和时空体形式》中，他说：“在文学中的艺术时空体里，空间和时间标志融合在一个被认识了的具体的整体中。时间在这里浓缩、凝聚，变成艺术上可见的东西；空间则趋向紧张，被卷入时间、情节、历史的运动之中。时间的标志要展现在空间里，而空间则要通过时间来理解和衡量。这汇总不同的系列的交叉和不同标志的融合，正是艺术时空体的特征所在。”④ 如果过分强调时空体的某一方面，艺术作品的艺术效果肯定会出现偏差。例如，有些当代小说呈现出鲜明的影视化倾向，其存在形态与电影的剧本相差无几，但是艺术水准并不高，这就是忽视了小说与电影艺术的差别。布鲁斯东曾站在时间和空间的角度对小说与电影的区别和联系做过总结：“电影和小说都是时间的艺术；但是小说的结构原则是时间，电影的结构原则是空间。小说采取假定的空间，通过错综的时间价值来形成它的叙述；电影采取假定的时间，通过对空间的安排来形成它的叙述。电影和小说都创造出在心理上变了形的时间和空间幻觉，但两者都不消灭时间或空间。小说通过时间上的逐点前进来造成空间幻觉；电影通过空间上的逐点前进来造

---

① 徐岱：《小说叙事学》，北京：中国社会科学出版社，1992年，第12页。

② [法]让-伊夫·塔迪埃：《普鲁斯特和小说》，桂裕芳、王森译，上海：上海译文出版社，1992年，第224页。

③ [苏]巴赫金：《巴赫金全集》第三卷，白春仁等译，石家庄：河北教育出版社，1998年，第274页。

④ [苏]巴赫金：《巴赫金全集》第三卷，白春仁等译，石家庄：河北教育出版社，1998年，第275页。

成时间幻觉。小说倾向于一方面服从，一方面又探索心理规律的各种可能性；电影倾向于一方面服从，一方面又探索物质规律的各种可能性。”① 所以，有学者认为，20世纪90年代以来，先锋作家的小说深受视觉思维与影视逻辑的影响，“小说的生产方式、叙事方式和语言表达方式因此发生了很大变化，从而呈现出写作逆向化、技法剧本化、故事通俗化、思想肤浅化等特征……其主要症候是震惊效果、经历感受、展示价值、心神涣散的接受”②，而这一切都可归因于小说过度追求空间化。

现代小说应该更多回归时间性的存在，更加注重听觉想象在艺术中的表现。文学史的经验告诉我们，伟大的作品都不仅仅依靠短暂的阅读快感，而更依赖阅读时的细细品味所触发的记忆和联想以及读后的无穷韵味，而这正是时间艺术最为突出的特征。反观中国现代新诗的发展，总体上，现代诗歌“精于设置意义的迷宫，而疏于经营声音的模式”③，从而丢掉了诗歌的音乐性这一根本的文学传统。余光中在一篇长文中谈得更为明确：“数十年来，现代诗艺的发展，在意象的经营上颇有成就，却忽视了声调的掌控。在台湾四十年的现代诗坛，重意象而轻声调的失衡现象，尤为显著。”“诉诸视觉的意象化比较国际化，超语言的呈现颇有机会；诉诸听觉的声调比较民族化，要脱离母语而独立呈现，几无可能。”④ 现代诗歌的命运希望能给未来文学的发展带来警醒。

---

① [美]乔治·布鲁斯东：《从小说到电影》，高骏千译，北京：中国电影出版社，1981年，第66–67页。

② 赵勇：《影视的收编与小说的末路》，《文艺理论研究》，2011年第1期。

③ 江弱水：《抽丝织锦：诗学观念与文体论集》，北京：北京大学出版社，2010年，第94页。

④ 江弱水：《抽丝织锦：诗学观念与文体论集》，北京：北京大学出版社，2010年，第94页。

二、语言与音乐的分化

从文学的源头来看，文学作品与听觉更为亲近。因为，作为语言艺术的文学作品与作为纯粹听觉艺术的音乐有着共同的媒介——声音。亚里士多德在《诗学》中认为，模仿是各类艺术之间共同的特性，但它们之间也是有着明显差别的，主要表现在三个方面："模仿中采用不同的媒介，取用不同的对象，使用不同的、而不是相同的方式。"① 音乐理论家卓菲娅·丽莎也曾表达过类似的观点："各门艺术之间的区别，其根源在于其物质材料，也即原材料的区别以及与此相联系的艺术作品构成方法的区别。"② 一言以蔽之，媒介是区别各类艺术的重要尺度。

卢梭认为语言与音乐是同源的。"最初的音乐不过是旋律，旋律不过是言语的声音变化，重音构成了歌曲，音长构成了节拍，音节和音量就是言语的节奏和响度。"③ 野村良雄也持相同的看法："旋律起源于语言的自然的抑扬，这种说法是比较有力量的。所有的语言都具有作为旋律的两个要素的音高变化与节奏。任何人说一句话的时候，都是有的音节声音比较高，有的音节声音比较低；有的音节比较强，有的音节比较弱；有的音节比较长，有的音节比较短。旋律的起源就在这里。"④ 但是随着语言发展的日臻完善，语言中富有音乐性的部分逐渐被语法规则所束缚，"精妙的音调变化被对于音程的计算所取代，于是乎，语言的旋律不知不觉丧失了先

① [古希腊]亚里士多德：《诗学》，陈中梅译，北京：商务印书馆，1996年，第27页。

② [波]卓菲娅·丽莎：《论音乐的特殊性》，于润祥译，上海：上海文艺出版社，1980年，第9页。

③ [德]卢梭：《论语言的起源：兼论旋律与音乐的模仿》，洪涛译，上海：上海人民出版社，2003年，第86页。

④ [日]野村良雄：《音乐美学》，金文达、张前译，北京：人民音乐出版社，1991年，第44页。

前的活力……哲学研究和理性的进展使语法更趋完善，语言的活力及其激情的语调却因之而丧失，而正是这种活力与激情，最初时产生了如歌的语言。”[①] 因此，语言失掉了音乐性。不仅仅是音调让位于语法，语言的旋律也开始与话语逐渐疏远，“它们各自的存在，不知不觉地被认定为是独立的，音乐日益脱离了言语。也正是这个时期，那种当言语仅仅是诗的重音与和声时所发生的奇迹已渐渐不再出现，诗被赋予了一种压倒激情的理想，而言语曾经凭借这种激情压倒了理智。”[②] 朱光潜在《诗论》中曾对汉语语言与音乐的分化与合一也做了详尽的历史梳理，通过考察古代诗歌的进化史，他指出语言的发展历程就是语言的音与义逐渐生成和分化再到合一的过程。以此视角来考察诗歌的进化史可以分为四个时期：

> 一、有音无义时期。这是诗的最原始时期。诗歌与音乐、舞蹈同源，共同的生命在节奏。歌声除应和乐、舞节奏之外，不必含有任何意义……
>
> 二、音重于义时期。在历史上诗的音都先于义，音乐的成分是原始的，语言的成分是后加的。换句话说，诗本有调而无词，后来才附词于调；附调的词本来没有意义。到后来才逐渐有意义。词的功用原来仅在应和节奏，后来文化渐进，诗歌作者逐渐见出音乐的节奏和人事物态的关联，于是以事物情态比附音乐，使歌词不惟有节奏音调而且有意义。
>
> 三、音义分化时期。这就是“民间诗”演化为“艺术诗”的时期。

① [德]卢梭：《论语言的起源：兼论旋律与音乐的模仿》，洪涛译，上海：上海人民出版社，2003年，第122页。

② [德]卢梭：《论语言的起源：兼论旋律与音乐的模仿》，洪涛译，上海：上海人民出版社，2003年，第123页。

诗歌的作者由全民众变为自成一种特殊阶级的文人……

四、音义合一时期。词与调分立，诗就不复有文字以外的音乐。但是诗本出于音乐，无论变到怎样程度，总不能与音乐完全绝缘。文人诗虽不可歌，却仍须可诵。歌与诵所不同的就在歌依音乐（曲调）的节奏音调，不必依语言的节奏音调；诵则偏重语言的节奏音调，使语言的节奏音调之中仍含有若干形式化的音乐的节奏音调。音乐的节奏音调可离歌词而独立；语言的节奏音调则必于歌词的文字本身上见出。①

因此，语言的发展史决定了诗歌的发展史。语言与音乐从同源的合一走向分化，不仅仅是语言自身的发展历程，也决定了文学的发展历程。苏珊·朗格早就指出："语言这种能力确实十分惊人，仅仅是它们的发音就往往能影响人们关于词汇原意的情感。有韵的句子长短同思维结构长短之间的关系，往往能使思想变得简单或复杂，使其中的内涵观念更加深刻或浅薄直接。"② 在现代文学理论研究中，注重视觉文化而轻视甚至忽视听觉文化，其根源则在于语言与音乐的分化。

三、语言与文字的分化

语言与音乐的分化并没有使文学疏远听觉艺术，而是更好地阐释了文学与纯粹听觉艺术的音乐有着更为接近的亲缘性。毕竟，二者都具有相同的表现形式——声音。但是，语言又并不仅仅是声音，因为语言具有

① 朱光潜:《诗论》，北京：生活·读书·新知三联书店，1984年，第222–223页。

② [美]苏珊·朗格:《情感与形式》，刘大基译，北京：国社会科学出版社，1986年，第229页。

语音和语义两个层面。由于语言在文学的现实存在方式中只呈现为文字符号，所以语言的语音层面渐渐又被文学忽略了。这就是语言与文字的分化。

其实，在文学的口耳相传时代，语言的语音功能是最为重要的，列维-布留尔在《原始思维》中说："埃维人（Ewe）各部族的语言非常富有借助直接的声音说明所获得的印象的手段。这种丰富性来源于土人们的这样一种几乎是不可克制的倾向，即摹仿他们所闻所见的一切，总之，摹仿他们所感知的一切，借助一个或一些声音来描写这一切，首先是描写动作。但是，对于声音、气味、味觉和触觉印象，也有这样的声音图画的摹仿或声音再现。某些声音图画与色彩、丰满、程度、悲伤、安宁等等的表现结合着。毫无疑问，真正的词（名词、动词、形容词）当中的许多词都是来源于这些声音图画的。实在说来，它们不是形声词；它们多半是描写性的声音手势。"① 随着社会历史的发展，文学的传播方式不断更新，尤其是近代以来印刷工业的发展与报刊兴起后，作为语言符号形式的文字俨然已承载着语言的主要功能。虽然文字的发明使语言有了可以长久传播的载体，但同时也渐渐改变了语言的本质属性。没有文字的口传时代人们依靠的是语言的节奏、旋律，因为唯有如此方能便于记忆。文字的诞生让这种依靠语言朗朗上口便于记忆的特征不再重要，因为文字使语言固定了下来。但是，与此同时，文字也慢慢改变了语言，让语言的声音慢慢服从于无声的文字。所以，真正的语言并不是我们可视的白纸黑字，而是充盈耳畔的口语，这才是语言的灵魂。虽然，文字取代语言大大促进了语言的发展，但是也改变了语言的性质。文字和语言是有着很大区别的，文字的美并不等于语言的美，例如书法会被认为是文字美而不是语言美。另外，语

① [法]列维-布留尔：《原始思维》，丁由译，北京：商务印书馆，1985年，第157-158页。

言美还在于语言的声音之美，即通过修辞来实现的审美效果。说到底，文字是一种视觉的艺术，而语言是一种听觉的艺术，这是它们之间的本质区别。索绪尔指出："对汉人来说，表意字和口说词都是观念的符号；在他们看来，文字就是第二语言。"①

卢梭对语言和文字的区别同样也有过十分精彩的论述：

人们指望文字使语言固定（具有稳定性），但文字恰恰阉割了语言。文字不仅改变了语言的语词，而且改变了语言的灵魂。文字以精确性取代了表现力。言语传达情意，文字传达观念。在文字中，每一个词必须合乎最普通的用法，但是，一个言说者可以通过音质的变化，随心所欲地赋予言辞以丰富的含义。因为受清晰性的限制愈少，表达则愈有说服力；一种书写的语言无法像那种仅仅用来言说的语言那样，始终保持活力。写下来的是语词（voix），不是声音；而在一种抑扬顿挫的语言中，是声音、重音及其丰富的变化，构成了语言之灵气（the vigor of the language）中的核心部分，正是由于这些东西，在别的情形下亦可使用的通行的表述，成为此处惟一恰当的一句。为了对[口语的这种特质]进行补偿，各种方式大大扩充了书面语言，[并]使其泛滥，当它们从书本再度进入口语时，口语则被削弱了。当说就像写一样时，说就是读。②

文字虽然丰富和发展了语言的表现力，但是在另一方面也大大限制了语言原初的活力。从语言到文字，最大的变化是语言功能的缩减，语言原

① [瑞士]索绪尔:《普通语言学教程》，高名凯译，北京：商务印书馆，1980年，第51页。

② [德]卢梭:《论语言的起源：兼论旋律与音乐的模仿》，洪涛译，上海：上海人民出版社，2003年，第32页。

本兼有听觉和视觉的表现力，放弃了语音而专注于文字的表现，则无疑是放弃了语言的听觉表现功能。

虽然，我们说文学作品的物质存在方式是文字，但是在文学活动中的实际存在方式则是声音。因为，任何作品都是在阅读中才实现自我的存在。所以，无论是对于创作作品的作者还是阅读作品的读者，都十分关注作品的声音层面，强调作品的音律节奏，追求音乐美。从文字到声音，这是阅读的过程；从声音到文字，这是创作的过程。声音之于语言的重要性，只有读出来才能体验到，只有读出来的语言才是最完美的语言。古人对作品的声音之美是十分重视的，总是一唱三叹地反复吟哦，以期达到语言最完美的艺术效果。很多现代作家在创作的时候都十分注重作品的声音表达，力求其作品在阅读时富有节奏感。有些作家索性改变写作方式，听着音乐跟着旋律节奏进行口述创作，然后再整理成文。“比较好的小说家是用耳朵来写作的。”① 鲁迅在《我怎么做起小说来》中谈自己的创作经验时曾有过十分明确的表述：“我做完之后，总要看两遍，自己觉得拗口的，就增删几个字，一定要它读得顺口。”② 叶圣陶在致王力的信中，对当代作品丧失了声音之美不无担忧，他认为当下的许多作品“仅供目治，违于口耳”，缺乏音乐之美，其原因则在于，“都只在眼睛上经过”，“用口念诵的真是极少极少”，“无音调节奏之可言”。③ 郑伯奇在《小说的未来》中也指出，由于近代印刷业的发达，口头讲述的文学被印刷所取代，这直接导致近代小说家创作手法的转变，由此而导致了近代小说与肉声言语的关系十分浅薄，这是一个“变态的事实”。他对言语艺术失去声音而十分担忧，

① [英]安东尼·伯吉斯:《现代小说佳作99种》，李文俊译，桂林：漓江出版社，1988年，第105页。

② 鲁迅:《我怎么做起小说来》,《鲁迅全集》第4卷，北京：人民文学出版社，2005年，第526页。

③ 王力:《龙虫并雕斋文集》第二册，北京：中华书局，1980年，第471页。

认为当时的象征派的文字魔术，新古典派的古文字的发掘以及未来派的印刷术，都是文学直接隶属于机械文明的极端表现。他预言，在未来小说中，肉声言语将恢复固有的重要地位。①

四、现代小说的听觉意象

声音的艺术效果主要是由听觉产生联想和意象。在所有的艺术门类中，音乐被誉为是最传情的艺术，仅仅依赖声音的效果就能到达艺术的止境。阿多诺在《音乐哲学》中指出："声音的激荡是音乐存在所依赖的唯一事实，这是音乐的根本。它的语言本质上是一种奇迹，变换（transfiguration）是音乐先天的品质（a priori quality），它将音乐领入一个独特的范围之中。"② 小说同样也是一个有声的世界。语言的拟声和通过语言修辞在小说中形成的音响效果同样可以带来听觉上的联想和想象。塞米利安在《现代小说美学》中说："声音使语言更富有表现力，意义更加深远，因为声音本身就是一种语言。"③ 许多现代小说家都十分注重声音在小说创作中的作用。

对于某些现代小说家来说，语言的听觉效果比视觉效果更为重要。著名现代小说家乔伊斯就认为词语的听觉效果比视觉效果更为重要，可以带来更大的快感。④ 因为，从本质上来说，语言的听觉与视觉反映了两种不

---

① 吴福辉编：《二十世纪中国小说理论资料》第3卷，北京：北京大学出版社，1997年，第334–336页。

② Thedor W.Adorno. Beethoven：*The Philosophy of Music*. Polity Press. 1998，p.6.

③ [美]塞米利安：《现代小说美学》，宋协立译，西安：陕西人民出版社，1987年，第221页。

④ 戴从容：《乔伊斯小说的形式实验》，中国戏剧出版社，2005年，第65页。

同的艺术观，“分别与艺术的模仿和表现相关”[①]。视觉再现的是对外部可感世界的模仿，听觉则是传达内心世界的情感。乔伊斯作为一位关注现代人内心世界的小说家，听觉效果对他来说自然是更为重要的。小说作为语言艺术是通过语言塑造形象来表现对人生和世界的认识的，但是语言所塑造的艺术形象并不像绘画和雕塑这些视觉艺术作品那样具体可视，与其说这是艺术形象不如更确切地说是艺术意象，这与音乐塑造的意象特别接近，都是抽象与不可视的。意象按照感知方式可以分为许多不同的类型，如听觉意象、视觉意象、嗅觉意象、触觉意象等等。注重叙事音响的现代小说必然在小说的意象类型上偏重听觉意象。

茅盾十分注重音响效果在小说中的作用，他在撰写《子夜》时曾列过一个简单的撰写提要：

一、色彩与声浪应在此书中占重要地位，且与全书之心理过程相应合。

二、在前部分，书中主人公之高扬的心情，用鲜明的色彩，人物衣饰，室中布置，都应如此。房屋为大洋房，高爽雄伟。

三、在后半，书中主人公没落心情，用阴暗的色彩。衣饰，室中布置，亦都如此。房屋是幽暗的。

四、前半之背景在大都市，热闹的兴奋的。后半是都市之阴暗面或山中避暑别庄。

五、插入之音乐，亦复如此。[②]

---

① Timothy Martin，Joyce and Wagner，New York：Cambridge University Press，1991，pp.142–143。

② 茅盾：《我走过的道路》(中)，北京：人民文学出版社，1984年，第107页。

通过这个撰写提要可以看出，茅盾在小说中是有意识地运用色彩和音乐来表现小说的整体氛围的。虽然在阅读《子夜》时，我们未必能明确体验到作者这种预设的创作效果，但是,《子夜》确实在前后两个部分的比较中呈现出不同的特征，前半部的视觉效果鲜明，听觉效果令人奋进，而后半部的视觉效果暗淡，听觉效果低沉。这和小说的情节安排、人物的悲剧命运及主题思想的表达都是十分吻合的。

如果说茅盾对《子夜》的规划不过是小说家创作的一种设想，小说文本中并没有尤为突出的音响效果的话，那么王蒙的小说则是充分运用音响效果的典型代表。有学者以《春之声》为例进行样本调查，统计其中出现的各种意象类型和比例，如下表[①]：

意象类型	出现次数	比　例
听觉意象	65	38%
视觉意象	47	27%
嗅觉意象	4	2%
味觉意象	6	3%
触觉意象	11	6%
内觉意象	2	1%
运动意象	19	11%
综合抽象	4	2%
单纯名物	24	13%
共　　计	172	100%

① 徐强:《心之声 —— 听知觉与王蒙作品里的音响世界》,《当代作家评论》, 2007年第2期。

《春之声》中的听觉意象是最多的。正如小说的题目一样，春天的声音。王蒙正是在小说中插入大量的音响效果与音乐，并利用多种音响效果来表现对新时期与未来的无限期望。阅读此小说，就如同聆听一首乐曲一样，欢快、轻松、奋进，把人的情感调节到与作品思想保持一致。

现代经典小说对听觉意象的重视获得了文学创作的巨大成功。这也引来了越来越多的作家和学者开始关注文学与听觉的关系。有学者指出："我愿意坚守一种保守的观点：文学是一种声音艺术，是一种时间的艺术，也是抵抗当代文化空间化的重大堡垒。要捍卫文学，我们必须重新审视语言的本原：声音和节奏，时间的绵延。时间的核心是节奏，节奏的本质是重复。对文学来说，那不是简单的重复，而是一种诗意的重复，一种生生不息的流动，无穷无尽的奔跑追逐的过程。"① 其实，古典的、听觉的艺术并不是保守的、落伍的，反而更是现代人所需要的。

---

① 严锋：《张炜的诗、音乐和神话》，《当代作家评论》，2002年第4期。

论复调小说的诸种形式

复调这一音乐术语在现代小说理论中有一个从借用到借鉴的理论发展过程。从巴赫金到热奈特再到昆德拉，复调小说理论不断丰富和深化其理论内涵，从对话到对位，从小说理论的内容研究到兼顾小说的内容与形式研究。随着复调小说的不断发展，现代小说的复调结构形成了不同的形式，话语的复调、主题的复调、叙述视角的复调与文体的复调是其常见形式。

复调（Polyphony）本是音乐术语，是“多声部音乐的一种。其中若干旋律同时进行而组成相互关联的有机整体。在横的关系上，各声部在节奏、重音、力度、起讫以及旋律线的起伏等方面各自有其独立性；在纵的关系上，各声部又彼此形成和声关系。复调音乐以对位法为其主要创作技法”[①]。在现代小说中，复调不再仅仅是音乐术语，而被广泛地借鉴和应用到小说创作中，无论是对现代小说的内容还是形式都产生了革命性的变革。

在巴赫金的复调理论中，复调只不过是借用音乐的一个术语而已，小说并没有复调音乐的结构形式。巴赫金的复调理论更多的是一种对话理论，主要是从政治意识形态和作品思想性的角度来阐发，并不涉及小说形

① 辞海编辑委员会:《辞海》（艺术分册），上海：上海辞书出版社，1980年，第137页。

式的研究。热奈特在《叙事话语·新叙事话语》中提出叙述层面的复调概念。他通过对《追忆逝水年华》叙述语式变异的分析指出，叙述视点的转变所造成的叙事变异就是一种“复调”。由此，热奈特将小说复调理论引入到小说的形式层面。在昆德拉的小说理论和小说创作中，进一步丰富与深化了复调小说的理论内涵，他更追求小说结构、小说文体与复调音乐的对位，复调才真正具有了音乐学上的意义。从巴赫金到热奈特再到昆德拉，是复调小说理论从对话到对位的新发展时期，不仅体现了复调这一音乐术语在现代小说理论中从借用到借鉴的理论发展过程，而且将小说理论从文本内容研究转向兼顾小说文本内容与形式的研究。现代小说的复调结构是多层次的，本文参照巴赫金、热奈特与昆德拉的复调小说理论，将从话语的复调、主题的复调、叙述视角的复调与文体的复调几个层面结合现代小说文本来做具体分析。

一、话语的复调

话语的复调是巴赫金复调小说理论首创的概念，它是指在小说的叙述话语中存在着一种对话关系而不是纯粹的独白形式。巴赫金认为，小说叙述话语的独白形式代表着一种专制和霸权，对话关系的叙述话语则体现出一种自由与平等意识。所以，优秀的小说都是一种有对话关系的复调小说。为了更好地阐明现代小说的话语复调，本文以鲁迅的小说《狂人日记》为例做具体分析。

《狂人日记》是一篇日记体小说。日记体本是一种私语的言说，言说者和言说对象都是自己，但是，在《狂人日记》中一直回响着两种声音、两种叙述话语。对于这两种话语，学者们从不同的视角得出的结论和意义也不尽相同。但是，无论哪一种解读方式，都反映了具有复调话语特征的小说有着丰富的内涵。《狂人日记》的复调话语首先体现在文言序文与日记正文之间的复调对话。“在《狂人日记》中，我们固然在小说主体部分听到的是狂人的声音，但是鲁迅又在日记前加了一个小序做出交代，称这不过是一个被迫害狂的呓语。这就在某种意义上构成了对狂人声音的解构，从而使小序和正文之间生成了一种小说结构和形式层面的潜对话关系。”① 从内容上看，文言序文是清醒的叙述者的超叙事话语，日记正文则是疯癫的主人公狂人的叙事话语，文言序文的出现首先带来的就是叙述者与文本人物之间的对话关系，两者互相参照才能更为有效地凸显小说的主题。李欧梵认为，文言序文中告知狂人最后“病愈”并赴某地“候补”，恰恰反映了小说的主题思想，即对唤醒生活在“吃人”世界里的大众启蒙的失败，“救救孩子”的呐喊也不过仅仅是一声呐喊而已。② 从文体形式来看，《狂人日记》是由两套话语体系构成的。文言体序文符合中国传统的笔记体散文形式，白话体日记正文则完全反叛古典文学传统的体例，无叙事、无情节，言语疯癫错乱，全然不合小说章法。但是，作为小说的主体，白话体日记正文无疑是小说的主体，小说所揭示的主题，抨击几千年中国传统文化中“礼教吃人”以及“救救孩子”的呐喊之声都出自正文。赵毅衡在《苦恼的叙述者》一书中认为，《狂人日记》的象征意义是白话文对文言文之争胜利的宣告，“白话文就被赋予了优于文言文类的道德力量和文化意义”③ 。赵毅衡将《狂人日记》的话语形式放到五四时期的具体历史语境进行文化学的解读，给当时的文白之争提供了一个鲜活的文本例证分析。

---

① 吴晓东：《鲁迅第一人称小说的复调问题》，《文学评论》，2004年第4期。

② 李欧梵：《铁屋中的呐喊》，石家庄：河北教育出版社，2000年，第67页。

③ 赵毅衡：《苦恼的叙述者——中国小说的叙述形式与中国文化》，北京：北京十月文艺出版社，1994年，第209页。

《狂人日记》的复调话语不仅体现在文言序文与白话正文之间，狂人的话语本身就具有复调性，呈现出两种声音，因为狂人时而疯狂，时而清醒。《狂人日记》的白话正文也并不完全是狂人的疯癫呓语，如果全然是疯人疯语也无任何价值可言，正是因为亦狂亦清醒，才能察他人所不能察，言他人所不能言。小说中的狂人无疑有着被迫害症和妄想症。“月光已不见30多年。30年以前，踹了古久先生的陈年流水簿子，为此赵贵翁、路人和小孩（原先不知道，这是他们娘老子教的！）想报仇，要加害于我。大哥与医生合伙想吃我！”这些都是典型的病症反映。但是，狂人也有常人所没有的清醒认识，例如，他时常重复一句话：“凡事须得研究，才会明白。”这又显出极端的客观与冷静。狂人虽狂，但他也有着自己清晰的逻辑分析和思考能力，他担心别人要“吃”他，于是开始分析研究，从现实中狼子村人炒吃心肝壮胆的传言，到古代的易子而食、割肉饲亲，以及《本草纲目》中人肉可以煎吃的记载，吃人是活生生存在的事实，从而坐实自己的结论：“古来时时吃人，我也还记得，可是不甚清楚。我翻开历史一查，这历史没有年代，歪歪斜斜的每页上都写着‘仁义道德’几个字。我横竖睡不着，仔细看了半夜，才从字缝里看出字来，满本都写着两个字是‘吃人’！”更进一步，由此而反思自己也是“吃人”的人，从而劝阻人们，以往吃过人的人就此停住，并呼吁“救救孩子”。鲁迅通过《狂人日记》“意在暴露家族制度和礼教的弊害”，① 揭示封建礼教“吃人”的本质，采用第一人称的日记体叙述话语，只有选择一位疯癫狂乱的主人公才能更为方便和自然地将小说主题直接讲述出来。清醒的人是具有独立人格的主体，所讲的话只能是一种霸权式的独白说教，疯癫狂人的叙述话语则是一种与自我对话的复调性话语。理智清醒的人很少会就某个荒谬的

① 鲁迅：《鲁迅全集》第六卷，北京：人民文学出版社，2005年，第247页。

问题进行追本溯源的“研究”，狂人的分裂式的思考方式则最适合自我对话。当然，这样说也并不是认为狂人呓语式的小说叙述话语就是最好的，“狂人话语不可比拟的优势是没有任何话语霸权，因为它巧妙地满足了读者‘自己的主意自己拿’的深层次心理需要；而狂人话语致命的弱点也同样是没有任何话语霸权，正因为没有任何话语霸权，所以就很容易被读者忽略”[①]。对于读者来说，如果全然不把狂人的话语当回事，很容易忽略；但是如果要深入分析小说本文的话，小说的主题则与这种复调话语有着不可分割的关联。按照医学的解释，患有“迫害狂”的病人与常人表面上并没有什么区别，神志清楚，叙事有条不紊，如不加深入分析，似与常人无异。罗兰·巴特则认为：“疯癫不是一种疾病，而是一种随时间而变的异己感。”[②] 这显然不是从医学的角度来论述的，而是从人的精神性来论述的，罗兰·巴特将疯癫看成是一种“异己感”，一种自我对话与反思的精神存在。所以，疯癫的话语本身就具有一种复调话语的性质。

鲁迅《狂人日记》采用复调的叙述话语与小说所表达的主题极为吻合，如果不采用狂人的叙述话语而是用清醒的正常人的叙述话语，则没有如此“表现得深切和格式的特别”，也就无法“颇激动了一部分青年读者的心”[③]。

二、主题的复调

主题的复调是复调小说的又一形式。与话语的复调所呈现的多重话语

① 曹禧修：《论〈狂人日记〉修辞策略》，《西南民族大学学报》，2006年第4期。

② 转引［法］福柯：《疯癫与文明》，刘北成、杨远婴译，北京：生活·读书·新知三联书店，1999年，封四。

③ 《鲁迅全集》第六卷，北京：人民文学出版社，2005年，第246页。

性不同，主题的复调在小说中呈现的是两种对立思想之间的交锋。在这样的小说中，往往存在着同一时间维度中的两个或多个平行发展的事件，这些事件又是有着内在联系的对立关系。小说家在小说叙述中并不刻意凸显或淡化某个事件，甚至在情感态度上也呈现出一种矛盾的态度，因此，小说的主题也并不是特别鲜明清楚的，也反映出作者内心世界的挣扎与矛盾。《狂人日记》在话语上具有复调性，但是小说的主题却是十分明确的。《药》则是一篇典型的主题复调的小说。

在鲁迅的小说中，《药》的主题是最具有争论性的。曾华鹏、范伯群在《论〈药〉》一文中总结过多种关于《药》的主题论争：有认为小说表现了“鲁迅对于世间的恐怖”；也有认为“正题皆是亲子之爱”；《论〈药〉》一文则认为小说表现了“革命者和群众的关系”[①]。孙伏园认为“《药》描写群众的愚昧和革命者的悲哀；或者说，因群众的愚昧而来的革命者的悲哀；更直接说，革命者为愚昧的群众奋斗而牺牲了，愚昧的群众并不知道这牺牲为的是谁，却还要因了愚昧的见解，以为这牺牲可以享用……”[②] 还有学者从启蒙的视角来论及《药》的主题：“《药》明显蕴含着启蒙意识形态以及觉醒/愚昧、启蒙革命者/群众、夏/华的对立错位关系。”[③]《药》“以革命者夏瑜肉体被‘杀’和精神被‘吃’的双重悲剧，深刻地反映了鲁迅对于思想启蒙的巨大困惑。作品主题不是肯定‘

启蒙’而是怀疑‘启蒙’，‘人物符号’、‘人血馒头’以及‘枯草意象’所构成的逻辑辩证关系，将鲁迅本人的精神苦闷与绝望情绪，表现得淋漓尽致一览无余”[④]。短短六千字的一篇小说，对其主题有如此众多的阐释

① 曾华鹏、范伯群：《论〈药〉》，《文学评论》，1978 年第 4 期。

② 孙伏园：《鲁迅先生二三事・药》，石家庄：河北教育出版社，2000年版。

③ 旷新年：《〈狂人日记〉、〈药〉及鲁迅小说的潜结构》，《社会科学辑刊》，1996 年第 1 期。

④ 宋剑华：《启蒙无效论与鲁迅〈药〉的文本释义》，《天津社会科学》，2008 年第 5 期。

论证，实际上都源自鲁迅在《药》中使用了主题的复调这一艺术手法。

《药》的复调主题首先体现在小说的标题“药”上。“药”只是小说的标题，在小说正文中从未提及，这似乎暗示着“药”本身就有一种复调性，有着双重的解释。“药”可以治病，也可以害人。“药”对于华小栓来说就是治病，对于夏瑜来说则是残害。并且，即便作为“药”也治不了华小栓的病。其实，鲁迅的所有小说的主题都可以用“药”字来概括①，想救人但又救不了，反而害了人。鲁迅在《药》中并不是要阐明某个道理或指明某种社会发展方向，而只是反映当时社会的一些弊端，从而希望引起大众的关注。这一点，他在《我怎么做起小说来？》一文中讲得最为清楚。

《药》的复调主题还体现在小说的复调结构上。“伟大的复调作品的基本原则之一就是各声部的均衡；没有哪一部分处于支配地位，也没有哪一部分仅仅作为陪衬。”② 为了更好地表达《药》的复调主题，鲁迅在小说的情节上采用了两条相互交叉的线索。《药》明显是从两条线索（犹如两个声部）上展开的，明线以华老栓的活动为第一线索，暗线以夏瑜的经历为第二线索。这两条线索在小说中体现不出其中一条为另一条服务，两条线索是随着华家、刑场、茶馆、坟场等场景的转换同步发展，最后融合在坟场形成交集，由此而形成一种和声的审美效果。很多论者在谈《药》的主人公时认为，这篇小说没有主人公。是的，在一个复调主题的小说中，谁会占据主导地位呢？两个家庭（华、夏）、两个阶层（革命者与群众）共同演奏着一首相同的命运的悲歌（坟场）。虽然声部不同，但最终走向和声。《药》“表现了两种互相对立力量的共同活动，构成了小说一种内在的

① 从药的视角来概括鲁迅小说的主题乃至鲁迅精神，已有学者充分论证过。谢泳在《“药”与鲁迅之文观》（《鲁迅研究月刊》，1992年第1期）中认为：如果用一个字来概括，鲁迅小说的主题就是“药”。张靖在《“药”之意象与鲁迅精神》中认为，“药”是鲁迅作品和精神最好的比喻。

② ［捷］米兰·昆德拉：《小说的艺术》，唐晓渡译，北京：作家出版社，1992年，第13页。

张力，而且由于无法超越的时间性因素的作用，或者说，由于鲁迅富于匠心地将两件异质事件安排在同一时间段而使小说在批判国民的不觉悟和革命者脱离民众的弊病的价值取向中，隐含了一个客观深邃的文化原理：觉醒者与沉睡者来自同一个失落的文化家园，这个家园既无法培育健康的生命，也绝对容纳不了反抗的生命，健康的生命在其中也会被侵害，不是病死就是被杀害，所以，这个家园除了消亡外已经没有存在的价值了，它的归宿就是坟场”[①]。《药》正是利用这种复调形式来表现主题中所包蕴的深刻而复杂的内涵。从小说的结构艺术看,《药》无疑要比《狂人日记》更为出色。

在以往的研究中，我们多关注这篇小说的主题究竟是什么，无论是回归历史语境还是进行文本细读释义，都难以全面概括小说的真正主题。其实，从主题复调的角度来解读这篇小说，鲁迅所要表达的，不仅是希望革命者反思，也希望民众同样要反思[②]，这是一个复调的主题。无论过去我们站在哪个角度去解读，都是跟着《药》的一个声部在走而已，对于复调小说的解读当然应该从每一个声部去解读，唯有如此,《药》的复调主题才能显而易见。

三、叙述视角的复调

叙述视角的复调是指在共时空间里通过对小说叙述视角的不断变换来

---

① 徐祖华:《鲁迅小说的基本幻象与音乐》,《文学评论》，2010 年第 4 期。

② 王富仁在《关于〈药〉的主题》(《名作欣赏》，1985 年第 3 期）中认为:“对于《药》中夏瑜的牺牲和群众的不觉悟二者之间的因果联系，我们完全可以从两个方面加以理解：以夏瑜为代表的旧民主主义革命者脱离群众导致了群众的不觉悟，群众的不觉悟又使夏瑜白白捐弃了自己的生命。可是鲁迅表现的重点却只是后者。以前我们为了从中得出资产阶级革命者脱离群众的政治性结论，片面强调了夏瑜脱离群众的一面。这分明是与鲁迅的整个艺术构图不相谐和的。”

凸显小说的主题思想。小说是反映现实社会的产物，现实世界的复杂性往往很难通过一个视角或一个层面就能够得到客观、全面、真实的反映。多重的叙述视角则可以将小说家对世界复杂性的理解通过不同的层面传达出来，无论是以小说人物的叙述视角还是以叙述者的视角甚至是作家的直接发言，这种叙述视角的复调会是一种直接而有力的叙述策略。

利用小说人物的多重视角进行叙述是现代小说最为常用的手段。福克纳的小说《喧哗与骚动》就是一部典型的采用多重叙述视角的复调小说。小说在结构上共有四个章节，这四个章节分别采用不同的叙述视角：小说的前三章依次以康普生家三兄弟班吉、昆丁与杰生的视角来叙述，第四章则采用作者的全知视角进行叙述。其实，前三章的叙述处于一个共同的时空结构之中，但是三兄弟对过去历史的叙述各有不同，由此形成鲜明的对比与反差，这就将同一事件以不同的视角审视了三次，无须作者发言，小说在对比中已让读者感知和思考世界的不同层面。这种叙述视角的复调小说在小说结构上突破单一的、平面化的叙事结构，形成一个多维立体的复调结构。最后，小说的第四章通过作者所设置的叙述者的全知叙事又进一步凸显小说的主题思想。《喧哗与骚动》正是通过这样的复调结构对小说的思想主题进行了多维视角的透视剖析。

叙述者的不同视角则是指讲故事的不同方式。刘小枫在《沉重的肉身》中将故事的不同视角的叙述看成是一种伦理行为，并认为，“所谓伦理其实是以某种价值观念为经脉的生命感觉，反过来说，一种生命感觉就是一种伦理；有多少种生命感觉，就有多少种伦理”[①]。说到底，伦理正是一种对世界和人生的不同理解。尤其是他通过多重视角重述丹东与妓女、《牛虻》等故事，仅仅是采用了不同人的叙述视角而已，却足以让读者感

① 刘小枫：《沉重的肉身——现代性伦理的叙事经纬》，上海：上海人民出版社，1999年，第3页。

受到不同年龄、性别、地位、阶级的人的现实处境，让读者更为全面地理解了世界和人生的复杂性，同时也认清了自我，“叙事改变了人的存在时间和空间的感觉……叙事让人重新找回自己的生命感觉，重返自己的生活想象的空间，甚至重新拾回被生活中的无常抹去的自我”[①]。刘小枫所谓的这种“复叙事”所带来的不同“生命感觉”正是叙述视角复调所带来的艺术效果。

现代小说叙述视角的复调更为常用的手段是将小说人物视角、叙述者视角和作者视角等共同安排在一个小说文本中，形成一种真正的复调对话。越来越多的现代小说家放弃在一部小说中仅用一种叙述视角，而青睐于共同运用多种视角。昆德拉很善于将多种视角融合在一起，在小说《玩笑》中，第一人称“我”的叙述视角贯穿始终，另外分别有四个主要人物分头叙述，并不仅仅是某一位小说人物的叙述视角。昆德拉以为这样还不够，他还时不时地以作者的身份直接在小说中发言。“我经常想作为作者，作为我自己，进行直接的干预。在这种情况下，一切取决于我所用的语气。”[②] 在中国现当代小说中，这种多重叙述视角的融合也是常见的，其中影响最大的莫过于马原的《冈底斯的诱惑》。在这篇小说中，没有统一的人称，也没有贯穿始终的人物，却又在不停地变换着人称。例如，小说中叙述老作家时用第一人称视角，叙述穷布时用第二人称视角，而叙述姚亮、陆高、顿月和顿珠等人的故事时则用第三人称视角。除此之外，作者马原还经常以自己的视角来观看整个故事，于是，人物、叙述者、作者的视角错综变化，打破了以往传统的叙述方式，读者在阅读时要不停地思

---

① 刘小枫：《沉重的肉身——现代性伦理的叙事经纬》，上海：上海人民出版社，1999年，第3页。

② ［捷］米兰·昆德拉：《小说的艺术》，孟湄译，北京：生活·读书·新知三联书店，1992年，第77页。

考，这是谁在叙述，由此而形成阅读的延宕及对小说的理性思考。马原的这种叙述方式被称为“叙述的圈套”[①]，开启了中国新时期小说叙述模式的革命。其实，马原的叙述策略就是采用了叙述视角的复调，通过视角的变化形成阅读时的间离效果，进一步增强了小说叙述传达的艺术效果。

叙述视角的复调带来小说叙述的新变化：无论是多种视角讲述构成一个故事，还是多种视角讲述同一个故事，都是现代小说对叙述学的新贡献，这种叙述方式将会在未来的小说中得到更为广泛的应用。

四、文体的复调

“文体的复调”是昆德拉在《小说的艺术》中提出的概念。文体的复调是指各种不同类型的文体形式共同组合成一部小说。这就像复调音乐一样，由多个不同的声部“平等”而又“不可分割”地为同一个音乐主题服务。这一概念的提出源自昆德拉从布洛赫的小说《梦游者》得到的理论启示。在《梦游者》的第三部中，布洛赫有意设置了五种不同的文体：1.短篇小说：主要讲述三个主人公的故事；2.中篇小说：主要讲述安娜·温德灵内心的心理小说；3.报道：一则关于军队医院的新闻报道；4.叙事诗：主要讲述一位救济院女孩的故事；5.学术论文：主要讨论价值堕落的价值观问题。为了更好地说明文体的复调，昆德拉又以陀思妥耶夫斯基的小说《群魔》作对比，他认为《群魔》从纯技巧的角度分析也由三条并行跃进的线索组成，这三条线索讲述的是三种不同类型的小说，即讽刺小说、浪漫小说和政治小说，但小说通过三线并置整合为一部爱情与革命交织的小说。通过对比，昆德拉认为，《梦游者》“这些线虽然都被同时处理，不停

① 吴亮：《马原的叙述圈套》，《当代作家评论》，1987年第3期。

地交替（也就是说具有明显的复调意图），却不统一，没有构成一个不可分的整体。换句话说，复调的意图在艺术上尚未实现”[①]。而《群魔》“在情节虚构上所采用的一种巧妙的技巧便轻而易举地把这三条线连成一个不可分的整体……在《群魔》中三条线特点尽管各有不同，都属于同一类（三个小说故事），而在布洛赫那里，五条线的各类从根本上就不一样：长篇小说；短篇小说；报道；诗；论文”[②]。也就是说，《群魔》是一部完成了的复调小说，而《梦游者》是一部具有复调意图却没有完成的小说。即便如此，昆德拉还是认为布洛赫完成了小说的一种“革命性创举”，因为布洛赫“把非小说性的类合并在小说的复调法中”[③]，这是《群魔》所没有的；在复调法上，布洛赫要比陀思妥耶夫斯基走得更远。为此，他特别钟情这种复调文体小说，并在他的小说创作中践行。

在《笑忘录》中，小说共有七个章节，对应着音乐的七个音阶，在具体的章节中则安排了两个同为“天使们”的章节。前一章“天使们”由五个要素组成：1. 关于两个女大学生轻生的故事；2. 自传式的故事；3. 对一部女权主义的书所作的评论；4. 关于天使和魔鬼的寓言；5. 关于艾吕雅在布拉格的天空中飞翔的故事。同样，后一个“天使们”的章节也由多个层面构成：“1. 关于达米娜之死的梦幻故事；2. 关于我父亲的死的自传故事；3. 音乐学的思考；4. 对于忘却这个毁灭布拉格的灾难所作的思考。”[④] 这两章都是由多个看似不相干的部分组成，并且在文体上又各式各

① ［捷］米兰·昆德拉：《小说的艺术》，孟湄译，北京：生活·读书·新知三联书店，1992年，第70页。

② ［捷］米兰·昆德拉：《小说的艺术》，孟湄译，北京：生活·读书·新知三联书店，1992年，第71页。

③ ［捷］米兰·昆德拉：《小说的艺术》，孟湄译，北京：生活·读书·新知三联书店，1992年，第71页。

④ ［捷］米兰·昆德拉：《小说的艺术》，孟湄译，北京：生活·读书·新知三联书店，1992年，第73页。

样，轶闻、评论、寓言、随感、哲思等等，不同的文体形式交融混合，但又共同阐释同一个小说主题："天使是什么？"昆德拉似乎并不满足于在小说的部分章节运用文体的复调，在《生命中不能承受之轻》中，他通篇都使用了文体的复调。这部小说在文体上已经不完全属于传统上所定义的小说了，开篇关于"永劫回归"的论述可谓是一种哲学的沉思；之后才开始进入叙述形式的小说，讲述托马斯与特丽莎的故事；随后的第三章开始解释词条，对诸如"女人""音乐""忠诚与背叛""光明与黑暗"这些词语进行阐释，俨然是一种辞典体的编写方式。整部小说就是由哲学、小说、辞典这样的多种文体构成的。

在昆德拉看来，文体的复调是小说最为出色的结构方式。有学者认为："文体的复调对传统小说文体观形成了根本冲击，小说作为一个文学类型的'质的规定性'因此发生动摇……昆德拉有关小说文体复调的阐述与实践，正是不拘于文体规范及类型成见的创新行为。"[①] 虽然昆德拉极力推崇小说文体的复调，但是这种复调法在现代小说的创作中依然是比较少见的。一方面文体的复调还未被更多的小说家所认识和接受，另一方面文体的复调在小说结构上的确很难实现，既要各部分之间运用不同的文体，又要密切地联系成一个整体服务于一个主题。昆德拉的小说取得了世界性的声誉，这也证明文体的复调并不仅仅是一种理论呼吁，而是可以在小说创作中实现的，这需要未来小说不断地探索和创新。

---

① 李凤亮：《文体的复调与变奏——对米兰·昆德拉"复调小说"的一种解读》，《西南师范大学学报》，2004年第2期。

论新时期高尔泰的美学追求

高尔泰苦难的人生历程与特立独行的治学风范在中国当代美学研究中有着重要的意义。在逻辑起点上，高尔泰提出研究美学首先要研究人学，人学是美学的起点；在理论特征上，高尔泰立足于浪漫美学的内在要求，充分展现了浪漫美学的对立性原则、情感本体论和精神的主体性等美学特征；在价值追求上，高尔泰执着于人的追求从而试图建构人学美学，彰显着鲜明的启蒙精神。

一、美学是人学

20世纪70年代末，高尔泰展露出其锐意创新的理论追求，一方面，他不断地深入发展和完善其美学的“美感论”；另一方面，在接受大量西方美学理论的同时，又试图构建基于人学之上的美学体系。为此，他发表了一系列的论文，如《关于人的本质》《异化现象近观》《异化及其历史考察》《美是自由的象征》《美的追求与人的解放》《现代美学与自然科学》等等。后来他把这些论文结集成书，即《美是自由的象征》。虽然他的美学体系最终也没有建立起来，但是，他的美学追求还是十分鲜明的。他在前言里说：“本书的内容有两个方面：一个是‘人’的问题；一个是‘美’

的问题。而主要是‘人’的问题，即人道主义问题。”① 这句话的潜在意义是说，只有把人的问题弄明白了，才能更好地研究美的问题。即人学是美学研究的逻辑起点。

高尔泰关于美学是人学的理论其哲学基础是“美是人的本质力量的对象化”这一重要的马克思主义哲学命题，除了以蔡仪为代表的客观派否认这一思想对于美学研究的意义之外，中国的当代美学家们几乎都接受这一思想。朱光潜先生说：“这种实践观点必然要导致美学领域里的彻底革命。”② 高尔泰认为：“这一深刻的论断为现代美学研究提供了一把揭开理论之谜的钥匙。现代美学中存在的许多问题，都可以用这把钥匙打开解决问题的门径。”③ 既然“美是人的本质力量的对象化”，那么研究美就不得不研究人，只有在把握了人的本质的基础上才能更好地研究美学问题。因为“审美能力是人的一种本质能力。审美的需要是人的一种基本的需要。所以美的本质，基于人的本质。美的哲学，是人的哲学中一个关键性的有机组成部分。研究美而不研究人，或者研究人而不研究美，在这两个方面都很难深入”④ 。所以，高尔泰在《美是自由的象征》一书中首先论述的是“关于人的本质”，接着才是“美是自由的象征”。对于“美是人的本质力量的对象化”，高尔泰的理解是：“人的世界并不是历史运动的力场，不是在人之外的盛装人类的容器，它本身就是人的表现，人的活动及其后果的总和，亦即人的本质力量的一个对象。”⑤ 于是，人活动的全部成果也就是“人的本质”在现实世界的存在。“美是人的人化程度的标志，美的哲

---

① 高尔泰：《美是自由的象征》，北京：人民文学出版社，1986年，前言第4页。
② 丁枫：《高尔泰美学思想研究》，沈阳：辽宁人民出版社，1987年，第41–42页。
③ 丁枫：《高尔泰美学思想研究》，沈阳：辽宁人民出版社，1987年，第42页。
④ 高尔泰：《美是自由的象征》，北京：人民文学出版社，1986年，前言第1页。
⑤ 高尔泰：《美是自由的象征》，北京：人民文学出版社，1986年，前言第9页。

学是人的哲学的最高境界。”[1] 那么，美的追求就是人的追求，而美学就是人学。

美学是人学这一命题充满着浓郁的人本主义美学特征。在高尔泰看来，这种人本主义美学至少表现为三个方面的特征。

首先，人本主义美学体现出强烈的人道主义，人道主义与现代美学有着共同的原则。“人道主义与现代美学都着眼于人的解放。不过前者的着眼点是人从社会中获得解放；后者的着眼点，是人从‘自我’获得解放。换言之，人道主义是宏观历史学，现代美学是微观心理学，二者之间有其深刻的内在联系。”[2] 这就是它们都力求肯定和实现人的本质 —— 自由，走这一条共同的自由之路。所以他认为：“人的解放程度是人的本质实现程度的标志。”而自由的实现便是人的存在与本质的统一、社会与自然的统一、个体与整体的统一、有限与无限的统一、思维与存在的统一。这既是人道主义的任务也是现代美学的任务。

其次，人本主义美学尤为强调主体性特征。主体性在他的美学研究中是一以贯之的。长期以来，高尔泰因为发表了《论美》而被称为主观美学的代表人物，其实只看到主观，这是对高尔泰美学思想的简单化理解。因为“高尔泰的一切美学文章从来都没有拘泥于反映论的主观客观的关系，从来都是从远远超出于主客观范畴关系之外的人的主体方面来论美的。这不是一种主观美论，而是一种主体美论。”[3] 与其说高尔泰的美学思想是从主观出发的，不如更确切地说是从主体出发的。只有从主体出发论美，才能确立以美感为中心的美学研究，才能时刻关注主体的人，才能提出作为主体的人的自由与美的本质的关系。洪毅然先生就曾一语道破：“从他最

---

① 高尔泰：《美是自由的象征》，北京：人民文学出版社，1986 年，前言第28页。

② 高尔泰：《美是自由的象征》，北京：人民文学出版社，1986 年，前言第105–106页。

③ 冯宪光：《主体性美学 —— 高尔泰美学思想的主要特点》，《文艺研究》，1988 年第2期。

初提出的‘美就是美感’或‘美感即美’，到‘美是自由的象征’，正是他的美学思想毫不含糊的核心，而且这个核心，实乃前后相涵，一以贯之的。”[①] 主体性是高尔泰美学思想的主要特征。

再次，人本主义美学还体现在以人的价值尺度来论美的价值。高尔泰认为美的现象是以价值体系为结构的文化心理结构的产物，价值体系与人密切相关。人是一种宏观的历史现象，美是一种微观的心理现象，后者是前者的一个缩影，没有人就没有美，而研究美学，归根结底也就是研究人，离开了以文化心理结构为中介的人与世界整体关系，便无法形成对美的真正认识。马克思关于人的本质的对象化的思想则为解答美是什么这一古老难题提供了深刻的启示。所以，高尔泰把人的问题和美学研究密切地联系在一起，从哲学上宏观把握了美的本质。

“美学是人学”是一个历史命题。直到20世纪90年代，依然有许多学者致力于美学是人学的探索与追求[②]。关于高尔泰美学是人学的观点，支持者与质疑者都不乏其人。支持其观点的学者认为：“高尔泰的这种看法是有独到的地方。这样来界定美学，就是把美学放到了一个更加广阔的背景之上。美学不仅要研究美的形式及其感受，形式的创造及其心理机制，艺术内在的规律性等等，而且更重要的是，美学应当揭示人的价值、意义及其丰富性，揭示美的追求与人的解放的一致性。”[③] 而质疑者刘士林则认为：“由于从逻辑起点上未能明确区分开‘人的本质’与‘美的本质’，所以最后只能把美的哲学变成了人的哲学……而作为其衣钵传人的后实践美学，也一仍其旧，其理论意向性仍然是人的存在问题，而不是人的美学问题；是人在现实世界中的‘生存’问题，而不是美的本体论这一‘知识’

① 洪毅然：《“美是自由的象征”说质疑》，《文艺研究》，1988年第5期。

② 成复旺：《走向人学的美学》，《社会科学家》，1995年第2期。

③ 丁枫：《高尔泰美学思想研究》，沈阳：辽宁人民出版社，1987年，第42页。

问题。”[①]

为何这两种评价会如此针锋相对呢？问题的根源则在于如何看待“美学是人学”这一问题，究竟是一种本体论的美学研究还是一种方法论的美学研究？站在本体论的立场来看，美学是人学这一美学研究的确在逻辑起点上把美的哲学置换成了人的哲学，刘士林的反驳是很有道理的。站在方法论上来看，美学是人学的意义不可估量。把人的价值追求作为美学的研究目的，这是对美学研究的一种方法论的突破，是美学研究的新视角。其实，高尔泰说清楚了这一问题但却没有在美学研究中贯彻到底。他在《关于人的本质》中开篇就界定了关于“本质”的理论，他说：“我们关于‘本质’的理论，是一种方法论，而不是本体论。它是我们把一事物与一切其他事物及其整体区分开来加以研究的方法。”[②] 只不过，在美学是人学的论述过程中，他却从方法论走向了本体论，这才导致了其美学研究中的言行分离。

二、浪漫美学

高尔泰美学对中国现代美学的贡献通常被简单地概括为“主观美学”，近来又有“自由美学”[③]、“新潮美学”[④] 等说法。这些概括从方法论、特征论、影响论上来看无疑是精确的。但如果从作为一种美学原则甚至是一种美学流派的风格来看，他继承和开创的是中国的“浪漫美学”。因为他的美学思想体现着浪漫美学的特征。虽然中国现代美学有了浪漫美学的萌

---

① 刘士林：《澄明美学》，郑州：郑州大学出版社，2002 年，第 308 页。

② 高尔泰：《美是自由的象征》，北京：人民文学出版社，1986 年，前言第 1 页。

③ 阮学永：《高尔泰的“自由”美学思想研究》，南京师范大学硕士学位论文，2004 年。

④ 黄杨：《中国当代美学新潮扬弃“积淀”的历史轨迹》，《南通师范学院学报》，2003 年第 4 期。

芽，但是浪漫美学长期以来在中国并没有得到持续的发展。高尔泰继承并推进了这种浪漫美学的发展。他的美学立足于浪漫美学的内在要求，充分展现了浪漫美学的对立性原则、情感本体论和精神的主体性这三个美学特征。

首先，对立性原则是高尔泰美学最突出的特征，他的美学追求是立足于人的哲学的高度来诠释对立的。在他看来，这一对立原则不仅体现在主体与客体、个体与社会、理想与现实的关系中，更体现在人与自身的关系中。众所周知，高尔泰认为审美主体与审美客体是对立的，只有审美主体体验到了审美客体，美感才会产生，美才会产生。而关于个体与社会的关系，高尔泰与李泽厚的侧重点是不同的。李泽厚十分关注个体存在和感性欲求的一面，但他更强调社会和理性对生物个体存在和原始本能的调控，在个体与社会的关系中，李泽厚显然更关注社会。高尔泰虽然并不排除社会规范和理性结构的作用，但他更强调个体生命和感性动力对异化成规或僵死结构的超越。对于理想与现实的冲突，他认为理想更为重要，现实中无法实现的并不是没有意义，它完全可以在理想中实现。而以上所有这一切对立都是基于人自身的冲突。高尔泰认为："存在和本质的矛盾是人类独有的矛盾，是人自己造成的矛盾……人作为一种与自然相对立的主体，与必然相对立的自由，并没有完全脱离自然和必然，产生这种矛盾是不可避免的。"[①] 作为自然存在的动物是没有这种对立的，因为人不仅是自然存在，更是一种本质存在，所以矛盾是永恒的。面对这种永恒的矛盾，高尔泰的思考并不是孤立的而是辩证的。他认为人比任何动物都更强大，"在这个意义上人的需要意味着更高的生物效能，它只能是历史与进化的统一、社会和自然的统一、精神和肉体的统一，而绝不会是二者的分离。

① 高尔泰：《美是自由的象征》，北京：人民文学出版社，1986年，前言第20页。

任何二者的分离都是人的本质的自我异化和自我否定。[①]”这样，对立原则最后还是要归结为一种统一的存在。

其次，看情感本体论。在高尔泰的美学中情感是被放置于本体论的高度的。对于爱、情感、同情、信仰、真诚、英雄主义和梦的追求是人自我确认的前提，也是美学的必要前提。因为，“面对无限深邃而又冷漠无情的宇宙，我们需要爱，需要温暖，需要同情，需要信仰，需要真诚，需要英雄主义，需要梦，需要值得为之奉献的东西。没有这些，我们就无所适从。没有这些，我们就不能前进。这些都是构成我们自我的必要的因素，也是我们自我借以前进的动力。寻找这些，也就是寻找失落的自我”[②]。“无爱是一种低能，无所可爱则是一种不幸。无爱是内在的空虚，无所可爱是外在的空虚。无爱者是不会感到无所可爱的痛苦的，因为对他来说根本不存在那样的对象，所以也不会有对象的缺乏。”[③] 由此，我们可以看到，没有了爱这一情感本体，审美主体面对自然世界的一切对象都不会有所体验，那么，人的本质的对象化就更无从谈起。如果情感消失了，美也就消失了。高尔泰在其美学研究中一直都秉持这一美学原则，他的美学从美感经验谈起也正是基于浪漫美学这一情感本体论的内在逻辑。

最后，看其浪漫美学所张扬的精神的主体性。这是高尔泰浪漫美学最为重要的特征。在当代美学家中谁都没有像高尔泰这样把精神的主体性放置得这么高。高尔泰尤为注重作为个体的人在精神上所具有的主体性。具有这一主体性的个体就是要摆脱束缚从而走向主体自身的自由。所以，他一直都把美感的能动性和创造性作为美学研究的中心。先看美学的主体性。自新时期以来，李泽厚在美学上也提倡这种“主体性美学”，其实高

① 高尔泰:《美是自由的象征》，北京：人民文学出版社，1986 年，前言第26页。
② 高尔泰:《美是自由的象征》，北京：人民文学出版社，1986 年，前言第35-36页。
③ 高尔泰:《美是自由的象征》，北京：人民文学出版社，1986 年，前言第29页。

尔泰早在《论美》时就已开启了“主体性美学”研究，“对美学的主体性的倡导和执着，是高尔泰美学思想始终一贯的鲜明特色，也是他对中国现代美学的重要贡献”[①]。再看美学对精神的关注。在这一点上，我们可以说高尔泰与黑格尔是相通的，都把精神置于绝对的高度。高尔泰的美学是一种“解放”的哲学，“但这个‘解放’不是人的社会的解放，而是人的精神的解放”[②]。正是基于精神的解放，所以，“高尔泰论述的审美过程中的人的解放，不是集体的而是个体的；不是物质的而是精神的；不是现实的而是心理的；不是永恒的而是瞬间的；不是实用的而是超功利的……它是对中国美学中长期以来不重视主体的辩证，有着极大的解放思想、解放个性、解放情感的作用”[③]。

有学者给高尔泰的美学做了这样的评价：“高尔泰继他的先行者而起，在人的哲学的高度上对美感的能动性和创造性进行了更为深刻的论证，把审美是一种解放了的思想推向了中国现代美学从未达到过的高峰。那种对人和生命力的热情洋溢的赞美，那种对自己的热切的渴望，那种对内在心灵的深入的体验，那种对大自然的倾心爱恋以及饱含诗意的理论思辨，非常明显地表现着他思想理论的基本倾向和个性特征，因此他的美学思想也可以称为美学上的浪漫主义。”[④] 这无疑是十分精当的。

三、启蒙美学

高尔泰在20世纪美学舞台上无疑是作为一位启蒙者的身份而存在的。

---

① 冯宪光:《主体性美学——高尔泰美学思想的主要特点》,《文艺研究》，1988年第2期。

② 朱存明:《情感与启蒙》，北京：西苑出版社，2000年，第272、第273页。

③ 朱存明:《情感与启蒙》，北京：西苑出版社，2000年，第272、第273页。

④ 邹华:《主体存在与感性动力》,《西北师范大学学报》，2001年第1期。

无论是他早期在美学界的登台，还是他后期积极参加王元化倡导的“新启蒙”运动，他的美学思想一直灌注着启蒙精神，启蒙精神的核心概念诸如人的情感原欲、人的主体性、人的自觉性、人性等都是高尔泰美学思想的关键词。高尔泰的美学思想以感性启蒙为起点，他所张扬的美学的主体性、美学是人学正是启蒙美学的人性本体论的具体表现。高尔泰的美学是一种启蒙美学。

高尔泰的美学思想在起点上十分强调感性启蒙。“启蒙美学是以感性解放或者感性启蒙为出发点。欲望与情感系启蒙美学的‘原动力’之所在。”[①] 这种情感原动力通俗地说就是生理本能、生命本能，如食欲、性欲等，它是人生存无法避免之大欲，并维持与延续人的生存，这种欲望是一种原始的生命本能。原始生命力是动态、开放、天然自由的，社会伦理道德与礼法制度必须对之进行规范化。因此，萌发于人之原始欲望的情感与社会的礼法制度有着天然的冲突。中西方的文学与美学理论对这种情感原欲生命力都特别地关注，中国美学传统的源头可以追溯到“发乎情”，但始于“发乎情”的美学在中国古典美学长河中最终要归之于“止乎礼”的礼制要求，从而实现“温柔敦厚”之美。所以，一部中国古典美学史亦是一部“情礼（理）冲突”[②] 史。在西方，弗洛伊德的心理分析理论更是把一切都归因于性，爱欲压抑着文明。法兰克福学派著名美学家马尔库塞则认为文明与爱欲并非是对立冲突的，从而积极重建一种释放爱欲的文明。爱欲是整个生物体的冲动，是人和社会发展的一种动力，它与理性文明的关系并不是剑拔弩张的。启蒙美学从这种原欲出发，让这种情感本能经由社会规范制度与道德伦理的涤荡后，找到情感升华后的信仰，情感与这种信仰融合从而实现人的生命力最终体现，亦即个体人格的塑成。文明与爱

---

① 邹华:《主体存在与感性动力》,《西北师大学报》, 2001 年第1期。

② 萧华荣:《中国古典诗学理论史》, 上海：华东师范大学出版社，2005年，第8–9页

欲的这种从对抗到调和，正是启蒙美学所要走的路途。

高尔泰的启蒙美学正是从这种生命本能的情感原欲出发，并尤为重视情感原欲动力与社会制度规范及道德伦理的关系，因为这种关系就是启蒙美学的原动力。他把这一学说在美学上进行理论化，用他的专有名词就是“感性动力”。这种“感性动力说”的矛头直指李泽厚的“积淀说”。李泽厚曾说人是历史文化的积淀，高尔泰对其并不赞同，他认为只有冲突才会带来变化与发展，“历史的积淀”是一种静止状态，强调二者中的哪一方面是一个至关重要的问题。因为“‘历史的积淀’和既成的理性结构，是过去时代的遗物。所以它趋向保守的、固定的、单一的，它要求我们认可一切既成的现实。而感性动力则力求批判地扬弃它，以扫清前进道路上的障碍”。“只有变化和发展，才是作为主体的人的感性动力，通过创造活动不断批判地超越历史成果，不断实践地扬弃历史‘积淀’而争取自由解放的现实的运动。”[①] 在他看来，“发乎情，止乎礼”的美学原则中情感总是要冲破礼的规范，情感是感性的、动态的，而礼则是理性的、静态的，情与礼的对抗就是一种感性动力与理性结构的对抗，其美学思想的逻辑起点就是这一对立冲突，由冲突而实现一种调和，最终，人实现了自己的主体性并争取到了自由与解放，这才有自由的美学。例如，他解读屈原的《楚辞》就彰显着这一启蒙美学思想。在他看来，无拘无束的“巫”文化是楚文化的特点。在“巫”文化中，感性的成分多于理性的成分，没有形成一个严密的结构系统，所以它的封闭性就较少。植根于这种自由的“巫”文化的《楚辞》与“以理节情”的美学原则相冲突，《楚辞》“在更深的层次上应当说是保留在‘巫’文化中的原始生命力——感性动力突破理性结构束缚的结果”[②] 。屈原创作了《楚辞》这一艺术形式，是“华夏文化和楚

---

① 高尔泰：《美是自由的象征》，北京：人民文学出版社，1986年，前言第110页。

② 高尔泰：《屈子何由泽畔来？》，《文艺研究》，1986年第1期。

文化相结合的产物，是历史积淀而成的并与感性动力异化了的理性结构，同植根于无意识深处的原始生命力——感性动力相结合的产物。它是意识和无意识的统一。感性生命力被压抑、被束缚的苦闷，在无意识的深处涌现出来的原始意象，以及古老的神话传说所引起的艺术幻觉，这一切汇集起来成为一股巨大的心理动力，不但帮助屈原‘找到了’这么一种形式，而且在这形式中注入了那么多的纷红骇绿和万怪惶惑”[①]。

高尔泰的美学思想同样彰显着启蒙美学的人性学本体论。启蒙向来是和人文主义、人道主义紧密相连的，人性是启蒙美学的立论之基与最终旨归。在高尔泰看来，“所谓启蒙，就是扫盲，即启发自觉性，扫除盲目性”[②]。所谓自觉性就是人要有自己的独立意识，这是一种人的主体性；所谓扫除盲目性就是不随波逐流，要有自己的见解，这也是一种人的主体性。所以高尔泰在其美学历程中，从《论美》中“主体性美学”的初露端倪到《美是自由的象征》中的大力张扬，再到后来提倡“美学是人学”，高尔泰的美学向来是与人性密切相连的，他的美学所走的是一条人性学之路。启蒙美学的核心是人性学本体论，它要求个体作为一个自由的人，有着主体性的，有着健全的人格精神。故而高尔泰晚年把自己一生重要的美学论文结集出版命名为《美的觉醒》和《美的抗争》。晚年高尔泰把自己一生经营的自由美学、浪漫美学诠释为“美的觉醒”与“美的抗争”，是因为他看到只有人性的“觉醒”与“抗争”，自由的美学才有可能建构起来。从这个意义上来说，高尔泰的美学更是一种启蒙美学。

20世纪中国美学少有启蒙精神或者说扭曲误读了启蒙精神，如果说在前四分之三个世纪里都是如此的话，那么新时期以来，在倡导实践标准与思想解放的时代主旋律中，文学与美学研究都对启蒙精神更加重视。我

① 高尔泰:《屈子何由泽畔来?》,《文艺研究》，1986年第1期。

② 高尔泰:《说“启蒙”》,《新启蒙》(4)，长沙：湖南教育出版社，1989年，第10页。

们可以1980年代的美学讨论、文学繁荣、引进的大量西方美学与文学理论为证。但是，正如我们认识到启蒙精神在五四时期没有得以延续与实现一样，20世纪80年代以来也没有把启蒙精神重新引入正轨。如果说前者是在不自觉中放弃的话，那么后者则是在盲目中迷失。五四时期的启蒙者不自觉地由启蒙走向救亡从而为政治美学呐喊助威，而20世纪80年代的启蒙者们在各种“回归”“重建”的思潮中，并没有延续五四时期先驱们的启蒙思想，反而却走向了一种伪启蒙与反启蒙。高尔泰在20世纪80年代作为一位美学“归来者”，他的美学思想依然基于人性学的出发点与归宿点，强调感性动力结构，把人的解放与美的自由连接起来，以美学是人学的观点，深入发展其自由美学体系。面对风云巨变的各种理论观念与思潮，依然坚持人的主体性，与各种盲从潮流相抗争，他在新时期更大的意义是竖起了一面具有启蒙精神的美学旗帜。

2

二 思潮

论现代小说的音乐性

现代小说与传统小说的重大区别是更加关注小说形式的探索。借鉴其他艺术门类的手法成为现代小说形式实验的重要手段。音乐作为与文学相邻的艺术形式，给小说与音乐联姻提供了很好的理论支持。现代小说主要通过借鉴音乐节奏、音乐曲式和音乐旋律来实现小说文本的音乐性，具体地说，音乐节奏体现在小说语言的声音层面，音乐曲式体现在小说的结构安排上，音乐旋律则主要体现在小说的意境营造上。现代小说的音乐性是小说文体形式的一次重要变革，它扭转了长期以来小说作为散文体仅注重文学语言的语义层面而轻视语音层面的创作实践，丰富了小说语言的艺术表现力。

一

现代小说的形式实验十分注重小说与音乐的结合。早在19世纪末，现代小说形式实验的先驱康拉德就曾说过，小说“必须尽量具有雕刻的可塑性，绘画的色彩，和音乐的有魔力的暗示——而音乐乃是艺术的艺术……”[①] 到了20世纪，在乔伊斯与伍尔夫等人的意识流小说中，“依赖

① 梅·弗里德曼:《意识流，文学手法研究》，申雨平等译，上海：华东师范大学出版社，1992年，第1页。

于音乐的创作手法是现代小说的一个基本方面”[①]。法国新小说派作家米歇尔·布托尔则认为，“小说和音乐可以互相借鉴”，并指出：“近几年来，批评界开始承认小说创作在探索时间方面特有的意义，开始承认小说这门艺术同另一门主要用时间来表现的艺术——音乐之间的亲密关系。从一定的高度来考虑，我们必然会看到，大部分的音乐问题在小说中也相应地存在，音乐的结构可以在小说中加以运用。”[②] 现代小说的音乐性不仅仅局限于理论上的呼唤，具体到小说文本创作上同样是硕果累累的，诸如乔伊斯的《尤利西斯》、伍尔夫的《海浪》、福克纳的《喧哗与躁动》、普鲁斯特的《追忆似水年华》等等，都是现代小说形式实验中追求音乐性效果卓有成效的典型文本。

小说的音乐性不仅仅是西方现代小说的特有表现，同样表现在中国现代小说中。自晚清“小说界革命”[③] 至五四小说，小说在语言变革与叙事模式等方面逐渐实现了中国传统小说向现代小说的创作转变。小说形式亦成为中国现代小说所关注的重点。鲁迅的小说就是具有音乐性的典型小说文本。[④] 新时期文学以来，小说的音乐性同样得到了特别的关注。高行健在《现代小说技巧初探》中宣称：“小说一旦同音乐结合……将赋予小说无穷变化的韵味。小说家用以标明各个章节的将不再是没有生命的数目字，而是快板、慢板、行板，如歌如泣或一个明快的主题的变奏，写这种

① 梅·弗里德曼：《意识流，文学手法研究》，申雨平等译，上海：华东师范大学出版社，1992年，第131页。

② 柳鸣九：《新小说派研究》，北京：中国社会科学出版社，1986年，第111页。

③ 梁启超在晚清率先提出小说界革命，将小说的位置提高到文学之最上乘，彻底扭转轻视小说的传统文学观念，认为小说具有针砭时弊、治国安邦之功效。他这一文学观念的逻辑起点正是小说的文体形式。他积极提倡运用俗语创作小说，加之在报刊政论文上提倡“新文体”，可谓开启五四白话文运动之先声。梁启超在文体形式与语言革新上的贡献自20世纪80年代以来得到了学界的积极评价。

④ 张箭飞：《论鲁迅小说的音乐性》，《文艺研究》，2000年第2期。

小说的作家将会发掘出语言艺术中的更为微妙的感情色彩。”① 中国当代小说家们如汪曾祺、王蒙、史铁生、何立伟等在小说的音乐性上都提供了很好的范例。小说的音乐性已成为20世纪中西现代小说共同的艺术追求。

小说与音乐的结合是现代小说形式实验的一个侧影。西方小说发展到19世纪后期至20世纪初期出现了与传统小说不同的创作倾向，即一种更加关注小说形式实验的现代小说成为创作的主流。于是，与文学相邻的各类艺术形式——诗歌、绘画、音乐、建筑、电影等等——就优先成为现代小说进行形式实验的借鉴资源，进入了现代小说的创作视野。现代小说的形式实验是对传统小说创作模式的一种超越。传统小说作为文学的一种存在形态，一直严守时间性的叙事文体。现代小说突破了连贯的线性时间叙事模式而追求一种空间化叙事。尤其是伴随着影视文化的兴盛，电影中的蒙太奇、闪回等艺术手法在小说创作中广被借鉴，这极大地推进了现代小说的空间化叙事。因此，小说理论对现代小说中的空间形式多有论述，② 却在现代小说的时间性维度上少有理论总结。实际上，现代小说在时间性维度的形式实验亦结出丰硕的成果，现代小说中呈现出来的音乐性就是一个很好的例证，理应成为现代小说理论探讨的重要方面。

二

现代小说的音乐性主要体现在创作实践上对音乐构成要素的借鉴上。其中，音乐节奏、音乐曲式、音乐旋律对现代小说创作的影响最为突出。具体来说，音乐节奏体现在小说语言的声音层面，音乐曲式体现在小说的

① 高行健:《现代小说技巧初探》，广州：花城出版社，1981年，第126页。

② 约瑟夫·弗兰克:《现代小说中的空间形式》，秦林芳编译，北京：北京大学出版社，第191页。

结构安排上，音乐旋律则主要体现在小说的意境营造上。

（一）音乐节奏在小说语言声音层面的实践

小说创作所凭借的媒介是语言，语言在时间上又呈现为一种线性的流动，所以，现代小说的音乐性追求首先是通过小说语言的声音层面来实现的。从语言的声音层面来看，小说文本中语言的排比、顶针、回环等修辞手法，以及一些穿插在小说文本中的拟声词，都在语音层面形成了音乐性。然而，这些并不是小说文本形成音乐性的主要方式，现代小说在语言声音层面形成音乐性最常用的方式是通过语流的变化，形成一种声音节奏，由此在读者阅读时产生一种乐感。鲁迅先生尤为重视节奏之于小说的重要性，他在《我怎么做起小说来》里说："我做完之后，总要看两遍，自己觉得拗口的，就增删几个字，一定要它读得顺口。"① 这个"顺口"就是讲究节奏。节奏的张弛有度对文学作品的审美阅读、主题阐释有着极为重要的作用。朱光潜先生就曾明确指出："声音节奏在科学文里可不深究，在文学文里却是一个最主要的成分，因为文学须表现情趣，而情趣就大半靠声音节奏来表现……我因此深信声音节奏对于文章是第一件要事。"② 韦勒克也持同样的看法："这种节奏如果使用得好，就能够使我们更好地理解作品本文；它有强调作用；它使文章紧凑；它建立不同层次的变化，提示了平行对比的关系；它把白话组织起来；而组织就是艺术。"③ 可见，节奏对于文学作品的审美形式、叙述结构、主题表达等至关重要。

米兰·昆德拉尤为注重通过语言节奏变化来表现小说的主题思想。他

---

① 鲁迅:《我怎么做起小说来》，鲁迅全集（第4卷），北京：人民文学出版社，2005年，第526页。

② 朱光潜:《散文的声音节奏》，朱光潜全集（第4卷），合肥：安徽教育出版社，1988年，第221页。

③ 韦勒克、沃伦:《文学理论》，刘象愚等译，北京：生活·读书·新知三联书店，1984年，第175页。

说："一章就是一个旋律。而一节就是节拍段。这些节拍段或长，或短，或不规则持续。这便把我们带到了速度问题上。我的那些小说中的每一节都能标以音乐指示词：中速、急板、柔板，等等。"[①] 他在创作中总是寻找合适的节奏来表达小说的主题。在小说《生活在远方中》中，第六章的主题是渲染和平和同情的气氛，于是在节奏上他选择了柔板，而第七章的主题是为了创造被刺激的残酷的气氛，于是在节奏上他选择了急板。在小说《生命中不能承受之轻》中，昆德拉在创作之前就已经安排好了小说的节奏，最后一章《卡列宁的微笑》要表达很少的事件，气氛是平静而伤感的，在节奏上自然是极为轻松的柔板；而在此之前的一章《伟大的进军》需要表达很多事件，气氛是粗暴的、厚颜无耻的，在节奏上自然需要极快的速度。昆德拉认为这样的节奏变化是十分必要的，因为"在这个最后的对照中，我想集中小说所有的感情力量"[②]。可见，通过小说叙事语流的节奏变化形成的强烈对比可以更为有效地突显小说主题。

（二）音乐曲式在小说结构安排上的实践

现代小说家并不满足于小说语言在声音节奏层面体现出来的音乐性，他们还把小说结构与音乐结构对应起来，仿照音乐结构来安排小说结构。梅·弗里德曼就明确指出："小说的音乐化 —— 不是用印象派的方法使意义服从声音 —— 而是大规模地在小说结构上 …… 在整个思想、感情范围内，把一切都与一个小小的、可爱的华尔兹舞曲有机地联系起来。把这一切都用到小说里。"[③] 小说结构与音乐结构的对应方式最常见的是对位

① 米兰·昆德拉：《小说的艺术》，孟湄译，北京：生活·读书·新知三联书店，1992年，第85－86页。

② 米兰·昆德拉：《小说的艺术》，孟湄译，北京：生活·读书·新知三联书店，1992年，第87页。

③ 梅·弗里德曼：《意识流，文学手法研究》，申雨平等译，上海：华东师范大学出版社，1992年，第10页。

法，对位法是一种复调音乐的组织方式，它不是由一条单一旋律线的音符构成，而是由两条或更多条平行对应的旋律同时奏响，形成一种复合的声部。具体来说，即根据一定的规则以音对音，将不同的曲调结合起来，从而使音乐在横向上保持各声部独立与相互间的对比和联系，在纵向上又能构成和谐的效果。在这样的音乐结构中，我们可以聆听到不同的旋律与声部。巴赫金在《陀思妥耶夫斯基诗学问题》中所论的复调小说就是这一典型代表。作品不再仅仅传达单一人物的声音，而呈现出一种对话关系。对于复调小说我们均已熟悉，在此便不再赘述。

现代小说最为常用的音乐结构是赋格曲。赋格曲是运用对位法创作的高级音乐形式，是一种具有多个声部且更为复杂与严谨的复调音乐曲式，在结构上一般分为呈现部、中间部和再现部（尾声）三个部分。首先由第一声部奏出主题，然后各声部在呈现部中将这一主题逐一演示一遍。中间部则是对呈现部的主题以各种变形方式展开，进一步丰富所要表达的内容。最后，再现部又回到主题后结束整部乐曲。我们以福克纳的小说《喧哗与骚动》来具体说明赋格曲曲式结构在小说中的运用。《喧哗与骚动》在结构上共有四个章节，这如同乐曲的四个不同声部，小说的前三章依次以康普生家三兄弟班吉、昆丁与杰生的视角叙事，第四章则采用作者的全知视角进行叙事。前三章可以看作是赋格曲的呈现部，三兄弟对过去历史的各自叙述所形成鲜明的对比与反差，这犹如服务于同一主题的三个不同乐曲声部，将此借用到小说结构上，由此而突破单一的、平面化的叙事结构，形成一个多维立体的复调结构。第四章作者的叙事则可以看作是赋格曲的再现部，进一步凸显小说的主题。正是这样的复调结构将小说的思想主题进行了多维视角的透视剖析。

小说结构安排运用音乐曲式结构在意识流小说中最为普遍。《尤利西斯》《达洛维夫人》《到灯塔去》《黑暗的心灵》等小说在结构上都有借鉴与运用。已有不少国内学者注意到现代小说家在小说结构安排上对音乐曲式结构的借鉴，并对个别小说文本作了详尽的分析。①

（三）音乐旋律在营造小说意境上的实践

如果说前两个层面主要侧重于在小说的词语、句子与结构上体现音乐性，第三个层面主要是在整体上为小说营造一个富有音乐性的氛围。较之前两个层面，实现小说意境上的音乐性是更高的追求。在这里，小说不仅仅是借鉴音乐节奏、曲式等要素，而是借鉴音乐的主导旋律来统摄整个文本的创作。旋律的形成依赖于重复及重复的变化。诗歌中的旋律是通过押韵实现的，而押韵的手段就是不断重复相同韵母的文字；同样，小说中的旋律也是通过重复实现的。意大利著名小说家卡尔维诺就此曾论述道："重复的情景、重复的措辞、重复的套语……在散文故事中事件也起到押韵的作用。"②

旋律在现代小说家的创作中得到了普遍运用。因为"主导旋律用于小说技巧以表现主题的再现，并创造一种圆形发展的效果"，并且"运用主导旋律风险最小。作家在一定间隔内随意重复一个词，让人感到一次又一次地开始"③。弗里德曼曾对普鲁斯特在《追忆似水年华》中"小乐句"的运用做具体分析。他指出，小说中反复出现的"小乐曲"不仅引发回忆推动了小说的叙事，而且成为小说结构的组成部分，"它似乎是整部作品的缩影"④。鲁迅先生在小说中十分注重对一些情境、一些话语的多次重复，

---

① 姜礼福，石云龙：《康拉德小说的音乐性》，《外国文学研究》，2007年第3期；瞿世镜：《音乐美术文学——意识流小说比较研究》，上海：学林出版社，1991年。

② 卡尔维诺：《新千年文学备忘录》，黄灿然译，上海：译林出版社，2009年，第37页。

③ 梅·弗里德曼：《意识流，文学手法研究》，申雨平等译，上海：华东师范大学出版社，1992年，第122页。

④ 梅·弗里德曼：《意识流，文学手法研究》，申雨平等译，上海：华东师范大学出版社，1992年，第123-125页。

来形成小说的旋律美。诸如孔乙己买酒的情景，祥林嫂讲述阿毛的故事等等都曾多次出现。为了具体阐释主导旋律在营造小说意境上形成的音乐性，我们以鲁迅的小说《伤逝》为例做具体分析。

《伤逝》是涓生追思悼亡子君的私语言说，悔恨之心，感伤情调，弥漫着整部小说。鲁迅在小说情感上的主导旋律与这种主题思想融合得浑然天成。诸如小说一开头就为整个小说定下了回旋的音乐曲调：

如果我能够，我要写下我的悔恨和悲哀，为子君，为自己。

短短一句话，重复三个"我"，以两个"为……"句式铺排收尾，从"我"开始，以"自己"收尾，由此拉开小说的帷幕。小说主体部分是对子君的追慕缅怀，分为相恋、同居、分手与悼亡四个部分。其中每个时期的叙事节奏又都随着涓生的情感变化而变化。鲁迅在叙事中经常重复一些话语，这些重复的话语互相交织，从而推进小说情节向前发展。有学者对鲁迅的话语重复进行排序分析，做出如下的图式：

①②——②①③——③①④——④③⑤——⑤③……③⑤⑥——⑥④

通过图式，我们可以清楚地看到，"每个环套中间都有一组小回旋，环套和环套之间或并联或套扣，结成连贯畅达的一体。人物的种种情绪在小回旋中复沓，在大环套中呼应、升腾、交织和宣泄。"[①] 显然，这是鲁迅刻意为之。这样做，形成了行文舒缓、欲进还退的小说节奏，回旋地推进小说情节的发展。在小说的结尾部分再次重复开篇的话语，形成小说在整体结构上的大回旋。

① 赵卓：《鲁迅小说叙述艺术论》，北京：首都师范大学出版社，2002年，第143－144页（图式略有改动）。

我活着，我总得向着新的生路跨出去，那第一步——却不过是写下我的悔恨和悲哀，为子君，为自己。

我仍然只有唱歌一般的哭声，给子君送葬，葬在遗忘中。

我要遗忘；我为自己，并且要不再想到这用了遗忘给子君送葬。

我要向着新的生路跨进第一步去，我要将真实深深地藏在心的创伤中，默默地前行，

用遗忘和说谎做我的前导……

小说结尾几段以“我”字开始的句子在结构上的排比又形成新的音乐旋律，将小说开始所表达的情感升华。由此，鲁迅的小说《伤逝》在小说的音乐旋律与小说的主题上做到了完美的统一。

三

现代小说之所以能实现其富有音乐性的形式实验，是因为现代小说的音乐性有其自身的学理依据。首先，这是小说文体形式的一次重要变革，它扭转了长期以来形成的小说文体形式的观念。小说是一种散文叙事体，通过语言叙事讲述一个故事，并在内容上表现出丰富的现实与人生意义，而忽略了小说的散文叙事体在形式上所具有的艺术表现力。音乐性在小说形式上的运用就是一个很好的例证。众所周知，文学语言富有音乐性的最高形态是诗。因为诗在文体上一般语句较短，句式整齐，篇幅不长，多用对偶，讲究押韵，所以极易形成一种音乐美的效果。而小说是散文叙事体，句式长短不拘，篇幅较长，自然不如诗歌由于文体的整齐而形成通篇的音乐美。但是，小说在语言上并不与音乐性绝缘，在小说文本语言中，诸如排比、顶针、回环等修辞手法的运用同样可以达到形成音乐性的效

果。正因为小说是散文叙事体，所以在结构上较之诗歌有着更为自由多变的灵活性，反而更易实现节奏上的变化。米兰·昆德拉在《小说的艺术》中就说："小说的形式几乎是无限制的自由。小说在其历史上却未能享用它。它错过了这一自由。它留下了许多未开发的形式上的自由。"[①] 弗莱亦曾指出："在虚构作品中，散文趋于主导地位，因为唯有散文才具有适应于作品长篇形式的持续性节奏。"[②] 谈到"节奏"这一音乐术语在文学中的运用，我们向来把它作为诗歌这一文学样式的专利。其实，散文体小说作为一种长篇形式的文学文本，突破了富有节奏的抒情诗歌文体短小的局限以及格律的束缚，但并非因此放弃音乐节奏。长篇诗歌以持续性的同一节奏谋篇布局，极易形成令读者厌烦的旋律节奏，如果间以散文体叙事，在文学语言中形成的音乐节奏则会激起更为愉悦的阅读审美体验。虽然中西长篇诗歌都有通过换韵的方式来应对这种持续性节奏带来的困境，但远不及散体成文更富效果。中国古代散文十分注重音乐节奏，行文中大量运用没有实义的虚词，就是为了实现这一效果。

其次，现代小说的音乐性也是一次展示小说语言在语音层面艺术表现力的创作实践。小说是语言艺术，语言兼具语音和语义性能；而音乐是声音的艺术，所以，语言比音乐在艺术表现上多了一层维度。但是小说创作往往忽视了语音层面的功能。索绪尔的《普通语言学教程》为小说与音乐的结合提供了语言学理论的合法性基础。他认为，语言符号是能指与所指的统一体，能指是语言符号的声音形象，所指是语言符号的概念意义。小说在运用语言创作的时候，就不可能只运用语言的语义层面而不用其语音层面。他进一步形象地说明："语言可以比作一张纸，思想是正面，声音

---

① 米兰·昆德拉：《小说的艺术》，孟湄译，北京：生活·读书·新知三联书店，1992年，第81页。

② 弗莱：《批评的解剖》，陈惠等译，天津：百花文艺出版社，2006年，第364页。

是反面。我们不能切开正面而不同时切开反面；同样，在语言里，我们不能使声音离开思想，也不能使思想离开声音。”[①] 现代小说的音乐性追求正是摒弃了传统小说只注重文学语言语义功能的固执，而将文学语言的语音效果亦作为小说创作的重要手段，通过小说语言的声音效果来表现和加强主题意义和美学效果，这是现代小说对语言运用的开拓。韦勒克在《文学理论》中强调：“每一件文学作品首先是一个声音的系列，从这个声音的系列再产生出意义。在某些作品中，这个声音层面的重要性被减弱到了最低程度，可以说变成了透明的层面，如在大部分小说中，情形就是如此。但是即使在小说中，语音的层面仍旧是产生意义的必不可少的先决条件。”[②] 音乐与文学的相通性，由此在创作中得以复活。之所以说是“复活”，因为文学与音乐在艺术起源上是一体的，所谓诗、乐、舞一体是也。只是随着语言语义功能的逐渐发达，文学在创作中越来越注重语言的语义功能而忽略了语言的语音功能。早在春秋时代就初见端倪，孔子在评价《国风》时认为“郑声淫”，其所指摘的就是诗歌的语音效果超越了语义效果。诗歌如此，小说可以说更是忘却了语言的语音效果。中国现代新诗的艺术成就在总体上不如现代小说，是否与现代新诗放弃音乐格律而现代小说更加关注语言的语音效果有关，在此不妄加猜测评论。可是，有一点是明确的：现代新诗破除语音层面的格律，更加追求诗的语义功能表现，虽然亦有名作佳作诞生，但这些名作佳作一般都没有放弃格律效果。现代小说中富有音乐性的小说文本也都备受读者赞赏，成为现代文学中的经典作品。

当然，我们也并不讳言，现代小说的音乐性作为形式实验的一个方

① 索绪尔:《普通语言学教程》，高名凯，北京：商务印书馆，1980年，第158页。

② 韦勒克，沃伦:《文学理论》，刘象愚等译，北京：生活·读书·新知三联书店，1984年，第166页。

面，亦流露出片面追求形式的极端倾向。尤其在创作方法上，将现代小说与传统小说理论对立起来，认为传统小说的创作方法已经不合时宜而弃置一隅，义无反顾地片面追求形式的创造。诸如弃置作者的声音，淡化人物的形象刻画，打乱情节的连续性，最终导致小说可读性的消解，发展为一种“反小说”，此乃现代小说追求形式实验的矫枉过正。现代小说是传统小说的延续，只有在传统小说的基础上尝试小说的形式实验才是正道。

现代小说叙事节奏的音乐性

叙事节奏的音乐性是现代小说形式实验中的一个重要策略。叙事节奏与音乐节奏同中有异，并不是所有的叙事节奏都具有音乐性。现代小说叙事节奏的音乐性主要体现在叙事速度和叙事力度两个层面，通过对小说叙事节奏的调控可以更为有效地提升小说艺术的表现力。

自1969年托多罗夫提出“叙事学”这一术语以来，叙事学逐渐成为当代文艺理论研究的显学。托多罗夫的叙事学主要探究叙事的本质、形式和功能，并进而探索故事背后的普遍结构。随后，热奈特将叙事学的研究继续推进，他在1972年发表的《叙事话语》进一步奠定了叙事学研究的范式。如果说托多罗夫叙事学所关注的是叙事文本的宏观方面的话，那么，热奈特更关注叙事文本的微观方面，他的叙事理论以叙事话语为重点，关注故事和叙事文本的关系，诸如叙事话语的时序、语式、语态等。他所运用的“叙事时间”“叙事视点”“叙事声音”等术语也成为我们分析现代小说的重要理论工具。叙事节奏同样是叙事学中的概念，虽然当代叙事学更多地关注叙事结构、叙事时间、叙事视点和叙事声音等，但叙事节奏是叙事学题中应有之意，是其无法避免的研究对象。因为凡有叙事必然会存在节奏，无论是表现在叙事文本的语流层面，还是表现在叙事情节及叙事结构层面，叙事节奏的轻重缓急对叙事功能产生着十分重要的影响。

现代小说与传统小说的重大区别是更加关注对小说形式的探索。形式本是区别各种艺术门类的基本要素，而现代小说将小说形式提升到小说的本体地位，由以往的重视“写什么”转变为重视“怎么写”。现代小说为了丰富艺术的表现力，向其他艺术门类借鉴创作手法已经成为一种常见现象，诸如诗性、绘画性、建筑性、音乐性等均进入现代小说的创作实践。有很多现代小说在叙事节奏上体现出音乐节奏的特征并展现出很高的艺术表现力，这构成现代小说音乐性的一个重要方面，也体现了现代艺术门类之间相互位移和借鉴的可能性。

一、音乐节奏与叙事节奏

节奏本是个音乐术语。据《简明不列颠百科全书》的解释，节奏是“音乐的时间形式”。《中国大百科全书》将其解释为：“乐音时值的有组织的顺序，是时值各要素——节拍、重音、休止等相互关系的结合。强弱、快慢、松紧是节奏的决定因素。其作用是把乐音组织成一个统一的整体，以体现某种乐思。”① 从词源上讲，节奏表示流动之意，考察西方语言中的“节奏”一词，德语“Rhythmus”，法语“Rhythme”，意大利语“Ritmo”，英语“Rhythm”，都出自表示可以计算的运动、计量、均衡之意的希腊语“ρυθμζ”，而这个词又出自流动之意的希腊语“ροη”一词。节奏之于音乐至关重要：“节奏赋予声音的混沌体以生命力。没有节奏，音乐就不能表露出活动力。有了节奏，音的排列才能产生丰富的生命力，显露出惹人注意而又有意义的各种各样的运动来。”② 音乐节奏的构成

① 中国大百科全书总编辑委员会音乐舞蹈学科编辑委员会：《中国大百科全书·音乐舞蹈卷》，北京：中国大百科全书出版社，1989年，第314页。

② [美]柏西·该丘斯：《音乐的构成》，缪天瑞编译，北京：人民音乐出版社，1964年，第80页

要素主要是节拍、速度和力度。节拍是时间间隔中强音与弱音的周期性循环，通俗地讲就是“拍子”。如2/4拍即是每个音乐小节有两拍，以强弱的次序反复出现直至音乐结束，3 /4拍则表现为强弱弱的形式，4 /4拍则表现为强弱次强弱的形式。节拍规范了音乐的秩序，只要找准了节拍，就一直循环下去。节奏的速度主要是指音乐在演奏或歌唱过程中节拍的快慢，一般会根据歌曲的内容和情感表现来调节速度的快慢。节奏的力度则是指乐音的强弱程度，经常会在某些语音上加重或弱化发音，以此来表现情感。音乐的力度有着魔力般的音响效果，通过力度的变化，音乐可以表现雄伟悲壮、气吞山河的豪迈气概，也可以表现温润绵长、如泣如诉的婉约风格。节奏之于音乐的表现是最重要的，如果节奏变了，音乐的内容和形式也会随之发生改变。在音乐作曲中，经常有某首歌曲的节拍慢了一半，或被拆分成两段，就变成另一首不同的歌曲。音乐节奏有很强的感染力，《礼记·乐记》曰：“节奏足以感动人之善心而已。”苏联音乐理论家玛采尔指出：“节奏善于异常有力地、直接地、几乎是从生理上感染广大听众：鼓声甚至可以从情感上感染完全不懂音乐的人。”① 可以说，节奏是音乐最为本质的特征。

当然，节奏并不是音乐所独有的特征。放眼浩瀚的宇宙时空，“节奏是宇宙中自然现象的一个基本原则。自然现象不能彼此全同，亦不能全异。全同全异不能有节奏，节奏生于同异相承续，相错综，相呼应。寒暑昼夜的来往，新陈的代谢，雌雄的匹配，风波的起伏，山川的交错，数量的乘除消长，以至于玄理方面反正的对称，历史方面兴亡隆替的循环，都有一个节奏的道理在里面。艺术反照自然，节奏是一切艺术的灵魂。在造型艺术则为浓淡、疏密、阴阳向背相配称，在诗、乐、舞诸时间艺术，则

① [苏]玛采尔：《论旋律》，孙静云译，北京：人民音乐出版社，1958年，第34页。

为高低、长短、疾徐相呼应”① 。回归到日常生活，吃饭、行走、呼吸都需要节奏。简而言之，凡是具有时间性的一切运动形式都具有节奏。

小说作为叙事体艺术，是语言在时间中的运动形式，自然也有叙事节奏。语言学家认识到了语言的音乐节奏重要性：“语音组合具有独立的节奏和音乐形式，借助于这种形式，语言把人带入了另一个领域，强化了人对自然中美的印象，但语言并不依赖于这些印象，它只是通过语声的抑扬顿挫对内心情绪产生影响。”② 同时，许多文学家和理论家尤为重视语言艺术作品的叙事节奏。朱光潜认为：“声音节奏在科学文里可不深究，在文学文里却是一个最主要的成分，因为文学须表现情趣，而情趣就大半靠声音节奏来表现……我因此深信声音节奏对于文章是第一件要事。”③ 韦勒克也持同样的看法：“这种节奏如果使用得好，就能够使我们更好地理解作品本文；它有强调作用；它使文章紧凑；它建立不同层次的变化，提示了平行对比的关系；它把白话组织起来；而组织就是艺术。”④ 苏联戏剧大师斯坦尼斯拉夫斯基认为：“正确运用速度节奏就会产生正确的情感和体验，反之则有损情感的表达。”⑤ 在俄国形式主义文论看来，节奏是理解诗句的重要方式：“节奏运动是先于诗句的。不能根据诗行来理解节奏，相反应该根据节奏运动来理解诗句。”⑥ 申丹则将叙述节奏引入对小说的研究

---

① 朱光潜：《朱光潜美学文集（第2卷）》，上海：上海文艺出版社，1982年，第108页。

② [德]威廉·冯·洪堡特：《论人类语言结构的差异及其对人类精神发展的影响》，姚小平译，北京：商务印书馆，1999年，第74页。

③ 朱光潜：《朱光潜全集（第4卷）》，合肥：安徽教育出版社，1988年，第221页。

④ [美]雷·韦勒克，奥·沃伦：《文学理论》，刘象愚译，北京：生活·读书·新知三联书店，1984年，第175页。

⑤ [苏]斯坦尼斯拉夫斯基：《斯坦尼斯拉夫斯基全集（第3卷）》，郑雪来译，北京：中国电影出版社，1961年，第170页。

⑥ [法]茨维坦·托多洛夫：《俄苏形式主义文论选》，蔡鸿滨译，北京：中国社会科学出版社，1989年，第122页。

之中，她认为："我们在研究叙述节奏时，也应关注文字本身的节奏，在一些故事情节淡化的现代作品（如意识流小说）中文字节奏尤为重要。"① 其实，中国古代小说理论家已经注意到中国古代小说中的叙事节奏问题，在这方面，金圣叹论述得最为全面和深刻，例如"急事缓写"等策略已成为小说节奏理论的定论。

但需要注意的是，并不是所有的节奏都具有音乐节奏的特性。那么，如何来界定现代小说叙事节奏的音乐性呢？换句话说，现代小说中怎样的叙事节奏才是可以称为音乐节奏的呢？正如节奏之于音乐的重要性一样，小说叙事节奏的音乐性就是必须通过节奏的变化对小说的审美形式、叙述结构、主题表达产生直接的影响。曾有学者对中国古典小说的节奏美做过总结，主要从情感节奏、对话节奏、动作节奏、情节节奏、结构节奏等几个方面论述。② 但是，这种论述方式依然是从小说本位出发的，而不是从叙事节奏出发的，不免有将节奏比附到小说的各个层面中的浅薄之感。本文将从叙事节奏的本位出发，总结现代小说叙事节奏的音乐性。在具体的表现对象上，现代小说叙事节奏的音乐性主要通过小说文本中叙事语流、叙事情节的节奏变化来实现；在具体的叙事策略上，小说的叙事节奏富有音乐性的表现主要是叙事速度和叙事力度的变化。当然，在很多小说中，叙事速度和叙事力度往往是彼此交融的，但是为了论述的方便，本文将分而述之。

二、叙事速度

叙事速度是现代小说叙事节奏的主要呈现方式。叙事速度的变化带来

① 申丹:《叙述学与小说文体学研究》，北京：北京大学出版社，2004年，第198-199页。

② 汪诚国:《略论古典小说的节奏美》,《明清小说研究》，1992年第1期。

节奏的张弛有度，由此对文学作品的审美表现、主题阐释产生重要的作用。现代小说叙事速度的变化主要有两种形式：一是通过叙事语流的轻重缓急在语言声音层面形成声音节奏，从而产生听觉上的乐感，这是在感官上直接体验到的音乐性。二是通过叙事时间的调控在小说情节层面形成叙事节奏，具体来说，就是叙事时间和故事时间的非等时所形成的节奏效果。如果说语流变化所形成的叙事节奏是小说的外部节奏的话，那么，叙事时间与故事时间的非等时所形成的叙事节奏则是小说的内部节奏。

（一）叙事语流的速度变化

通过语流的变化形成叙事速度是现代小说家常用的手段。在现代小说家看来，选择不同的叙事速度对小说来讲是至关重要的，如同速度之于音乐的关系一样。悲剧氛围的小说叙事语流大多是缓慢的、回旋的，喜剧氛围的小说叙事语流大多是欢快的、跳跃的。如果悲剧小说的叙事语流按照喜剧小说的叙事语流重写一遍，那么再经典的小说也将出现不伦不类的面貌。

为了有效地实现叙事速度的变化，长句短句相间、相似句式的铺排以及词语和句子的重复是最为常用的叙事策略。鲁迅的小说《伤逝》就通过这一策略来实现叙事速度的变化。《伤逝》是涓生追思悼亡子君的私语言说，悔恨之心、感伤情调弥漫着整部小说。鲁迅在小说中的叙事速度与这种感伤情调浑然天成地融合在一起。小说一开头就为整部小说定下了回旋的音乐曲调："如果我能够，我要写下我的悔恨和悲哀，为子君，为自己。"短短一句话，重复三个"我"，以两个"为……"句式铺排收尾，从"我"开始，以"自己"收尾，由此拉开小说的帷幕。小说主体部分是对子君的追慕缅怀，分为相恋、同居、分手与悼亡四个部分。其中，每个时期的叙事节奏又都随着涓生的情感变化而变化。鲁迅在叙事中经常重复一些话语："多次的重复减慢了旋律的速度，赋予句子以一种忧伤的韵律。”[①] 同时又推进小说情节向前发展。有学者对鲁迅的话语重复进行综合分析后排序，做出如下的语流变化图式[②]：

①②→②①③→③①④→④③⑤→⑤③→……③⑤⑥→⑥④

通过图式，我们可以清楚地看到，“每个环套中间都有一组小回旋，环套和环套之间或并联或套扣，结成连贯畅达的一体。人物的种种情绪在小回旋中复沓，在大环套中呼应、升腾、交织和宣泄”[③]。显然，这是鲁迅刻意为之的结果。这样就形成了行文舒缓、欲进还退的小说节奏，回旋地推进小说情节的发展。叙事速度有赖于句式的长短交错形成的文气，同时也有赖于语言的停顿和间歇。如果再调动排比、顶针、回环、对偶、反复、层递等修辞格，节奏感就会更加凸显。例如，王蒙的小说《春之声》，为了表现社会破冰之后的欣欣向荣，主人公岳之峰坐着闷罐车却浮想联翩，小说的叙事节奏一直是欢快的，如为了展现现代生活的快速节奏及岳之峰回家的急切心情，小说这样写道：“我们才刚刚起步。赶上，赶上！不管有多么艰难。咔，咔，咔，快点开，快点开，快开，快开，快，快，快……”语言的音节越来越短，小说的叙事节奏凸显出欢快的艺术效果。富有同样欢快节奏的句子还有很多，如：《春之声》中“车声小了，车声息了。人声大了，人声沸了……是山泉，榆钱，返了青的麦苗和成双的燕子吗？”这一段运用了大量的排比句式，有学者指出，这样的句式有双重的节奏效果：一是语言的音乐性节奏，二是内容的联想性节奏。[④] 最为重要的是，这种富有音乐性的叙事节奏有力地传达了主人公的内心精神世界、表现了小说的主题。

---

① [捷]米兰·昆德拉：《被背叛的遗嘱》，余中先译，上海：上海译文出版社，2003年，第119页。

② 赵卓：《鲁迅小说叙述艺术论》，北京：首都师范大学出版社，2002年，第143-144页。

③ 赵卓：《鲁迅小说叙述艺术论》，北京：首都师范大学出版社，2002年，第144页。

④ 金红：《论王蒙小说〈春之声〉的音乐性与诗性》，《常熟理工学院学报》，2010年第5期。

（二）叙事情节的速度变化

叙事时间与故事时间的非等时所形成的叙事速度，是热奈特在分析《追忆逝水年华》时提出的概念。在他看来，“无论在美学构思的哪一级，存在不允许任何速度变化的叙事是难以想象的，这个平常的道理已具有某种重要性：叙事可以没有时间倒错，却不能没有非等时，或毋宁说（因为这十分可能）没有节奏效果。”① 这是本文研究现代小说叙事速度变化的重要理论来源。

小说作为一种叙事的文类，至少要包含一个双重的结构，无论是俄国形式主义将之分为故事（fabula）与情节（sjuzhet），还是法国结构主义叙事学将之分为故事（histoire）与话语（discourse），说到底，小说是一种关于讲述的活动，这就关涉到讲述者与听众或读者的关系，因此，在叙事上自然有详略与快慢。通俗地讲，就是故事时长与小说文本长度的对位关系。较之语流变化形成的叙事节奏，这一叙事节奏应用得也最为广泛。当然，只要有叙事就会存在叙事上的非等时及叙事节奏，这并不是说所有叙事上的非等时形成的节奏都具有音乐性，只有那种节奏效果不仅带来某一段落的和谐，更体现于整个文本的和谐，充分并恰当地利用此效果会更有利于情感主题和思想的表达，这才是一种音乐性的叙事节奏。

为了具体阐释这一理论，热奈特将小说叙事速度的模式分为四种类型，即概要、停顿、省略、场景，并且直接将小说的叙事节奏与音乐节奏相参照：“这四个关系在（ 尚未诞生的）文学史中有一天将研究的演变中变成小说速度的标准形式：有点像古典音乐传统在无数可能的演奏速度中分了几个标准乐章，如行板、快板、急板等，他们连接和交替的关系

① [法]热奈特:《叙事话语 新叙事话语》，王文融译，北京：中国社会科学出版社，1990年，第54页。

在近两个世纪中支配了奏鸣曲、交响乐和协奏曲的结构。”① 无独有偶，米兰·昆德拉同样注重小说的叙事速度，对他来说，这不仅是一种理论呼唤，也是一种创作实践。在《小说的艺术》中，昆德拉夫子自道：“一章就是一个旋律，而一节就是节拍段。这些节拍段或长，或短，或不规则持续。这便把我们带到了速度问题上。我的那些小说中的每一节都能标以音乐指示词：中速、急板、柔板，等等。”② 在创作中，他总是寻找合适的叙事节奏来表达小说的主题。在小说《生活在远方中》中，第六章的主题是渲染和平与同情的气氛，于是在节奏上他选择了柔板，而第七章的主题需要创造被刺激的残酷的气氛，于是，在节奏上他选择了急板。在小说《生命中不能承受之轻》中，昆德拉在创作之前就已经安排好了小说的节奏，最后一章《卡列宁的微笑》要表达很少的事件，气氛是平静而伤感的，在节奏上自然是极为轻松的柔板，而在此之前的一章《伟大的进军》需要表达很多事件，气氛是粗暴的、厚颜无耻的，在节奏上自然需要极快的速度。昆德拉认为这样的节奏变化是十分必要的，因为“在这个最后的对照中我想集中小说所有的感情力量”③ 。可见，通过小说叙事节奏变化形成的强烈对比可以更为有效地突显小说的主题。

三、叙事力度

音乐的力度是通过强调乐音的强弱来实现节奏的变换，叙事力度并不

---

① [法]热奈特：《叙事话语 新叙事话语》，王文融译，北京：中国社会科学出版社，1990年，第59页。

② [捷]米兰·昆德拉：《小说的艺术》，孟湄译，北京：生活·读书·新知三联书店，1992年，第85-86页。

③ [捷]米兰·昆德拉：《小说的艺术》，孟湄译，北京：生活·读书·新知三联书店，1992年，第87页。

同音乐的力度那样特别强调语音的强弱关系。因为，仅仅强调语音的强弱关系是一种绝对的音位学上的对位，并不适用于现代小说的叙事节奏。现代小说叙事力度的音乐性主要是一种隐喻意义上的比较，是指对小说叙事中情感强弱的控制以及对小说叙事情节中情感基调的把握。对小说叙事中情感力度的变化和叙事情节力度变化的适当调节，更有助于表现现代小说的主题思想。

（一）叙事情感的力度变化

虽然小说是一种叙事文本，但叙事中同样也包含着情感，对情感抒发的控制会为小说叙事带来事半功倍的效果。

叙事情感强弱的控制主要是通过语句调控来实现的。语句的拆分、整合与颠倒、音节停顿及声调变化最能有效地突出叙事力度的变化。鲁迅的小说作为典型的音乐性文本，在这方面有着突出的表现。为了使小说叙事力度能体现出对情感的加强，破句拆分是极为有效的手段。如在《伤逝》中这样的句式极为多见：

> 如果我能够，我要写下我的悔恨和悲哀，为子君，为自己。
>
> 子君有怨色，在早晨，极冷的早晨……
>
> 子君却决不再来了，而且永远，永远地！
>
> ……

这些句子其实都是一个完整的句子，如果写成“我要为子君和自己写下我的悔恨和悲哀”，这样的句式，叙事力度就减弱了，情感表现也大为失色。将这些句子拆分为几个短句，层层递推，力度渐强，更能表现“悔恨和悲哀”的心情。音节的停顿同样可以实现这一效果，如《祝福》中总结祥林嫂悲剧命运的句子：“我/独坐在/发出/黄光的/菜油灯下，想，/这

/百无聊赖的/祥林嫂，被人们/弃在/尘芥堆中的…… 现在/总算被/无常/打扫得/干干净净了。”通过音节的停顿标示可以看出，这个长句子的音节停顿多达 36 次。这是鲁迅刻意通过句式来表现对祥林嫂的悲悯之情，在这个句子中没有重音词，所有的力度都是一样的。《伤逝》的例子是短句子加强了叙事力度来表现情感，而这个长句子则是弱化了叙事力度来表现情感。对于祥林嫂的死，什么样的叙事力度能够表现得出来呢？她两度嫁人，无数次地念叨被狼叼走的阿毛，这样曲折悲惨的人生境况也只有这样低沉呜咽的长句子能表达得出。声调的变化也是叙事力度表现的重要手法。平声字在叙事力度上是有弱化作用的，仄声字在叙事力度上是有强化作用的。为什么强调《祝福》的第一句话？我们常说第一句是最能奠定情感基调的，鲁迅以如此情感强烈的叙事力度开篇还是很少见的。

（二）叙事情节的力度变化

叙事力度还表现在小说的情节进程中。对小说叙事进程的整体基调的把握则更为重要，因为，小说叙事总要有个开端、发展、高潮、结尾，怎样使故事的进程更为跌宕起伏，更为吸引读者的关注是十分重要的。当然也有些小说没有结尾，保留一个开放性的结局，但是，故事的进展总是要有的，即便是在极力消解故事性的最为极端的现代小说中，小说的情节依然能被理出清晰的脉络。

例如，当代小说家余华就经常在小说叙事中有意识地借鉴音乐力度的处理方法。余华在《音乐影响了我的写作》一文中说：在听了巴托克和梅西昂的音乐后，“音乐开始影响了我的写作，确切的说法是我注意到了音乐的叙述”①。尤其是肖斯塔科维奇的《第七交响乐》第一乐章的叙述，让余华认识到音乐叙述中“轻”的力量，并给他带来文学叙述上的启发。小

① 余华:《音乐影响了我的写作》，上海：上海文艺出版社，2004年，第8页。

说叙事与音乐叙述有着极大的相似性，都是通过叙事或声音的慢慢推进，将情节（或情感）逐步提升，最后达到高潮。音乐的高潮是“在一条旋律中，或一首大型作品中的最高音，或者感情的焦点”①。小说叙事的高潮同样是叙事力度最强的时候。如何处理小说的高潮一直是小说家们思考的重点。余华曾说：“高潮的来临常常意味着叙述的穷途末路。”②如何在这末路的叙述面前实现峰回路转呢？余华从音乐中得到的启发就是“轻”的叙事力度的运用。

在余华的小说中，这种叙事力度的转变几乎成了一个模式，尤其是20世纪90年代以来他的两部苦难叙事小说。在《活着》中，福贵经历了败家、战争、丧子、丧女、妻亡、女婿亡故，到最后，唯一的外孙也死了。这样的叙事情节仿佛是在情感蓄势，慢慢积累，到最后迸发。余华很聪明地从音乐力度中学到了处理方法：叙事力度不断加强，到最后又是那样的平静——福贵一个人牵着老黄牛在犁地，平静地念叨着一个个逝去的亲人。这是叙事力度的恰当处理，任何重的力度也无法表达的情感，而“轻”就是最好的处理方式。更重要的是，这一叙事又回到了小说的主题：活着是什么，为何而活着？在《许三观卖血记》中，余华前后讲述了许三观11次的卖血经历，这是许三观苦难人生的缩影。从青年到中年再到老年，每次卖血都有不同的反应，在叙事上如同11个情感力度各不相同的乐章。尤其是在小说第28章中集中写了五次卖血，可谓达到叙事力度的最强时刻，在阅读小说的时候，我也曾同余华听音乐一样思考，小说将如何讲述最后一次卖血，用什么样的叙事力度。最后一次卖血是第12次，不过没有卖成，卖血已经被禁止了。但是，许三多卖不了血却忧心忡忡：以往卖血都解决了家中的紧急情况，如今不能卖血，“以后家里遇上灾祸

① [美]罗杰·卡曼：《音乐课》，徐德译，海口：海南出版社，2004年，第391页。

② 余华：《音乐影响了我的写作》，上海：上海文艺出版社，2004年，第40页。

怎么办”？小说以这样轻的叙事力度结束。余华的小说无论在想象上如何飞升，在叙事力度上如何变化，最终还是要回到现实，回归大地。音乐的确给予余华极为出色的小说叙事技巧。

综上所述，现代小说通过叙事节奏的巧妙运用的确可以更为有效地增强小说的艺术表现力，无论是现代小说叙事理论还是现代小说作品都给予此点有力的证明。现代小说的叙事节奏模仿和借鉴音乐节奏将在未来的小说中有更广泛的应用。

现代小说中的艺术跨界与文体互参

现代小说较之传统小说更加注重小说的形式实验，小说形式和小说技巧取代了小说内容成为现代小说家关注的重点。现代小说的观念是开放和包容的，向相邻的艺术领域借鉴创作方法的艺术跨界和渗透其他文学类型特征的文体互参是现代小说形式实验的重要策略。这一策略为现代小说的创作带来了新的艺术表现力，是现代艺术观念转变的突出表现。突破框架，走向各种艺术和文类的融合，是未来小说艺术的发展方向。

一、现代小说的形式实验

现代小说与传统小说最大的区别就是更加注重小说的形式实验。小说发展到19世纪后期至20世纪初期出现了与传统小说不同的创作倾向，即一种更加关注小说的形式实验的现代小说成为创作的主流。小说形式与小说技巧成为作家和批评家共同的关注点，他们认识到，小说作为一种文类形式有着无限开发的潜能，对小说形式进行各种实验成为现代小说家们普遍的追求。现代小说的形式实验是多方面的，“特别突出的特征有三个：第一，由客观事物和事件组成的外在世界不再重要，除非这些东西能被上升到象征的高度，变得透明以展示思想，或用作意识发生过程的背景。第二，小说家全神贯注于时间主题。第三，对叙述技巧和手法的试验”[①]。

从文学史的视野来考察小说形式和小说技巧，小说是不断演进和变化的，并没有一个固定不变的定义来规范小说的本质。从词源上考证，小说有两个词源，一个是法语Roman，它的意思是指小说源于中世纪的传奇；一个是意大利语Novella（英语Novel一词即源出于此），它的意思是指“新闻”，是一种以叙述为主的讲述不久前才发生的新颖的事情。所以，小说本意的两个源头，一端是古代的英雄传说，另一端则是现代人的日常生活。小说的定义从开始就是不明确的。大体说来，小说是“具有一定长度之散文体虚构作品”[②]。长期以来，小说一直都被看作是讲一个好故事，而忽略其叙述的文体和技巧。当然，传统小说也并不是对小说叙述的文体和技巧没有任何创新，例如，英国小说家理查逊在小说《克拉丽莎》中就使用了书信体，斯特恩的小说更被誉为开启了20世纪意识流小说的先声。“斯特恩《项狄传》是对小说形式的一次重大突破，同时也是英国小说艺术的一道独特的风景线。它非常奇特乃至极端的艺术形式具有一定的前瞻性和预示性……这种形式超越了人们原先对小说的时空、结构、情节和人物的界定。事实上，当代小说家们依然在不遗余力地解决斯特恩当时遇到的形式问题。”[③] 不过，总体看来，传统小说关注的重点依然是小说的内容，直到现代小说才将小说叙述的文体和技巧放到了至关重要的位置。

早在19世纪，波德莱尔在《浪漫派的艺术》中就曾谈到未来小说的发展方向：“在诗和历史旁边占有如此重要地位的小说是一种混合的种类，

---

① [奥]弗兰茨·K·斯坦策尔：《现代小说的美学特征》，福柯、哈贝马斯、布尔迪厄等：《激进的美学锋芒》，周宪译，北京：中国人民大学出版社，2003年，第230页。

② [英]福斯特：《小说面面观》，冯涛译，北京：人民文学出版社，2009年，第3页。

③ 李维屏：《英国小说艺术史》，上海：上海外语教育出版社，2003年，第101-103页。

其领域的确是无限的。”① 到了20世纪，这种观点已成为一种普遍的共识。苏珊·朗格认为：“虽然小说是我们最丰富、最富有性格、最流行的文学产品，但，它是一种较晚的现象，它的艺术形式仍在发展，仍然以前所未有的效果、全新的结构和技巧手段使评论家们感到惊奇。”② 米兰·昆德拉更是多次强调小说形式的开放性：“小说具有非凡的合并能力，散文或哲学没有能力把小说合并进去，小说却有能力把诗与哲学合并到它的里面，而且它并不因此而失去自己的个性特点，小说的特点正是包容其他形式，吸收哲学与科学认识…… 当然，这就要导致对小说的形式进行深刻的改造。”③ “小说的形式几乎是无限制的自由。小说在其历史上却未能享用它。它错过了这一自由。它留下了许多未开发的形式上的自由。”④ 由于现代小说充分重视小说形式的开放性，所以现代小说对小说的技巧尤为重视。

从亨利·詹姆斯的《小说的艺术》到卢伯克的《小说技巧》(1921)，再到福斯特的《小说面面观》(1927)和缪尔的《小说结构》(1928)，小说形式和小说技巧已成为现代小说的代名词。随着20世纪各种形式文论的兴起，布鲁克斯和沃伦以新批评的批评方法研究诗歌，在合著《理解诗歌》(1938)之后，他们将这种诗歌批评方法移植到小说批评中，并同样取得了巨大的成功，这就是《小说鉴赏》(1943)。在《小说鉴赏》中，他们主要关注的是对小说形式的批评。在此之后，关于小说形式的批评越来越普遍，英国文体批评家马克·肖勒在《作为发现的技巧》(1947)中

① [法]波德莱尔:《浪漫派的艺术》，郭宏安译，上海：上海译文出版社，2009年，第123页。

② [美]苏珊·朗格:《情感与形式》，刘大基译，北京：中国社会科学出版社，1986年，第334页。

③ [捷]米兰·昆德拉:《小说的艺术》，孟湄译，北京：生活·读书·新知三联书店，1992年，第81页。

④ [捷]米兰·昆德拉:《小说的艺术》，孟湄译，北京：生活·读书·新知三联书店，1992年，第81页。

说："现代批评家已经向我们证明，谈论内容本身就不是谈论艺术，而是谈论经验；仅仅当我们谈论已经被成就了的内容，即形式，以及作为艺术作品的艺术作品的时候，我们才开始作为批评家说话。内容，或经验，与已经被成就了的内容，或艺术，之间的不同在于技巧。因而，当我们谈论技巧时，我们几乎就是在谈论一切……我们已经不再能把不接受这些普遍规则的诗歌批评视为用心严肃的批评，但是对于小说来说，这一点尚未做到。"[①] 随后，由于叙事学的兴起和发展，关于小说形式和技巧的探索更是热闹非凡，一直发展到小说文体学和当下的后经典叙事学。20世纪的小说理论主要探讨的是小说形式和小说技巧。正是这种对小说技巧的探索扩大了小说艺术的表现力[②]，使现代小说成为现代人精神生活的深刻反映。

现代小说进行形式实验重要的策略是向相邻的艺术门类和其他文学类型寻找创新的契合点。于是，现代小说中的艺术跨界现象和文类互参现象屡见不鲜，成为现代小说进行形式实验的最为重要的手段。

二、现代小说中的艺术跨界

现代小说十分热衷于小说形式的探索，并有意僭越各种艺术门类之间的界限。于是，与文学相邻的各类艺术形式——电影、绘画、音乐、建筑等等——就优先成为现代小说进行形式实验的借鉴资源，进入现代小说的创作视野与实践。现代小说的语体、文体、结构随之都发生了新的变化。柳鸣九在《从现代主义到后现代主义》中明确谈到这种变化，"以体裁形式而言，古典的关于'诗与画'的界限已开始淡化，并逐渐消失，各

① [美]华莱士·马丁:《当代叙事学》，伍晓明译，北京：北京大学出版社，2005年，第2页。

② 高行健:《现代小说技巧初探》，广州：花城出版社，1981年，第119页。

种体裁形式之间开始出现了位移与转化。特别重要的是，传统的关于不同体裁形式中有不同的美学原则、艺术规律与技巧方法的条律已被打破，空间艺术的造型方法被引进了小说这种时间艺术的部类，在现代小说中出现了绘画化与影视化的艺术现象。”① 其实，何止是空间艺术对现代小说产生了影响，时间艺术之间也产生了广泛的相互影响，现代小说的音乐化就是一个最好的例证。现代著名小说家福斯特在《小说面面观》中特意从绘画的领域中借用“模式”、从音乐领域借用“节奏”这两个术语来论述小说的特征。在他看来，“各艺术门类越是精进，就越是需要互相定义”②。

无论是现代作家还是现代小说理论家都注意到了现代小说中的艺术跨界现象。电影、绘画和音乐是现代小说最为关注的三种艺术形式。虽然，电影发明于1895年，是晚近的产物，但很快就对作家的写作方式产生了广泛的影响。爱德华·茂莱在《电影化的想象——作家与电影》中就从事实与理论两个层面对作家和电影的密切交往进行了论述，尤其是电影对作家的影响，他指出：“从乔伊斯开始，几乎所有的作家都受过电影的影响。”③ 不可否认，由于电影的出现，视觉思维和影视逻辑在现代小说创作中的影响越来越大，乔治·布鲁斯东在《从小说到电影》④ 一书中论述了小说艺术与电影艺术的各自特性，并指出电影的空间性和视觉效果可以给小说带来新的变化。美国学者约瑟夫·弗兰克在《现代小说的空间形式》⑤ 一文中敏锐地指出电影对现代小说创作的影响，小说中的空间形式

---

① 柳鸣九：《从现代主义到后现代主义》，北京：中国社会科学出版社，1994年，第3页。

② [英]福斯特：《小说面面观》，冯涛译，北京：人民文学出版社，2009年，第133页。

③ [美]爱德华·茂莱：《电影化的想象——作家与电影》，邵牧君译，北京：中国电影出版社，1989年，第129页。

④ [美]乔治·布鲁斯东：《从小说到电影》，高骏千译，北京：中国电影出版社，1981年。

⑤ [奥地利]约瑟夫·弗兰克等：《现代小说的空间形式》，秦林芳编译，北京：北京大学出版社，1991年。

越来越为更多的作家所运用，各种电影叙事技巧和方法被小说家广泛借鉴和运用，并在小说创作中取得了很大的成功。继弗兰克此文之后，现代小说中的空间形式成为小说理论研究的热门话题。

诗歌与绘画的关系是文学史上常被讨论的话题。随着现代小说形式实验的发展，小说与绘画的关系也引起小说家和理论家的兴趣。现代小说中的绘画特征和绘画效果成为许多现代小说家创作的突出风格。当然，这里的绘画特征和绘画效果并不是指在小说中插入图画，而是指小说语言塑造出来的可感的形象所呈现的静态画面效果。尤其是受到西方现代派绘画的影响，突出色彩和线条，这些技法被借鉴到现代小说中，尤其表现在现代小说家对色彩和环境的描写中。例如，许多现代小说家在作品中通过凸显绘画元素来表达审美效果。鲁迅小说中的色彩，张爱玲小说中的绘画效果，沈从文小说中的绘画特征等等，都是小说绘画化的典型。绘画成为现代小说家创作必不可少的借鉴资源。

小说与音乐的关系同样为现代小说家们所关注。梅·弗里德曼在研究意识流小说时尤为强调意识流小说的音乐性，很多音乐手法和技巧被意识流小说广泛借鉴。① 瞿世镜在研究意识流小说时同样从现代小说的艺术跨界这一视角来论述，通过音乐、美术与文学的比较研究，他认为现代意识流小说在创作上借鉴音乐和美术的方法是十分普遍的。② 高行健在《现代小说技巧初探》一书中讲到，小说的音乐化是未来小说发展的一个重要方向，并且后来身体力行，在小说《灵山》中尤其凸显了小说的音乐化特征。

现代艺术完全打破了古典主义封闭的艺术观念。丹尼尔·贝尔在《资本主义文化矛盾》中说："旧的文化概念建立在连续性的基础上，而现代

① [美]梅·弗里德曼:《意识流，文学手法研究》，申雨平译，上海：华东师范大学出版社，1992年，第116-131页。

② 瞿世镜:《音乐美术文学——意识流小说比较研究》，上海：学林出版社，1997年。

文化则建立在多样性的基础上；旧的文化概念重视传统，而当代理念是兼收并蓄。”[①] 在贝尔看来，“在现代主义中，艺术类型变成了一个陈旧的概念，在经验的变迁流动中，各种题材之间的区分被忽略。”[②] 现代艺术已经丧失了体裁的概念，传统的各种艺术类型相互位移和借鉴，成为现代艺术创新的一种手段。贝尔进一步说，“世界的界限业已打破，传统的文学、绘画、雕塑和音乐框架内的艺术范围，以及这些框架之外的艺术范围几乎都没有边界。”[③] 俄国形式主义文论家什克洛夫斯基有句很传神的话，可以看作是对现代艺术中的跨界现象最为形象的总结，他说：“在艺术史中，遗产不是从父亲传到儿子，而是从叔父传到侄儿。”[④] 这句话的意思就是，艺术向来都是从相邻的艺术门类中获得新的启示来实现发展的。

但是，我们也必须认识到，由于各门艺术拥有各自不同的媒介手段和发展历史，所以也具有不同的艺术效果和功能。苏珊·朗格就曾明确说过：“每一门艺术都会创造出一种完全不同于其他艺术的独特经验，每一门艺术创造都是一种独特的基本创造物。”[⑤] 其实，一直以来，古典艺术都严格地遵循着各自的创作章法，并以此彰显作为一门艺术的独特性。虽然，在亚里士多德的《诗学》看来，各类艺术之间就体现出“本同末异”的共存关系，他认为：“史诗的编制，悲剧、喜剧、狄苏朗勃斯的编写以

① [美]丹尼尔·贝尔：《资本主义文化矛盾》，严蓓雯译，南京：江苏人民出版社，2007年，第104页。

② [美]丹尼尔·贝尔：《资本主义文化矛盾》，严蓓雯译，南京：江苏人民出版社，2007年，第94页。

③ [美]丹尼尔·贝尔：《资本主义文化矛盾》，严蓓雯译，南京：江苏人民出版社，2007年，第104页。

④ [美]华莱士·马丁：《当代叙事学》，伍晓明译，北京：北京大学出版社，2005年，第40页。

⑤ [美]苏珊·朗格：《艺术问题》，滕守尧译，北京：中国社会科学出版社，1983年，第74页。

及绝大部分供阿洛斯和竖琴演奏的音乐，这一切总的说来都是模仿。它们的差别有三点，即模仿中采用不同的媒介，取用不同的对象，使用不同的、而不是相同的方式。”① 亚里士多德考察的只是史诗、悲剧和喜剧这些有限的艺术门类，但是各类艺术之间的共同法则都是模仿。但是我们也要注意到，亚里士多德对各门艺术之间的差异的强调同样是鞭辟入里的，也正是由于艺术的媒介、对象和方式不同，各类艺术在此后两千年的发展中各自恪守准则，将各自的艺术特征发展到了极致的境界。最终，这种追求自主性和独特性的艺术法则在莱辛的《拉奥孔》中被推到最为极端的规定，他在论诗歌与绘画的界限时说，诗歌与绘画分属于时间艺术与空间艺术，诗歌的呈现方式是时间中的连续性，而绘画的呈现方式则是空间中的某一时刻，如果将时间上必然相隔的两个点放入一幅画中，这绝对是画家对诗人领域的侵犯，也是拥有良好审美品位的人所不能接受的。莱辛严格区分诗与画的界限，每一种艺术门类都有着自己的相关领域，不能混淆，各门艺术都应保持自身的纯粹性。韦勒克在《文学理论》中也明确指出古典主义理论强调艺术门类的纯粹性。他说：

> 古典主义理论不但相信类型与类型之间有性质上和光彩上的区别，而且相信它们必须各自独立，不得混淆。这就是有名的“类型纯粹”说或“类型分立”说。虽然这一理论从来也没有严密地、轮廓鲜明地被制定出来过，但它却确实包含一个真正的美学理论，并不仅仅是一套社会等级区分。这一美学原理就是：要求作品情调有一种僵硬的统一性，要求风格的纯粹和“简明性”，要求把注意力集中在一个单一的情节和主题上，创造一种单一的情绪（如恐怖或笑等），这一

① [古希腊]亚里士多德:《诗学》，陈中梅译，北京：商务印书馆，1996年，第27页。

> 原理也要求种类的专门化和多元化。每一个艺术种类都有自己的职责和它自己的快乐，诗何必要试着去变得“如画”或具有“音乐性”呢？而音乐又何必要去讲一个故事或描写一个场景呢？[①]

在他看来，虽然文学有时确实想取得绘画和音乐的效果，并且通过转借它们的艺术手法在相当程度上取得了成功，但是这只是各种艺术间的一种平行对照，并没有多少价值。因为，“各种艺术间的平行比较存在于读者或观众个人的反应中，这种比较满足于描述我们对于两种艺术产生的相似的感情，因此，在我们的认识中无论如何不会获得证明并取得进展”[②]。所以，他明确地说：“在文学上，模仿音乐的结构，诸如模仿主旋律，采用奏鸣曲、交响乐的形式，似乎显得更具体些；但是，即便明确表示模仿音乐的结构形式，也很难说明为什么文学上熟悉的重复、对比之类对一切艺术都通用的手法和音乐上主题的复现、调式的对照与协调并非一回事。”[③] 韦勒克认为，艺术之间的平行比较由于没有相同的媒介，所以这种跨艺术的比较研究找不到共同的因素，即便在某些方面有类似的艺术效果，也不过是一种“朦胧的暗喻”，并没有多少实在的科学性。其实这是韦勒克认识上的一种误区，赵宪章教授在研究文学的语图关系时也面临与韦勒克在学理上相同的疑问，他在学理上的论述也可以解释这一问题。他认为：两门艺术比较的“共同点”和“工具”不可能是“媒介”，而是存在于作家、读者和文本三者之间的“统觉”（通感）；统觉是“媒介”的

---

① [美]韦勒克、沃伦:《文学理论》，刘象愚等译，南京：江苏教育出版社，2005年，第277页。

② [美]韦勒克、沃伦:《文学理论》，刘象愚等译，南京：江苏教育出版社，2005年，第144页。

③ [美]韦勒克、沃伦:《文学理论》，刘象愚等译，南京：江苏教育出版社，2005年，第142–143页。

映射物，是审美主体面对媒介并由它唤起的联想。“媒介”在物理世界的置换几无可能；但是，却能通过联想统觉实现互文共享，从而使不同艺术之间的比较研究成为可能。

三、现代小说中的文体互参

现代小说不仅向相邻的艺术门类借鉴创作手法，而且更具有包容性的是对各种文学文体和非文学文体的融合，诗歌、戏剧、词典、日记、书信等等文体在小说中更是屡见不鲜，文体互参同样是现代小说进行形式实验的重要手段。

小说是文学文类中发展比较晚的文学样式，小说理论在文学理论中更是晚近出现的门类。在西方，瓦特在《小说的兴起》中认为，“我们所用的‘小说’（novel）这个术语，直到18世纪末才得到充分确认”①。在中国，鲁迅先生认为，“小说亦如诗，至唐代而一变，虽尚不离于搜奇记逸，然叙述宛转，文辞华艳，与六朝之粗陈梗概者较，演进之迹甚明，而尤显者乃在是时则始有意为小说”②。可见中国小说家对小说文体的兴起在文学史上有明确的意识也是后来的事情。然而，正是这一相对较晚出现的文学样式，无论是在文学创作还是在文学研究中，小说都成为最重要的文类，可谓“后来者居上”。小说成为现代文学最为重要的文类有许多方面的原因，我们姑且不一一论述。但小说的文体特征是其中一个重要的原因，因为小说善于融汇其他文学形式的特征为己所用。“小说与其他文学形式交融，却不为其他样式同化，反而能形成有特色的小说，更是小说极大的包容

---

① [美]伊恩·P·瓦特:《小说的兴起》，北京：生活·读书·新知三联书店，1992年，第2页。

② 鲁迅:《鲁迅全集》第9卷，北京：人民文学出版社，2005年，第73页。

性、开放性的表现。”[①] “小说，成了最能发挥语言文学的优势的文学样式。它不像诗歌要借助朗诵或音乐，也不像戏剧要依赖表演，更不像电影要直诉画面，当然也无须如报告文学般局限于真人真事，甚至比起标准意义的散文来，在篇幅的长短和维系读者兴趣以及发挥作者的想象力上，都拥有着更大程度的自由。所以，它是间接性最强的文体，又是驰骋天地最为广阔的文体；它是对姊妹艺术依赖性最小的文体，又是最能综合相邻艺术的表现力的文体；它是最易初试成功的文体，又是最耗心智且最难穷尽其潜力的文体……”[②] 各种文体互参在文学界是一个常见现象，但关于其规律性的认识和探讨并不多见。蒋寅在《中国古代文体互参中“以高行卑”的体位定势》一文中有着较为深刻的论述。在他看来，文体互参是中国古代文学创作中的一个习见现象，在古文与时文、辞赋和史传之间，甚至在韵文和散文两大类之间都普遍存在，“突破文体界限，引入其他文体的特征，即通过文体互参来给文体扩容，被证明是经常能发挥奇异效果的策略之一”[③] 。这种互参现象有着独特的规律，即从高位文体向低位文体渗透，反之则不可以。如，诗歌可以渗透到词中，词可以渗透到曲中，反之则不可以。也就是说，体位越高的文体其自身的自律性要求越严格，对其他文体的规避要求也越严格。小说作为文学领域的“小道”，自然是最为低位的文体，对其他各种文体均可借鉴，这是整个文学史创作的普遍规律。所以，小说特别善于将各种文体渗透到自己的文体中，如诗歌、日记、书信、诗剧、随笔、戏剧、散文诗、辞条分析、历史考证等等，无论是文学文体还是非文学文体，小说无不包容。虽然，这些现象在古典小说中均有

① 陆志平、吴功正:《小说美学》，上海：东方出版社，1991年，第3页。

② 金健人:《小说结构美学》，杭州：浙江文艺出版社，1987年，第7页。

③ 蒋寅:《中国古代文体互参中“以高行卑”的体位定势》,《中国社会科学》，2008年第5期。

表现，但就整个小说文体来说，这些异文体的渗透对于小说来说不过是插科打诨。而在现代小说中则大为不同，诗化小说、戏剧化小说、书信体小说、日记体小说、词典体小说等等已成为现代小说家的文体风格，许多小说家已经有了明确的文体意识，例如，创作词典体小说《马桥词典》的作家韩少功说："我从八十年代就渐渐地对现有的小说形式不满意，总觉得模式化，不自由，情节的起承转合玩下来，作者只能跟着跑，很多感受放不进去。我一直想把小说因素和非小说因素做一点搅和，把小说写得不像小说。我看有些中国作家最近也在这样做。当然，别的方法同样也写出好小说，小说不可能有什么最好的方法。"① 现代小说的这种文体新变正是现代小说刻意追求的"有意味的形式"。

文体，是一个内涵十分丰富的词语，具有多层意义。在中国古代文论中，文体既有文类（体裁）的意思，也有语体和风格的意思。在西方，文体（style）一词可以翻译成文体、语体、风格、文笔、笔性等，内涵同样也很丰富。② 所以，现代小说的文体互参是在文类、语体和风格等多个层面上实现破体的。

现代小说的文体互参最为常用的是文类互参。中国历来讲究不同的体裁有不同的表现形式。挚虞《文章流别论》与刘勰《文心雕龙》都对各种文体形式有着深刻的论述。现代文学发展以来，文学体裁一般被分为诗歌、散文、小说、戏曲。现代小说的诗化、散文化、戏曲化（戏剧化）更是文学作品中的习见现象。诗化小说是法国象征主义运动的产物，早在1893年，法国象征主义诗人古尔蒙就提倡小说的诗化："小说是一首诗篇，

① 韩少功、崔卫平：《关于马桥词典的对话》，《作家》，2000年第4期。

② 童庆炳：《文体与文体的创造》，昆明：云南人民出版社，1994年，第1页。

不是诗歌的小说并不存在。”[①] 他强调将小说的叙述方式和诗歌的意象营造结合起来。至20世纪，这种诗化小说的创作方式更是形成一种潮流，亨利·詹姆斯、普鲁斯特、乔伊斯和伍尔夫等一大批作家专心在小说中描写心理、记忆，以意识流的写作方式表现意象和象征，小说叙述刻意向诗歌和散文靠拢。诗化小说同样是中国现代小说中的重要流派，无论是小说创作还是小说观念都有一条清晰的脉络。在小说创作上，鲁迅、废名、沈从文、汪曾祺、何立伟等人的诗化小说一脉传承，对他们小说的诗化特征的研究已经成定论。在小说观念上，从周作人的“抒情诗的小说”到沈从文的“抽象的抒情”再到汪曾祺的“纯小说”，诗化小说的小说理念和小说创作相生相伴。朱光潜认为小说中的“诗”比“故事”具有更高的审美价值。[②] 中国现代小说的诗化追求一方面受西方现代诗化小说的影响，另一方面则源自现代文学与中国古典文学的历史联系。王瑶先生曾明确指出古典文学传统对现代文学的影响，他说：“中国是一个有悠久的诗歌传统的国家，诗的因素渗透于一切文学艺术形式中，形成了‘抒情诗’的传统。在鲁迅的小说中，有一部分是着重客观写实的，但另一部分则具有浓厚的抒情性；在这类小说中，作者常常通过自然景物的描绘或心情感受的抒发，形成一种情调和气氛，他所着重的正是小说的‘抒情’的功能；因此作品的具体描写总是追求‘情’与‘景（境）’的统一，着意创造诗的‘意境’。”[③] “鲁迅小说对中国‘抒情诗’传统的自觉继承，开辟了中国现代小说与古典文学取得联系、从而获得民族特色的一条重要途径。在鲁迅之后，出现了一大批抒情体小说的作者。如郁达夫、废名、艾芜、沈从文、

---

① [法]布吕奈尔：《20世纪法国小说史》，郑克鲁等译，成都：四川文艺出版社，1991年，第37页。

② 朱光潜：《朱光潜美学文集》第2卷，上海：上海文艺出版社，1982年，第489页。

③ 王瑶：《中国现代文学史论集》，北京：北京大学出版社，1998年，第322页。

萧红、孙犁等人，他们的作品虽然有着不同的思想倾向，艺术上也各具特点，但在对中国诗歌传统的继承这一方面，又显示了共同的特色。”①

小说戏剧化在中国现代小说中同样是十分明显的。小说和戏剧虽然都是以语言为媒介的文学作品，在叙述上同样是散文体叙事，但是作为两种不同的文体形式，它们之间的区别主要在语体上。小说叙述方式是讲述过去发生的事情，而戏剧叙述方式则是将过去发生的事情以正在发生的形式直接展示在观众面前，换句话说，小说的语体主要是叙述体（叙述者的话语），戏剧的语体是代言体（故事中人物的话语）。对于小说的这种叙述方式，韦恩·布斯在《小说修辞学》中将之称为“戏剧化叙述者”，而且这种戏剧化叙述方式成为现代小说普遍运用的方式，在现代小说中，“许多戏剧化叙述者从未被称为叙述者。在某种意义上讲，每一句话，每个手势，都在叙述，大多数作品中包含了伪装过的叙述者，他们被用来讲述读者应该知道的事情，而同时看上去却是在扮演自己的角色。”② 小说的叙述方式最大的特征是展示而不再是讲述。这种小说戏剧化的手法常常体现在编制故事的戏剧性情节、刻画人物的表演性动作和神情以及描写场景的舞台化，在现代小说家中鲁迅、张爱玲的小说最具代表性。小说戏剧化的实现方式具有多个层面，“小说的戏剧化，其含义不仅是使小说情节动作集中而富于戏剧性，而且是小说的叙述性作用降到次要地位，而对戏剧性独白、对话的描写占据了主要地位……对话和独白能使小说中的人物呈现在观众面前，仿佛登台表演，而不借助于叙述人的描述；这种手法一旦居于小说中的重要位置，小说叙述人的隐退就更深入幕后，小说戏剧化就不

① 王瑶：《中国现代文学史论集》，北京：北京大学出版社，1998年，第322–323页。

② [美]韦恩·布斯：《小说修辞学》，付礼军译，南宁：广西人民出版社，1987年，第159页。

再是表面的了”[①]。对于这一点，黑格尔在《美学》中已经论述过：“全面适用的戏剧形式是对话。”[②]这一叙述方式的最大特征是依赖人物的对话来推动小说的情节发展，刻画人物及反映社会人情。当代小说家王朔深谙此道，在其小说中戏剧化的对话已经成为其语体的风格特征。

中国现代小说不仅融合了各类文学文体，更体现为对其他非文学文体的融合，如日记体小说、书信体小说、词典体小说等更是有很多经典佳作。日记体小说（Diary novel）与书信体小说在西方文学史中有很长的历史，早在18世纪，日记体小说《鲁滨孙漂流记》（1719）就是当时的畅销书。在经历了19世纪的衰落后，20世纪以来，日记体小说再次成为现代作家常用的文体形式。如多利丝·莱辛的日记体小说《金色笔记》获得了诺贝尔文学奖。但是，对两次创作热潮的原因进行探析，我们可以发现有许多不同，“如果20世纪以前，日记体仅被看作一种小说的次文类、一种形式问题的话，那么从20世纪20年代开始，采用日记体形式进行创作被看作是一个文化现象而加以研究，西方文学史家对日记体小说及日记进行了系统、全面的理论研究”[③]。在20世纪，日记体小说不仅在创作界引起轰动，同时也引发学者们对日记体文体形式的大量研究。较为突出的研究成果有：国外学者罗娜·马丁斯的《日记体小说》（1985）、海萨姆·安德鲁的《写作与现实》（1993）、特莱沃·费尔德的《日记体小说的形式与功能》（1989），国内学者赵宪章的《日记的私语言说与解构》（2005）。日记体小说和书信体小说在中国现代小说中同样是大量出现的，被誉为中国现代小说开篇之作的《狂人日记》就是一篇日记体小说，继鲁迅之后，庐隐、冰心、郁达夫、丁玲、沈从文、许钦文、张天翼等等，一大批作家

① 张未民：《小说与戏剧 —— 兼谈一种双向对逆运动》，《当代文坛》，1987年第3期。

② [德]黑格尔：《美学》第三卷（下），朱光潜译，北京：商务印书馆，1981年，第259页。

③ 陈晓兰：《欧洲日记体小说发展概观》，《兰州大学学报》，2001年第1期。

都以这种文体形式创作小说并赢得巨大声誉。向来以“实用”为目的的日记在文学领域得到如此成功的运用，这说明“日记文体本身就蕴藉着可能被文学所挪用的文学性”[①]。书信体小说的大体情况与日记体小说类似，本文就不一一论述了。

词典体小说是现代小说文体创新的一种新形式。它打破了传统小说的时间与空间秩序，将小说的叙述逻辑转变成一种词典编撰式的词条顺序。虽然这种词典体小说作品目前并不是太多，米兰·昆德拉在小说《不能承受的生命之轻》中也部分地使用了词典体，完全使用词典体的小说则是塞尔维亚作家帕维奇的《哈扎尔辞典》（1984）和韩少功的《马桥词典》（1997），由于这两部小说影响十分巨大，引起了学术界对小说和词典两种文体的讨论。在众多的研究成果中，赵宪章教授从词典体对小说文体的渗透角度认为，词典体小说是小说的一种文体革命，它将词典的共时结构运用到小说的历时结构中，创建了小说共时叙事的结构模式，这就使小说实现了罗兰·巴特意义上的从“可读之文”向“可写之文”的转变，更便于读者在阅读中解构和重建。[②]

四、结语

现代小说的形式实验有着多方面的原因。首先，从19世纪末至20世纪初发生在社会文化层面的现代性掀起了艺术领域的一场革命。美学现代性的一个重要特征就是各类艺术更加突出形式所富有的审美效果，从而“各个艺术门类被纯粹化了，专注于它们的构成要素……舞蹈中的现代主义所关心的是身体固有的运动，音乐中被彰显出来的是音调和节奏，文

① 赵宪章:《日记的私语言说与解构》,《文艺理论研究》，2005年第3期。

② 赵宪章:《词典体小说形式分析》,《南京大学学报》，2002年第3期。

学和绘画艺术的再现慢慢地消失了，被媒介本身的凸显所取代。线条、色彩、性状、声音、词语甚至字母，本身变成了审美对象”① 。艺术形式被置于至高无上的地位。其次，文学理论中的“形式主义”与语言学转向为小说的形式实验提供了必要的理论支持。20世纪的文学理论可谓是从“形式主义”发起的，从俄国形式主义到英美新批评再到结构主义叙事学，文学理论中相继而起的这些形式批评理论均把文学作品看作一个自足的文本，文学作品之所以具有文学性主要是由于独特的文学形式，这无疑对现代小说的形式实验起到了推波助澜的作用。文学理论中的语言学转向对现代小说形式实验的影响则更为深远。文学语言从工具论到本体论的观念转变给予现代小说对语言形式技巧进行探索的理论支持。小说本是利用文学语言讲好一个故事，在此却转变为讲好一个故事是为了展现小说家的语言魅力。对于现代小说家来说，故事不再是小说奉若神明的三要素之一，语言的魔力才是其成为小说家的本质所在。最后，现代小说的形式实验是小说发展的必然。传统小说在19世纪现实主义小说中发展到了艺术的极致境界。诸如巴尔扎克等一批小说巨匠对人物深刻的刻画，对故事情节的精心运筹以及对社会历史文化的展现所达到的艺术高度，让20世纪小说欲循此发展而陷入难以为继的致命困境。另一方面，随着时代的发展，社会经济文化等各个层面都发生了深刻的变化，为了表现新的时代精神与现代人的思想感情，小说也需要创造出新的形式。于是，现代小说另辟蹊径转向小说的文体形式实验则是必然的趋势。从福楼拜的《包法利夫人》中率先追求作者声音的隐匿到20世纪涌现的英国意识流小说、法国新小说与荒诞小说等，一种区别于传统小说而更着力于形式实验的现代小说成为创作的主流。

---

① [美]罗伯特·霍勒伯:《现代主义，现代性，现代化》，哈贝马斯等著:《文化现代性精粹读本》，周宪译编，北京：中国人民大学出版社，2006年，第253页。

现代小说中的艺术跨界和文体互参为现代小说的创作带来了新的艺术表现力，这是现代艺术观念转变的典型代表，突破框架内外，走向各种艺术和文类的融合，这是未来艺术的发展方向。在大量的作品创作和理论总结的基础上，小说艺术的未来道路会越走越宽。

辛亥革命时期白话文学的兴起与发展[①]

辛亥革命时期的白话文学是清末以来社会转型的必然结果，是伴随着清末白话文运动而兴起与发展的。从文言到白话的语言变革为白话文学的兴起提供了语言基础，白话文运动的启蒙任务使白话与通俗文学结成天然的盟军，通俗文学成为白话文学发展中文类选择的必然；辛亥革命时期的白话文学是中国文学从传统文学向现代文学转变的重要环节，其在语言、思想与文体形式方面的现代性追求，为五四文学革命做了必要的历史准备。

辛亥革命时期是中国从封建社会向现代社会转型的重要历史时期。摒弃传统的旧思想，宣传现代新思想的启蒙运动是转型时期社会舆论宣传的主要内容。为了将思想启蒙运动在社会底层大众中广泛而有效地传播，清末白话文运动应运而生。在白话文运动兴起与发展的过程中，白话在承担思想启蒙的政治任务的同时，也不断地冲击文言的合法性地位，从而引导了一场从文言到白话的语言变革，并带来了辛亥革命时期白话文学的兴起与发展，为此后五四时期白话文学获得现代文学的合法地位做了必要的历史准备。本文将从近代中国的社会转型这一历史背景来探讨辛亥革命时期白话文学的兴起与发展。

① 本文与江苏师范大学周棉教授合作撰写。

一、白话文学兴起的语言基础：从文言到白话的语言变革

言文分离是中国文学最为基本的表现形态。中国文学历来有一套区别于日常生活中通俗白话的文学语言系统，追求语言的雅驯、含蓄、言简意丰。由于强调语言中"文"的一面，着意对通俗白话中粗俗的"野"的一面进行改造，导致文学语言系统与日常生活语言系统的分离。中国文学的正统是文言文学，但是，白话文学一直作为文学史之外的潜流而存在着。胡适在《白话文学史》中指出，中国有"一千多年的白话文学史，只有自然的演进，没有有意的革命"[①]，"有意的革命"的白话文学必然要从"有意的革命"的语言变革而来，因为文学是语言的艺术，语言的变迁将直接影响并改变文学的生态环境和表现形态。虽然胡适将白话文学"有意的革命"归功于五四文学革命，但语言"有意的革命"实则从清末白话文运动中的语言变革就开始了。

清末语言变革源自社会变革的需求。甲午战败之后，进步人士开始认识到国家落后的主要原因在于民智不开、科技落后。因此，呼吁社会变革成为洋务派、改良派、革命派等有识之士的共识。官方和民间均通过各种方式来推动社会变革，或外派大量的留学生学习西方先进文化知识，或通过译介西方先进的科技、军事、政治、法律、教育、文化等方面知识来普及和提高大众的知识水平。但是，由于长期的言文分离，文言无法传达思想启蒙的要求而成为社会变革与发展的障碍。于是，呼吁废文言、兴白话，倡导言文合一，成为推行社会变革各项工作的前提。早在1887年，黄遵宪就指出言文分离现象之于社会发展的弊端，并提出"欲令天下之农

① 胡适:《白话文学史》，上海：上海古籍出版社，1999年，第4页。

工商贾妇女幼稚皆能通文字之用，其不得不于此求一简易之法哉”[①]。这个“简易之法”就是使用白话，做到言文一致。1898年，裘廷梁发表《论白话为维新之本》，明确提出“崇白话而废文言”[②]。1900年，陈荣衮在《论报章宜改用浅说》中将“改革文言”视为开启民智的法宝：“大抵今日变法，以开民智为先。开民智莫如改革文言。”[③] 1903年，刘师培在《中国文字流弊论》中总结中国文字的五大弊端，并提出“宜用俗语”与“造新字”[④]两项改革措施。1905年，清政府废除科举制度，以文言八股文取仕的文官录用制度寿终正寝，更弱化了文言的地位和影响。

在白话文理论的呼吁下，社会上出现了大量白话文写作的白话报刊与白话书籍。据统计，辛亥革命时期先后出版的白话报刊共计有170余种。[⑤]这些白话报刊大多都将开启民智作为办报的首要任务，如《演义白话报》（1897年第1号）在《白话报小引》中将报刊定位为：“把各种有用的书籍报刊，演做白话，总期看了有益。”陈独秀（笔名“三爱”）在1904年的《安徽俗话报》中也声称：“把各项浅近的学问，用通行的俗话讲演出来，好叫我们安徽人，无钱多读书的，看了这‘俗话报’，也可以长点见识。”[⑥]彭翼仲在1904年《京话日报》的发刊词中说：“本馆同人，很想借这报纸，开通内地的风气，叫人人都知道天下的大势。”[⑦]作为新型媒体，白话报刊在向普通民众传播知识、宣传启蒙思想与民主革命思想的

---

① 黄遵宪：《日本国志·学术志二·文学. 黄遵宪全集（下）》，北京：中华书局，2005年，第1420页。

② 裘廷梁：《论白话为维新之本》，《中国官音白话报》，1898年8月27日，第19–20页。

③ 陈荣衮：《论报章宜改用浅说》，《知新报》，1900年1月1日。

④ 刘师培：《刘申叔遗书（下）》，南京：江苏古籍出版社，1996年，第1440页。

⑤ 蔡乐苏：《清末民初的一百七十余种白话报刊》，丁守和：《辛亥革命时期期刊介绍（第5册）》，北京：人民出版社，1987年。

⑥ 三爱：《开办〈安徽俗话报〉的缘故》，《安徽俗话报》，1904年第1期。

⑦ 彭翼仲：《作〈京话日报〉的意思》，《京话日报》，1904年8月18日。

同时，又为白话文的推广和书面化提供了写作实践的平台。白话书籍尤其是白话教科书在清末的文字改革中同样影响很大。无论是个人团体还是官方，都十分重视白话教科书的编写。陈荣衮是“近代编写通俗小学教科书的创始人”，① 曾编写各种通俗白话蒙学教材40余种，如《妇孺三字书》(1900年)、《妇孺新读本》(1900—1903年)、《七级字课》(1903—1909年)等。自1905年始，上海彪蒙书室出版了一系列中国最早的小学白话教科书，如《绘图中国白话史》《绘图外国白话史》《绘图蒙学识字实在易》《中国地理实在易》《外国地理实在易》等，旨在为初学者介绍中外历史、地理等方面的常识。清末新政后，清政府废除科举，兴办学堂，推广和普及大众教育，1904年在《奏定初等小学堂章程》中规定：“其要义在使日用常见之字，解日用浅近之理；以为听讲能领悟，读书能自解之助；并当使之以俗语叙事，及日用简短书信，以开他日自己作文之先路，供谋生应世之需要。”② 官方也开始注重白话教科书的编写，并在报刊上广而告之：“初等小学堂以通俗谈话体为合格，或用浅近之文体亦可，要必以浅显之词达深微之理，使儿童能解。高等小学堂以上均用浅文，其文字艰深者不录。”③ 据谭彼岸统计，辛亥革命时期“白话教科书有五十多种”④，白话教科书的大量出现，迅速推进了白话文的发展。

虽然清末白话文理论和白话文运动声势高涨，但是，白话文写作落实到书面语上却遇到了很多困难。一是白话文写作在文法、句法、用语上都没有统一的规范；二是白话文写作并无前例可循，唯有古代通俗小说和日

① 陈学恂：《中国近代教育史教学参考资料（上册）》，北京：人民教育出版社，1986年，第657页。

② 《奏定初等小学堂章程. 奏定学堂章程》，北京：学校司排印局，1904年。

③ 《教科书征文广告》，《大公报》，1905年4月30日。

④ 谭彼岸：《论晚清白话文运动并批判胡适的“白话外来论”》，《中山大学学报》，1955年第2期。

常口语可资借鉴，所以写作起来并非易事。在各种报刊上从事白话文写作的，多为旧学功底深厚的学者，其写作的白话文难免带有文言文的痕迹。在用白话翻译外国书籍时，“字不够用，这是做‘纯白话体’的人最感苦痛的一桩事……有许多字，文言里虽甚通行，白话里却成僵弃。我们若用纯白话体做说理之文，最苦的是名词不够。若一一求其通俗，一定弄得意义浅薄，而且不正确”[①]。所以，梁启超在翻译《十五小豪杰》时感慨：“原拟依《水浒》《红楼》等书体裁，纯用俗话，但翻译之时，甚为困难。参用文言，劳半功倍。”[②]可见，辛亥革命时期的白话文写作存在着理论呼声与实践写作上的背离现象，甚至许多白话文理论的倡导者也不免心口不一：“启发民众时用白话，自家言志抒情时仍用文言。”[③]更多的白话文写作者根本就没有将白话与文言对立起来，而是将它们分而论之。刘师培的观点较有代表性：“然古代文词，岂宜骤废？故近日文词，宜区二派：一修俗语以启瀹齐民；一用古文以保存国学，庶前贤矩范，赖以仅存。”[④]蔡元培在后来的回忆中也说：“但那时候作白话文的缘故，是专为通俗易理解，可以普及常识，并非取文言而代之。主张以白话代文言，而高揭文学革命的旗帜，这是从《新青年》时代开始的。”[⑤]

纵观辛亥革命时期的语言变革与白话文写作，其主要是将白话视为配合思想启蒙的语言工具，并没有上升到语体与文体变革的高度。胡适在评论清末白话文运动时，称其最多算是“有意的主张白话”，还算不上“有

---

① 梁启超：《晚清两大家诗钞题辞》，刘东：《梁启超文存》，南京：江苏人民出版社，2012年，第139页。

② 梁启超：《〈十五小豪杰〉译后语》，《新民丛报》，1902年第6期。

③ 陈平原：《中国现代小说的起点》，北京：北京大学出版社，2005年，第167页。

④ 刘师培：《论文杂记》，《刘师培辛亥革命前文选》，北京：生活·读书·新知三联书店，1992年，第189页。

⑤ 蔡元培等：《中国新文学大系导论集》，长沙：岳麓书社，2011年，第7页。

意的主张白话文学”，[①] 还是比较客观的。但是，在写作实践中白话文从古白话、日常口语、外文语法和词汇以及文言文等多种语言资源中广泛借鉴，在面对书面化困难的同时，也在写作实践中不断地改进和强化白话文写作。清末语言变革在主观上承载着思想启蒙的政治任务，但在客观上却为白话文学的兴起与发展提供了必要的语言基础。

二、白话文学发展的文类选择：作为思想启蒙途径的通俗文学

随着启蒙运动的深入开展，启蒙者们逐渐认识到文艺作品较之纯粹的政治论说有着巨大的启蒙优势。于是，以文艺作品来传播新思想成为启蒙运动的重要形式。通俗文学向来是社会底层大众所喜闻乐见的文艺形式，自然成为启蒙运动进行宣传和教育的策略和重要渠道。通俗小说、时调歌谣、改良戏曲等通俗文艺形式与白话结成天然的盟军，通俗文艺成为白话文学发展中文类选择的必然。“鼓吹文明，陶淑蛮野，舍曲本小说、白话小说，其又何从哉?”[②] 在白话报刊中，各种通俗小说、时调歌谣、戏曲改良等通俗文学文类都以专栏的形式长期开设；在学堂里，为了满足教学需要，创作了各种富有新思想的学堂歌乐，而这些歌乐的歌词已初步具有白话诗的艺术特征。清末白话文运动借助通俗文学进行思想启蒙的同时，也带来了通俗文学的繁荣与发展。

通俗小说自古以来就是底层社会所喜闻乐见的文艺形式。宋代就将城市里说书艺人用俗语白话创作的“话本”称为“通俗小说”。关于通俗小

---

① 胡适:《胡适说文学变迁》，上海：上海古籍出版社，1999年，第143页。

② 陈平原，夏晓虹:《二十世纪中国小说理论资料》，北京：北京大学出版社，1997年，第331页。

说的语言，早有定论，南宋残本《京本通俗小说》第16卷《冯玉梅团圆》云：“话须通俗方传远，语必关风始动人。”① 在清末民初的社会转型中，梁启超、严复、夏曾佑、狄楚卿、陶佑曾等都认识到小说在改良社会与开启民智方面所具有的独特优势。这其中以梁启超的“小说界革命”最具代表性。他认为小说在支配人心、改变社会方面“有不可思议之力”，“欲改良群治，必自小说界革命始；欲新民，必自新小说始”② 。随着白话小说的发，人们对白话与小说的关系有了更为明确的认识：“盖小说固以通俗逯下为功，而欲通俗逯下，则非白话不能也。”③ 为此，梁启超率先创办领时代风潮的《新小说》（1902年），此后，李宝嘉主编的《绣像小说》（1903年）、吴沃尧、周桂笙编辑的《月月小说》（1906年）、吴摩西编辑的《小说林》（1907年）等小说杂志纷纷创刊，小说杂志推进了辛亥革命时期白话小说的迅速发展。据阿英统计，这一时期仅成册的小说就有1000余种。④ 除此之外，很多当时产生较大影响的白话报刊也为白话小说提供了发表的园地，如《杭州白话报》（1901年）、《宁波白话报 》（1903年 ）、《中国白话报》（1903年）、《安徽俗话报》（1904年）、《竞业旬报》（1906年）等报刊都开设“小说”专栏。

白话通俗小说在各类小说杂志和白话报刊上屡见不鲜。政治小说和幻想寓言小说风靡一时。政治小说最具代表性的是梁启超的《新中国未来记》，这是以小说的形式写成的“借以吐露其所怀抱之政治思想”⑤ 的幻想寓言小说，主要表达了对未来世界的一种想象性的叙事；代表性小说还有《飞行之怪物》《新中国》《梦平鬼奴一》《新中国之伟人》《月球殖民地

① 冯梦龙：《警世通言》，南京：江苏古籍出版社，2005年，第71页。

② 梁启超：《论小说与群治之关系》，《新小说》，1902年第1期。

③ 管达如：《说小说》，《小说月报》，1912年第5期。

④ 阿英：《晚清小说史》，北京：东方出版社，1996年，第1页。

⑤ 梁启超：《中国唯一之文学报〈新小说〉》，《新民丛报》，1902年第14期。

小说》《神州欢梦记》《天堂地狱》《新中国》等。以反对列强、号召爱国救亡、追求科学民主思想为主题的白话小说同样比比皆是。如《中国白话报》刊载林獬的六回中篇小说《玫瑰花》，小说以玫瑰花和钟国洪之间的爱情为线索，塑造了革命志士的英雄形象，旨在揭露清末新政的虚伪性，批判清政府对外卖国、对内镇压的反动面孔。陈独秀在《安徽俗话报》发表的小说《黑天国》以沙皇俄国专制统治为背景，讲述俄国政治犯革命者被流放西伯利亚的故事。这类小说主要将时局新闻报道与外国历史及英雄人物以小说的形式演绎出来，代表性小说还有《菲律宾民党起义记》《回銮纪事》《波兰国故事》《美利坚自立记》《俄土战记》等。域外翻译小说也为通俗小说发展带来了新的生机。通过小说翻译实践，一方面，小说家进一步认识到用白话写小说的优势，如1905年侦探小说《母夜叉》的译者就明确指出："这种侦探小说，不拿白话去刻画他，那骨头缝里的原液，吸不出来，我的文理，够不上那么达。"[①] 另一方面，人们在翻译中借鉴域外小说艺术经验，学习到新的叙述方式和情节结构，并创作了一系列新的通俗小说类型，如理想小说、侦探小说、科幻小说等。以侦探小说为例，大量国外侦探小说的译介，也带来了中国侦探小说的发展与繁荣。当时许多报纸杂志如《紫罗兰》《红玫瑰》《万象》《春秋》等都刊载过侦探小说。白话报刊也发表了不少侦探小说。《江苏白话报》1905年第1期发表了侦探小说《身外身》与《美人脂》。《竞业旬报》自1908年第11期开始连载侦探小说《女党人》，主要以暗杀活动为主题，与当时社会舆论中鼓吹暗杀行动的革命思想相呼应。到20世纪20年代，中国文坛上更是涌现了以程小青、俞天愤、陆澹庵、张碧梧等为代表的侦探小说作家群。

启蒙者也没有忘记戏曲在启蒙民众中所独具的广泛性和有效性。戏曲

① 陈平原，夏晓虹：《二十世纪中国小说理论资料》，北京：北京大学出版社，1997年，第174页。

较之小说在受众的知识层次上要求更低，在底层社会中拥有更多的观众。被启蒙者的文化知识水平决定了启蒙的策略和途径。清末大众的识字率很低，据马宗学在《识字运动：民众学校经营的理论与实际》中的统计，1904年，中国社会的识字率约为1％[①]，而这1％中，具有闲暇时间和经济能力购买书报阅读的还要大打折扣。因此，更适宜通过看戏来宣传和教育底层大众。1902年《大公报》就刊文称："今不欲开化同胞则已，如欲开化，舍编戏曲而外，几无他术。"[②]马浴藻在《宁波白话报》1904年第4期上发表《论戏曲宜改良》一文，认为戏曲是"开人智识的一件最快最要紧的东西"。论述最为全面的还是陈独秀，他在《论戏曲》中对各种启蒙策略做了比较分析："各处维新的志士设出多少开通风气的法子，像那开办学堂虽好，可惜教人甚少，见效太缓。做小说，开报馆，容易开人智慧，但是认不得字的人，还是得不着益处。我看惟有戏曲改良，多唱些暗对时事开通风气的新戏，无论高下三等人，看看都可以感动，便是聋子也看得见，瞎子也听得见，这不是开通风气第一方便的法门吗?"[③]戏曲改良带来了大量新戏的创作热潮。很多报刊为戏曲开辟专栏，如林獬主办的《中国白话报》开有戏曲专栏，陈独秀主办的《安徽俗话报》前两期将小说与戏曲混为一栏，第三期以后，戏曲就另立门户了，先后刊载了6种戏曲。各种以小说命名的杂志也刊载大量戏曲，如《绣像小说》共刊载7种新戏。在戏曲的数量上，赵晋仅仅辑录了自1902年到1911年辛亥革命时期发表在报刊上的传奇、杂剧、京剧和地方戏等戏曲剧目就有共计169个。[④]当然，这些戏曲多为报刊上的剧本，真正发挥其传播优势的还在于

① 大木康:《明末白话小说的作者与读者》,《明清小说研究》，1988年第2期。

② 读者:《编戏曲以代演说说》,《大公报》，1902年11月11日。

③ 三爱:《论戏曲》,《安徽俗话报》，1904年第11期。

④ 赵晋:《戊戌变法前后至辛亥革命报刊发表的戏曲剧作编年》,《戏曲研究（第6辑）》，北京：文化艺术出版社，1982年，第291页。

演戏。汪笑侬是开演新剧的前驱者，曾编演《党人碑》《哭祖庙》《骂阎罗》等多种新戏，尤其是1904年编演的《瓜种兰因》，借波兰被各国瓜分亡国之史实，暗中契合中国时局，以此来激发人们的爱国思想，看戏者，无不深受感动。北京改革戏剧之发起人田际云编演的《惠兴女士传》也名噪一时。该戏主要讲述惠兴女士立志创建贞文女学堂的经历，后因没有经费，在屡遭借贷碰壁之后，以殉学来唤醒大众。该戏上演后引起社会轰动："合园子里，拍掌称好的声音，如雷震耳，不但上等人大动感情，就连池子里老哥儿们和那卖座儿的，也是人人点头，脸上的精神，与往日大不相同，可见好戏真能感人。"① 各地纷纷成立了戏曲改良组织来宣传现代思想，如1906年林兆翰在天津创办移风易乐会，1908年潘月樵、夏月润、夏月珊等在上海建立新舞台，1912年李桐轩、孙仁玉等在西安创办易俗社等。由于演戏的地方多设在戏园与中下层社会大众聚集的茶馆，戏曲启蒙收到了很好的社会效果。在所有的通俗文艺形式中，民间歌谣和俗乐俗曲与社会底层大众的生活最为密切。大众不仅能歌唱，而且它们本身就是底层大众创造的。借用社会底层大众耳熟能详的民间歌谣和俗乐俗曲的音乐调子，谱写具有新思想的歌词自然成为启蒙者的又一重要途径。在清末启蒙运动中，"对民间俗乐的利用有一条清晰的线索"②，早在1902年的《新小说》杂志上，梁启超就接受黄遵宪的建议开设"杂歌谣"栏目；随后在《绣像小说》上也刊载了很多"时调唱歌"。受这两本杂志的影响，白话报刊如《杭州白话报》《中国白话报》《安徽俗话报》《宁波白话》《竞业旬报》《白话》《直隶白话报》《国民白话报》等，都开设了"歌谣""弹词""唱歌""杂歌谣"等诗歌栏目。凭借"杂歌谣"和"时调唱歌"将民

① 本京新闻:《新戏感人》,《京话日报》，1906年5月21日。

② 李静:《从"杂歌谣"到"俗曲新唱"——近代中国歌词改良的启蒙意义》,《中国现代文学研究丛刊》，2008年第3期。

乐、俗乐、小调等通俗艺术形式改造成启蒙运动者的有力武器。

经过改造的民间歌谣和俗乐俗曲在主题思想上具有鲜明的启蒙色彩。有以讽喻时弊、爱国图强为主题的。陈独秀在《安徽俗话报》1904年第1期上发表《醉东江》（愤时俗也）："眼见得几千年故国将亡，四万万同胞坐困。乐的是自了汉，哭的是有心人。好长江各国要瓜分，怎奈你保国休谈，惜钱如命拍马屁，手段高，办公事，天良尽。怕不怕他们洋人逞能洋势，恨只恨我们家鬼害家。安排着洋兵到，干爹奉承，奴才本性。"《中国白话报》发表的《昆仑吟》《美哉中国歌》《汉族历史歌》《大汉纪念歌》《光复歌》《民劳歌》等歌谣也是这类作品。有以宣传女性独立、倡导女权、反对缠足为主题的。如《宁波白话报》刊登了三篇戒缠足的歌谣《缠足叹》（十送郎调）、《象山不缠足会吴歌》（仿十二月花名体）《戒缠足》（望江南）。《绣像小说》刊载《戒缠足歌》（仿红绣鞋十二月）。也有以宣传留学和从事革命为主题的。如《竞业旬报》刊载的歌谣《送丈夫出洋十杯酒》："四杯酒儿戏问君，东洋西洋处处闹革命，你欢迎不欢迎？阿阿育！你欢迎不欢迎？欢迎也好，不欢迎也好，自己的宗旨先要拿定：学问是顶要紧。阿阿育！学问是顶要紧。"① 以民间情歌欢快的音乐调子轻松活泼地表现求学问和奔走革命的大事，除民间歌谣外恐怕再难以其他艺术形式惟妙惟肖地来传达。

清末新政后，清政府通过兴办新式学堂来提升国民教育水平。许多学堂都开设了"唱歌"课程，为了配合课堂教学，谱写了很多学堂乐歌。学堂乐歌类似民间歌谣，有劝学歌、爱国歌、励志歌、女学歌，等等。有些学堂乐歌的歌词本身就是不错的白话诗，个别学堂乐歌较之后来胡适《尝试集》中的白话诗在语言和艺术性上甚至更胜一筹。有学者认为："清末

① 张丹斧：《送丈夫出洋十杯酒》，《竞业旬报》，1907年第3期。

的白话诗歌‘经验’与‘传统’，对现代白话诗写作产生了或隐或显的历史启迪与影响，尽管五四一代白话诗‘尝试’者对这一点并不承认，甚至讳莫如深。”① 从通俗小说到戏曲改良再到民间歌谣和学堂乐歌，启蒙者将启蒙视角不断地向下深入到更为底层的社会生活中去，通过改造这些社会底层大众所熟悉的通俗文艺形式进行思想启蒙，在达到开启民智的社会功能的同时，也给予白话文学发展的机遇，带来了通俗文学的繁荣与发展，并最终构成现代文学史的重要版图。

三、白话文学的文学史地位与影响：从晚清到“五四”的现代性追求

辛亥革命时期的白话文学是伴随着近代中国社会转型时期一系列重大社会变革而兴起与发展的，其在文学史上的地位和影响自然必须放置在社会转型这一重大历史背景中来探讨。从晚清到“五四”，中国在社会结构、文化思想等各方面都努力地实现现代转型，现代性是个复杂的概念，科学、理性、民主、民族、国家、公平、正义都是现代性的重要表征。白话文学作为转型时期社会变革的辅助力量，其在推进现代民族国家建立的进程中，也在艰难地探寻着文学的现代转型之路。

1. 语言的现代性：现代国家观念的建立

辛亥革命时期白话文学所体现的现代性，首先是与现代民族国家观念的建立紧密联系在一起的。虽然白话古已有之，但是国家并没有规范的全国通行语。言文分离的最大弊端在于，文言书写的官方政策法令不能在社会底层大众中畅通地传达，这极大地妨碍了民众对民族国家的认同与爱国

① 胡全章：《清末民初白话报刊研究》，北京：中国社会科学出版社，2011年，第356页。

热情的培养。安德森在《想象的共同体：民族主义的起源与散布》中认为，语言是民族国家形成的重要前提之一，尤其民族的印刷语言更是“奠定了民族意识的基础”[①]。晚清之前，中国并没有国家观念，只有“天下”概念，即所谓“普天之下莫非王土”的帝王天下。经历了甲午战争和庚子事变后的中国人才逐渐有了现代国家的概念。陈独秀曾谈及其国家观念的转变：“我生长到二十多岁，才知道有个国家，才知道国家乃是全国人的大家，才知道人人有应当尽力于这大家的大义。”[②]正如列文森所说：“中国近代思想史的大部分时间里，可以说是一个使‘天下’变为‘国家’的过程。”[③]所以，推行统一的民族国家共同语至关重要。京师大学堂总教习吴汝纶就曾援引伊泽修二的观点：“欲养成国民爱国心，须有以统一之。统一维何，语言是也。语言之不一，公同之不便，团体之多碍，种种为害，不可悉数。”[④]陈独秀则表述得更为直白：“全国的地方大得很，若一处人说一处的话，本国人见而不懂本国人的话，便和见外国人一样，哪里还有同国亲爱的意思呢，所以必定要有国语教育。”[⑤]为此，从清末到“五四”，推行民族国家的共同语成为社会共识。清末文字改革、拼音化运动、推广官话、国语运动与白话文学一道都在致力于民族国家共同语的建立。大量白话文学的创作与传播，使白话作为“民族的印刷语言”被固定下来，逐

---

① [美]安德森：《想象的共同体：民族主义的起源与散布》，上海：上海人民出版社，2005年，第43页。

② 陈独秀：《陈独秀文章选编（上册）》，北京：生活·读书·新知三联书店，1984年，第39页。

③ [美]列文森：《儒教中国及其现代命运》，北京：中国社会科学出版社，2000年，第87页。

④ 吴汝纶：《东游丛录》，文字改革出版社，《清末文字改革文集》，北京：文字改革出版社，1958年，第27页。

⑤ 陈独秀：《国语教育》，《安徽俗话报》，1904年第3期。

渐“形成了民族的想象的共同体的胚胎”。[①] 这种影响经由五四白话文学运动之后，于1920年4月，教育部明令改中小学国文科为国语科，全面废止文言教科书，采用语体文教科书。白话终于确立了现代国家统一标准语的合法性地位，彻底实现了语言的现代转型。

辛亥革命时期白话文学整体文学水平不高，语言粗俗而缺少文采，“完全放弃了对文学性的追求”[②]，白话本身也没有确立为现代文学语言的地位，又无建立现代新文化与新文学的主观意识，但是白话在客观上推进现代民族国家共同语建立的现代性是不容抹杀的。

2.思想的现代性：从民本到人本

这向来是辛亥革命时期白话文学与五四白话文学的本质区别。夏晓虹在《五四白话文运动的渊源》一文中就曾提出，为何辛亥革命时期的白话已经具备白话文、新文体、白话小说这三种要素却不能取得彻底的胜利？她归纳为两点：一是三者都存在缺陷；二是缺少五四精神中最为突出的反传统意识。[③] 但是，需要补充的是，思想的现代性并不仅仅是高举反传统意识的旗帜，自由、民主、民族国家等观念的诞生同样是现代性的重要表征。阅读辛亥革命时期的白话文学，我们随处可见具有现代性的新思想和新观念，如提倡科学，反对迷信，倡导女性自由，反对专制，宣传现代民族国家思想，等等。社会舆论中所传播的“新中国”“新少年”“新世纪”“新小说”“新民”等各种“新”，无不彰显着思想的现代性。启蒙者也都不遗余力地为“新民”们进行“觉世”与“救心”，这与五四时期白话文学的启蒙精神的本质区别究竟在哪呢？谭桂林认为，主要在于启蒙立

① [美]安德森:《想象的共同体：民族主义的起源与散布》，上海：上海人民出版社，2005年，第43页。

② 夏晓虹:《五四白话文学的历史渊源》,《中国现代文学研究丛刊》，1985年，第3期。

③ 夏晓虹:《五四白话文学的历史渊源》,《中国现代文学研究丛刊》，1985年，第3期。

场的不同。清末启蒙是民本思想，五四启蒙是人本思想。① 清末启蒙运动主要是开启民智，注重提高国民素质来建立一个新的现代国家，只有民众对民族国家的认同而没有对民众个人的认同。所以，在清末的白话文学中，现代思想是伴随着民族国家的宏大叙事建构起来的，而在五四白话文学中，现代思想更多的是体现在对个人的情感生活与人生命运的严肃思考，这正是我们将五四时期称为“人的觉醒”和“个性解放”时代的原因。从晚清到“五四”，白话文学在思想的现代性上经历了从民本到人本的转变，二者存在着巨大的区别，但是也有着密切的联系。“没有晚清的‘民族国家’认同，就不可能出现‘五四’的‘个人’认同——反过来，没有‘个人’的认同，也就不会有‘民族国家’认同乃至‘阶级’认同的实现。”②

3. 文学形式的现代性

在文学文类上，通俗文学的发展也改变了传统文学观念中雅俗对立的格局。在传统文学观念中，小说、戏曲和民间歌谣被视为不登大雅之堂的低俗文学，而诗歌与文言散文才是高雅的正宗文学。辛亥革命时期通俗文学的兴起提升了通俗文学的地位，通俗文学在20世纪文学史上获得了空前的繁荣，从民初的鸳鸯蝴蝶派到20世纪30年代的武侠小说、“平江不肖生现象”“张恨水现象”，再到40年代的徐訏、赵树理以及当代文学中以金庸为代表的武侠小说和以琼瑶为代表的言情小说，通俗文学长盛不衰。在文体形式上，自20世纪70年代，普实克就指出辛亥革命时期白话小说叙事的现代性因素；至80年代，陈平原沿着这一思路在《中国小说叙事

① 谭桂林:《“二十世纪中国文学”概念性质与意义的质疑》,《海南师范学院学报》, 1999年第1期。

② 李杨:《“没有晚清，何来‘五四’”的两种读法 》,《中国现代文学研究丛刊》, 2006年第1期。

模式的转变》中进一步从叙事时间、叙事角度、叙事结构三个方面论述小说形式的现代性转变。

近年来，由于学者们对清末文学的现代性这一论题多有关注，在对文学史的整体性探讨与文学细节的发掘和阐释上，都提升了这一论题的理论广度和深度。王德威甚至认为，晚清文学并仅仅是“现代性的开端”，而是被压抑的，较之五四文学的现代性来说，它有着更宽广的探讨空间。[①]这又不免高估了晚清文学的现代性程度。但是，无论从当时的社会历史结构还是文学发展本身来看，从晚清到“五四”的文学现代性是随着清末民初的社会转型而艰难转型、演变的，这种转型、演变的直接结果是：辛亥革命时期的白话文学在语言、思想和文学形式方面的现代性追求为五四文学革命做了必要的准备。

① 王德威:《被压抑的现代性 —— 没有晚清，何来“五四”》，王德威:《想象中国的方法 —— 历史 · 小说 · 叙事》，北京：生活 · 读书 · 新知三联书店，1998年，第16-17页。

清末民初白话报刊的兴起、发展及影响[①]

清末民初白话报刊的兴起与发展是20世纪社会变革的产物，同时也促进了社会的变革。甲午战败之后，白话报刊兴起，至维新运动时期，白话报刊掀起第一次高潮。百日维新的失败使白话报刊的发展陷入低谷。清末新政以后，清政府推行兴学堂、办报馆等措施，推动了白话报刊的发展。其间，以留日学生为代表的革命党人、革命派知识分子和其他人士担任了一些重要报刊的主编和主笔，他们借助白话报刊这一平台，传播革命思想和先进文化，不仅将白话报刊的发展推向了新的高潮，促进了辛亥革命，也因为自身的白话报刊编撰实践，为此后的五四文学革命做了必要的人才储备和语言文学变革准备。

清末民初是中国从封建社会向现代社会转型的重要时期。鸦片战争以后，面对内忧外患的社会现实，有识之士希望通过传播西方科学技术和文化思想来进行深刻的社会变革，尤其是甲午战败之后，这一愿望表现得更为迫切。时代的呼唤需要能够迅速而广泛传播的媒介来参与社会变革，于是，新闻出版业顺应时代的需求而蓬勃发展起来。“媒介一经出现，就参与了一切意义重大的社会变革——智力革命、政治革命、工业革命，以

① 本文与江苏师范大学周棉教授合作撰写。

及兴趣爱好、愿望抱负和道德观念的革命。”① 在诸多传播媒介中，报刊是最具成效的宣传利器。在辛亥革命前后，先后出版的期刊大约有七八百种之多。办刊人身份多样，既有维新运动的改良派、资产阶级革命派，也有具备留学背景的知识精英以及西方的传教士和在华商人等。刊物内容更是丰富多彩，包括政治法律、文化教育、经济、宗教、妇女和自然科学等方面。在这一办刊热潮中，白话报刊的兴起是一个重要的突破，标志着知识分子开始有意识地将思想启蒙播散到普通民众身上，借报纸传播思想主张，以言论通告天下，通过开启民智来唤醒大众救亡图存、振兴国家。据陈万雄统计：“清末最后约10年时间，出现过约140份白话报和杂志。”② 蔡乐苏“辑出自一八九七年到一九一八年所出白话报刊名称一百七十余种（部分采用白话的报刊不包括在内）”③。胡全章在进一步搜罗资料的基础上，认为“清末民初出现了370种以上的白话报刊”④。白话报刊的兴起与发展，带来的不仅仅是一种新型传播媒介与语言交际工具，更改变了清末民初时期的思想文化观念和社会结构形态，影响了20世纪初中国的社会转型。

一、维新派的思想启蒙与言文合一的语言变革

追根溯源，早在1876年3月，上海《申报》馆就发行了通俗性报纸《民报》（二日刊），供粗识文字的人阅读，实为我国最早的白话报。但

① 威尔伯·施拉姆，威廉·波特：《传播学概论》，陈亮等译，北京：新华出版社，1984年，第18–19页。

② 丁守和：《辛亥革命时期期刊介绍·说明》，北京：人民出版社，1987年，第134页。

③ 陈万雄：《五四新文化的源流》，北京：生活·读书·新知三联书店，1997年，第23页。

④ 蔡乐苏：《清末民初的一百七十余种白话报刊》，丁守和：《辛亥革命时期期刊介绍：第5册》，北京：人民出版社，1987年，第494–543页。

是,《民报》存世很短，很快就停办了，销量亦不多，并没有产生多大的影响。直到甲午战败后，国人自办的白话报刊才开始大量涌现。1897年11月7日，章伯初、章仲和在上海创办《演义白话报》，实为清末以来白话报刊之滥觞。此后，白话报刊如雨后春笋般兴起，形成了维新运动时期创办白话报刊的热潮。

白话报刊的兴起是清末维新派为推进社会转型而进行思想启蒙的重要方式。甲午战败彻底痛击了中华帝国天朝梦的最后一丝自豪感，改良派和进步人士开始学习西方经验，酝酿维新运动。启蒙运动的当务之急乃是开启民智，认清天下大势，各竭其才，实现外御强敌、民富国强的目标。“大众传播事业，必须配合大 众的要求才会发展。”① 面对“识字者什不得一”的民众，运用白话是最有效的传播工具。于是，有识之士都将矛头指向了文言，从多角度阐述了文言之弊，认为佶屈聱牙的文言不利于文化和知识的传播，大大阻碍了民众对世界和时局的认识，而兴白话之迫切关乎中国之前途发展，因而提倡言文合一，废除文言。

论及言文合一的理论主张，自然无法略过近代白话文运动的先驱黄遵宪。早在1868年，黄遵宪就在《杂感》诗中倡导“我手写我口，古岂能拘牵”②。1887年，他在考察日本国语运动时，又明确提出了这一主张：“语言与文字离，则通文者少，语言与文字合，则通文者多，其势然也。”③ 晚清改良主义领袖梁启超十分赞同言文合一的主张，大声疾呼语言变革的重要意义，“文与言合，而读书识字之智民可以日多矣”④，并为言文合一提出了具体的措施，即用“俚语”。梁启超身体力行倡导新文体，在当时产

① 胡全章:《清末民初白话报刊研究》，北京：中国社会科学出版社，2011年，第23页。

② 曾虚白:《中国新闻史》，台北：三民书局股份有限公司，1977年，第9页，

③ 黄遵宪:《杂感》其二，仲联:《人境庐诗草笺注：上册》，上海：上海古籍出版社，1981年，第40-52页。

④ 梁启超:《沈氏音书序》,《饮冰室合集·文集之二》，北京：中华书局，1936年，第1页。

生了很大的影响。

维新运动时期的白话报刊都将改革文言视为开启民智的重要法宝，因此，倡导白话已成为关乎国家兴亡的重要举措。1897年,《演义白话报》在第1号刊出的《白话报小引》中指出:“中国人要想发愤立志，不吃人亏，必须讲求外洋情形，天下大势。要想讲求外洋情形，天下大势，必须看报。要想看报，必须从白话起头。”[①] 裘廷梁等于1898年发起组织“白话学会”，并创办《无锡白话报》(五日刊)，其序云:

> 某国大计，要当尽天下之民而智之，使号为士者、农者、商者、工者、各竭其才，人自为战，而后能与泰西诸雄国争胜于无形。欲民智大启，必自广学校始。不得已而求其次，必自阅报始，报安能人人而阅之，必自白话报刊始[②]。

该报在第五期之后更名为《中国官音白话报》。1898年8月，裘廷梁进一步提出“崇白话而废文言”的主张:“有文字而不得为智国，民识字而不得为智民”,“此文言之为害矣”。从多方面阐明白话文之益处:“省目力”“除娇气”“免枉读”“保圣教”“便幼学”“练心力”“少弃才”“便贫民”，认为“愚天下之具莫文言，智天下之具莫白话”。“文言兴而后实学废，白话行而后实学兴，实学不兴，是谓无民。”[③] 不难看出裘廷梁的观点与黄遵宪语言文字合一理论的一致性，表明他将白话作为维新变法和广开民智的根本措施。

---

① 蔡乐苏:《清末民初的一百七十余种白话报刊》，丁守和:《辛亥革命时期期刊介绍：第5册》，北京：人民出版社，1987年，第494–543页。

② 参见《〈无锡白话报〉序》，载《无锡白话报》第4期，1898年5月25日出版。

③ 参见裘廷梁《论白话为维新之本》，载《中国官音白话报》第19、第20期合刊，1898年8月27日出版。

1900年初，维新志士陈荣衮在《论报章宜改用浅说》中称“文言之祸亡中国”，而把接近口语的“浅说”视为报章所应采用的语体。“大抵今日变法，以开民智为先。开民智莫如改革文言。不改文言，则四万九千九百万之人日居于黑暗世界中，是谓陆沉。若改文言，则四万九千九百万之人，日嬉游于琉璃世界中，是谓不夜。”[①] 陈氏的“浅说”其实就是“白话”，创办白话报刊实为社会局势之所需，是维新变法之必然策略。由此可见，提倡和运用白话，已经成为当时知识界开启民智、救亡图存的共识。

维新运动时期是白话报刊兴起的阶段，《演义白话报》《平湖白话报》《无锡白话报》《通俗报》《女学报》等都是当时较为有名的白话报刊。虽然这一时期的白话报刊数量并不太多，但在社会舆论上已造成很大的声势和影响。这些报刊刊载介绍西方经济、科技、政闻、社会生活与西方国家变法经验的文章，多方面体现维新变法之宗旨，这从一些报刊的栏目设置即可见一斑。如《无锡白话报》以新闻和译文为主，设置的主要栏目有：“五大洲邮电杂录”“中外纪闻”“海国丛谈”“海国抄喻”等。对诏谕的刊用，编者也用心良苦，精心选择，如从第13、14期合刊起，该报还增辟“上谕恭注”一栏，转载光绪帝推行新政、新法的谕旨，如变通科举章程，开办京师大学堂，开设经济特科，鼓励臣民上书言事等内容，旨在为维新运动鸣锣开道。

维新运动失败后，白话报刊的发展势头遇到严重障碍。由于清廷开始彻查报馆，捉拿主笔，白话报刊陷入低谷。但是，中国现代化发展的趋势不可阻挡，白话报刊的种子已经播下，这为清末新政后白话报刊的蓬勃发展做了必要的舆论宣传和前期准备。

---

① 参见陈荣衮《论报章宜改用浅说》，载1900年1月11日出版的《知新报》。

二、清末新政与报刊推广的辅助手段

1900年庚子事变的爆发与1901年《辛丑和约》的签订大大打击了清政府，迫使保守派主动进行变法。1901年，清政府开始进行改革，到1905年连续颁布了一系列上谕，其中积极推行办学堂与开报馆等政令，把白话报刊的发展推向了新的高潮。尤其是各地兴起的贴报、阅报处与讲报所等辅助手段，为白话报刊的蓬勃发展带来了新局面。

虽然维新运动时期白话报刊的兴起多为民间办报活动的自觉，但是清末新政之后官方的行政指令对白话报刊的发展无疑起到了重要的推动作用，这主要表现在两个方面：一是清末新政时期，官方开始大量使用白话告示，并且定期宣讲《圣谕广训》及其白话解释读本，这为白话报刊的发展提供了可资借鉴的有效资源，并被官方和民间所不断征引[①]。二是清政府明确推行办报馆和办白话报的举措，为白话报刊的发展提供了政策支持和鼓励，进一步激发了民间创办白话报刊的热情。

1901年，新政伊始，管学大臣张百熙就上疏建议兴办官报："惟有由公家自设报馆，诚能持论通而记事确，自足以收开通之效而广闻见之途。"[②] 至1902年，因直隶总督袁世凯将开办官报视为新政之要务，在天津设立报馆，创办《北洋官报》，并被清廷视为官报示范，此后各省官报如《南洋官报》《湖南官报》《四川官报》《武昌白话报》《江西官报》《安徽官报》等均纷纷创刊。虽然这些报刊是文言报，但清廷对报刊业发展所持的明确扶持与鼓励的姿态，大大鼓舞了民间发展白话报刊的热情。1903年底，直隶大学堂的学生更是上书言志，要求"奏明颁行官话字母，设

---

① 具体参见夏晓虹《晚清白话文运动的官方资源》，载《北京社会科学》2010年第2期。

② 参见《东华续录》卷169，转引自方汉奇《中国新闻事业编年史（上）》，福州：福建人民出版社，2000年。

普通国语学科，以开民智而救大局”；明确提出“设师范学堂”“立演说会”“出白话报”“编白话书”“劝民就学”等要求，强调“白话报者，以一人之演说能达之千万人，行之千万里之利器也。不必强人人必阅，要必使人人能阅。夫至人人能阅，虽禁之不阅，不可得矣”①！这里已明确地将白话报作为清末新政的重要改革内容。

对这一时期所创办的白话报刊进行统计，更能有效地反映白话报刊的发展程度。从数量上看，自1901年到1911年，每年都有数种甚至数十种白话刊物兴起，尤其是自1903年始，新创白话报刊每年都在二三十种左右。这一期间共计新创办白话报刊一百多种，而且分布于全国各地，不仅北京、天津、山东、上海、江苏、浙江、安徽这些文化政治繁荣地区出现了白话报刊，甚至西部边陲地区也纷纷创办白话报刊，如《伊犁白话报》等。“各省有省会的白话报，各府也有一府的白话报，甚至那开通点的县城里、市镇里，亦统有白话报。”②多数白话报刊还带有鲜明的地域特色，如《杭州白话报》《京话报》《北京官话报》《江苏白话报》《苏州白话报》《湖南白话报》《湖南演说通俗报》《吴郡白话报》《安徽白话报》《湖北白话报》《福建白话报》《绍兴白话报》《宁波白话报》《湖州白话报》等。

尤其值得一提的是，清末新政时期大量派出的留日学生创办了许多报刊，据中国人民大学专家的最新统计达97种③，其中相当一部分为白话报刊，《江西白话报》（1903年，日本）、《新白话报》（1903年，日本）、《第一晋话报》（1905年，日本）、《鹃声》（1905年，日本）、《滇话》（1908年，日本）等。这些报刊的创办者中不少人后来成为辛亥革命时期的风云

① 何凤:《上直隶总督袁世凯书》，本社:《清末文字改革文集》，北京：文字改革出版社，1958年，第38页。

② 参见铁汉《论开通民智》，载1908年9月6日《竞业旬报》第26期。

③ 谷长岭，叶凤美:《辛亥革命时期的留日学生期刊》，北京：华文出版社，2012年，第92−105页。

人物，如1904年于日本创办《白话》的秋瑾，1901于日本创办《教育今语》杂志的陶成章、章太炎，1907年于 日本创办编撰《晋乘》的山西留日学生王用兵、景耀月、景定成等，他们多为同盟会会员。

白话报刊如火如荼的发展也带动了部分文言报刊加入白话文运动。以《顺天时报》和《大公报》为代表的50多种文言报刊则开辟了白话栏目并赠阅白话附张。如《顺天时报》自1905年6月29日起，随报附送白话附张。特别是隶属满族正红旗的英敛之[①]，从1905年8月21日起，在其主办的《大公报》上定期出版白话附张，免费随报附送，另有单张出售，至1908年共计出版了30本。

白话报刊的蓬勃发展也遇到了一些难以避免的现实问题。一是白话报刊主要是针对中下层大众进行思想启蒙的出版物，虽然各种白话报刊的售价已经很便宜，如《京话日报》的价格仅售一枚铜钱，折合当时物价“譬如一根烟卷、一块糖”[②] 而已，但是对处于社会底层的大众而言，要定期订阅仍然是不切实际的。二是即便是白话报刊，底层大众依然存在着阅读困难的问题。因此，为了使中下层大众真正受到思想启蒙，全国各地大范围地兴起了贴报、阅报、讲报的活动。

其实，早在1898年，汉口就创办了“阅报总会”，将国内的数十种刊物免费供大众阅读，“阅看分文不取，到报风雨无阻”[③]。但是，真正形成规模并将这一活动推向高潮是在清末新政之后。梁漱溟先生曾描述过这一

---

① 英敛之（1867–1926），满洲正红旗赫舍里氏，汉姓郁，名英华，字敛之，中国近代报刊出版家。1898年前后受康梁变法思想影响，赞成戊戌维新变法。1902年在天津创办《大公报》，以“开风气，牖民智，挹彼欧西学术，启我同胞聪明”为办报宗旨，敢于骂酷吏，不避权贵。1906年7月，发起组织中国近代第一个新闻团体“报馆俱乐部”。辛亥革命后，他以主要精力创办女学、辅仁社等慈善教育事业，从事天主教革新工作，后又创办辅仁大学，著有《也是集》《万松野人言善录》《安蹇斋丛残稿》等。

② 参见《放纸加价》，载1905年7月31日出版的《京话日报》。

③ 参见《汉口阅报总会广告》，载1898年9月15日出版的《申报》。

活动的发展始末："始都中无肯阅报者，由热心人士一二辈多方倡导，张报纸于牌，植立供众阅览。继又进而有阅报所讲报处之设。皆各出私产为之，遍于内外九城，不下数十处。"①

以北京为例，至1905年底，城内已有20多所阅报社团。到1907年10月，增至45所。②其他省份如直隶、山东、江苏、河南、湖北、湖南、江西、福建、广东、广西、四川等地，也都设立了阅报处，甚至多地开设了女子阅报社，广州黄韵玉"纠合同志女士杜清持等十九人在城西创设一女子阅书报社，以爱群阅书报社为定名"③。北京也"创设女阅报处一所，任令妇女入内观览"④。据统计，清末的阅报讲报处共有220余家⑤，由于阅报讲报处所大都设立在流动人口较大的"通衢"或"闹市"，如茶馆、寺庙等公共场所，阅报讲报活动在社会上造成了极大的轰动，收到了良好的社会效益，"阅报者联肩而至"，"往来之农工商贾，听讲者颇不乏人，观其环立旁听，大有闻所未闻"⑥之况。

1906年，清政府推行《奏定劝学所章程》，在各地州县设置劝学所，以期通过劝学方式扫除文盲，全面提高国民的文化水平和素质。这一官方的专门教育机构把组织阅报处所规定为劝学所开展社会教育的重要任务之一。因此，随着劝学所的发展，贴报、阅报、讲报这种民间的自发活动持续到1908年之后逐渐减少。

---

① 梁漱溟：《桂林梁先生遗书·年谱》，《梁漱溟全集（第1卷）》，济南：山东人民出版社，1898年，第549–598页。

② 闵杰：《近代中国社会文化变迁录（第2卷）》，杭州：浙江人民出版社，1998年，第405页。

③ 参见《各省教育汇志·广东》，载1904年12月1日出版的《东方杂志》第1卷第10期。

④ 参见《各省教育汇志·京师》，载1906年12月10日出版的《东方杂志》第3卷第11期。

⑤ 具体参见李斯颐《清末10年阅报讲报活动评析》，载1990年7月出版的《新闻研究资料》第50辑。

⑥ 参见《学务处添设阅报所》，载1906年5月20日出版的《时报》。

由上可见，这一时期白话报刊的主要发展力量依然还是民间资源，但是它作为一种新兴的大众传播媒介，推动了新政的发展，而清末新政时期兴学堂、办报馆的政令，又为白话报刊的发展提供了有益的政策支持与社会氛围。这其中，包含着各界有识之士的努力，作为当时最激进的留日学生 —— 无论是主张立宪的一派，还是主张革命的一派，都为白话报刊的发展作出了独特的贡献。

三、传播革命思想的重要媒介与五四文学革命的先声

（一）传播革命思想的重要媒介

1900年后，特别是维新派改良运动失败与庚子事变后，白话报刊的发展进入了新高潮。外国在华传教士为宣传宗教和科学，清政府为进一步控制和影响下层群众，也办过一批白话报刊。但是影响更为广泛的是资产阶级革命派所创办的白话报刊。以孙中山为首的资产阶级革命派逐渐认识到清政府的腐败与无能，在国内外掀起了出版西方资本主义著作、创办革命报刊、发行革命书籍、宣传民主革命思想的热潮。他们借助白话报刊这一平台，在社会上大造反清革命舆论，一大批具有革命倾向的白话报刊纷纷创刊，把白话报刊的发展推向了新的高潮。陈万雄曾明确指出这一时期的舆论转变："庚子后，时代思潮丕变，到1903年初，随着拒俄运动和苏报案的发生，一些新生的反清革命知识团体终得形成，日益壮大，开始活跃于时代舞台，为晚清革命运动开了一新的形势。"①

"拒俄运动"和"苏报案"是发生在20世纪初的两个著名的反清革命事件，前者是以留日学生为先导的群众性反对沙俄侵占东北的爱国运动。

① 陈万雄：《五四新文化的源流》，北京：生活·读书·新知三联书店，1997年，第161页。

义和团运动期间，沙俄乘机入侵我国东北。1902年4月，中俄签订《东三省交收条约》，规定侵占我国东北的俄军分三期于13个月内全部撤走。但1903年4月，沙俄不仅违约不撤，反而增派军队，并向清政府提出了7项无理要求。4月27日，中国教育会、爱国学社在上海张园召开拒俄大会，通电俄国和清朝廷："即使政府承允，我全国国民万不承认。倘从此民心激变，遍国之中，无论何地再见仇洋之事，皆系俄国所致，与我国无涉。"① 留学德国的著名教育家蔡元培首先发表演说，还宣读了东京留日学生的来电："俄祸日急，留日学生已电北洋主战，结义勇队赴敌，望协助。"当时，群情激愤，1200余名与会者步出会场，列队向东鞠躬，表示对留日学生的敬意，并复电东京，决定成立拒俄义勇队。会后，蔡元培组织爱国学社学生成立义勇队，后改名为"军国民教育会"。

"苏报案"是辛亥革命前著名的反清政治案件。1903年，留日学生邹容和著名文人章太炎分别写出轰动全国的《革命军》和《驳康有为论革命书》。《苏报》连续发表文章，大骂皇帝和清政府，要求建立资产阶级的"中华共和国"，同时报道各地学生的爱国运动。为此，清政府照会上海租界当局，以"劝动天下造反""大逆不道"的罪名逮捕了章太炎等。邹容激于义愤，自动投案。

上述两个事件震惊了中外，唤醒了群众的革命意识，也加速了民族民主的发展。当时的白话报刊适时地呼应时代舆论，加入了宣传革命思想的行列。特别是以孙中山为首的资产阶级革命派，为了在会党、城市贫民和新军中进行宣传，创办了一批白话报刊，如林白水主编的《中国白话报》、陈独秀主编的《安徽俗话报》、孙翼中主编的《杭州白话报》以及《直隶白话报》《白话新报》《童子世界》《武昌白话报》《智群白话报》《绍兴白

① 参见冯自由《中华民国开国前革命史》上编第129页。

话报》《宁波白话报》《湖州白话报》《平湖白话报》《伊犁白话报》《扬子江白话报》《山东白话报》《白话杂志》《白话日报》《江西白话报》《河北白话报》等。一时间，白话报刊成为传播革命思想的主要阵地。

这些革命派知识分子所创办的白话报刊有一个共同的特征，即“表面普及常识，暗中鼓吹革命的工作”[①]。其中，1903年12月19日创刊于上海的《中国白话报》（半月刊，后改为旬刊）积极宣传资产阶级的自由民主和爱国主义思想，是辛亥革命时期影响最大的白话报刊，设有“论说”“新闻”“小说”“戏曲”等栏目，内容以“鼓吹爱国救亡”为宗旨，鼓吹暗杀和反清，反对“和平”改良，主张用革命手段推翻清王朝，发表了《说君祸》《白话扬州十日记》等文章。该报以白话为特色，面向一般民众，所刊文章通俗易懂，深受读者欢迎，是当时出版的白话文刊物中历时最久、影响最大的一种，在全国大中城市设立46个代销处，销量颇好，共出24期。此外，由陈独秀主编的《安徽俗话报》和孙中主编的《杭州白话报》主要宣传民主革命，也很受读者欢迎。

这些白话报刊的创办者主要有两类，一类是当时的革命党人，而且大多是留日学生出身，如秋瑾、陶成章、王法勤、居正、王用、景耀月、景定成、李辛白等[②]；一类是革命派知识分子，也多有留学背景，如留学德国的蔡元培，留学日本的林白水、刘师培、陈独秀等。在此，要特别介绍一下林白水。

林白水（1874—1926），原名林獬，又名万里，笔名白水，福建闽县人，1902年与人创办全省第一所新学——福州蒙学堂，秘密组织“励志社”。后在上海与蔡元培、章炳麟等创立“中国教育会”和“爱国学

① 蔡元培:《独秀文存》序,《蔡元培全集：第7卷》，杭州：浙江教育出版社，1997年，第428–430页。

② 陈万雄:《五四新文化的源流》，北京：生活·读书·新知三联书店，1997年，第160页。

社”，出版《学生世界》杂志。1903年赴日本留学，参加中国留学生的爱国拒俄活动。加入“军国民教育会”后，与蔡元培等创办《俄事警闻》。1903年12月自办《中国白话报》，公开鼓吹以暴力推翻帝制。1904年主编《警钟日报》。1905年7月入东京早稻田大学主修法政，兼修新闻，是中国留学外国学新闻学的第一人，并参加同盟会，积极参与反清活动。从1901年开始办报到1926年，先后在近10家报纸从事主编、编辑和撰稿工作，以笔锋犀利而著称，是当时新闻界与邵飘萍齐名的人物，被誉为报界先驱，1926年被军阀张宗昌杀害，1985年被民政部追认为革命烈士。

（二）五四文学革命的先声

清末民初时期白话报刊在作为传播革命思想的重要媒介的同时，报刊的主编和主笔通过辛亥革命时期白话报刊的编撰实践，为五四文学革命做了必要的准备，日后多为五四文学革命的主将。

1. 为五四文学革命做了必要的人才储备

五四文学革命的健将并不是在五四期间一下子冒出来的。他们不仅大多有留学的背景，而且有在辛亥革命时期创办白话报刊的经历和经验。如陈独秀、蔡元培、胡适、钱玄同等在辛亥革命时期都曾有过亲身参与白话报刊编撰的历史。1904年3月，《安徽俗话报》在芜湖创刊，陈独秀为该报主编和主笔。该报宣传爱国、民族和科学思想，传播新文化、新思想的火种，是一份产生了全国性影响的白话报刊。1903—1904年，蔡元培任《俄事警闻》和《警钟》的编辑和主笔，并在这两种刊物上发表了一些白话文。1904年，钱玄同参与创办的《湖州白话报》以“反对清朝封建帝制，拥护共和政体，反对列强侵略，发扬爱国精神”为宗旨，鼓吹民族民主革命。1906年10月在上海创刊的《竞业旬报》是以中国学生为主创办的白话报刊，胡适一开始就是该报的撰稿人，担任第14期至第40期的主编。胡适后来在《四十自述》的回忆录中曾谈到《竞业旬报》对他的意义：

“不但给了我一个发表思想和整理思想的机会，还给了我一年多白话文的训练”，“这一年多的训练给了我自己绝大的好处，白话文从此形成了我的一种工具，七八年之后，这件工具使我能够在中国文学革命的运动中做一个开路的工人”[①]。这不仅仅是胡适个人的夫子自道，也可以看作辛亥革命时期从事报刊编撰、后来成为五四新文化运动中领时代风潮人物们的共同心声。没有这一时期的办刊经历和白话文写作实践的历练，很难想象之后的五四文学革命会如此迅速地产生巨大的影响。

不仅如此，白话报刊还影响了很多学堂里的青年学生，甚至一些白话报刊的创办者和组织者就是青年学生，如《竞业旬报》和《童子世界》等都是如胡适这样的青年学生创办的报刊。这些白话报刊后来“逐渐偏离了以往白话报刊开启民智的目标，改以新式教育下的学生作为刊物的潜在读者”，同时，“这也可以视作政党介入学生运动的雏形”[②]，开启了五四学生运动的先声，更为五四白话文运动的迅速展开培养了大批的主力军。

1. 为五四文学革命做了语言观念的过渡准备

清末民初时期的白话报刊不仅与20世纪初的中国思想启蒙运动和民族民主革命运动有紧密的联系，对五四时期的白话文运动也有重要影响。

从白话报刊的兴起到五四新文化运动之后，白话作为国语和现代文学的书面语言有着一个渐进的过程。虽然白话报刊从一兴起就提倡“言文合一”以及崇白话废文言的语言主张，但整个社会的语言观念并没有将白话视为真正的文学语言，白话的另一种说法就是俗语、俚语，是为了下等人能够听得懂看得懂而不得不 为之的思想启蒙工具，而有文化的上等人所

① 胡适:《四十自述·在上海（二）》,《胡适文集（第1册）》，北京：北京大学出版社，1988年，第76–89页。

② 参见赵林《晚清启蒙运动的媒介镜像与认同困境》，载《中国现代文学研究丛刊》2013年第2期。

用的语言依然是文言文。白话文在当时承担的任务主要是作为开通民智的宣传和教育手段，并未成为文学语言的表达方式。甚至连写下《论白报与中国前途之关系》的刘师培都持这种语言的二元论："然古代文词，岂宜骤废？故近日文词，宜区二派：一修俗语以启论齐民；一用古文以保存国学，庶前贤矩范，赖以仅存。"① 另一方面，由于各地的白话俗语各不相同，存在着明显的地域界限，妨碍区域间的交流，这又迫切需要一种通行语，官话、京话以及拼音改革先后出现。1902年之后，受日本国语运动的影响而兴起的国语运动又与白话报刊的白话文运动相辅相成，推动了白话文的进一步发展。白话报刊配合着社会转型的文化选择，"在推动语文合一、扩大白话的使用范围方面，为五四白话文学提供了语言基础。不能想象，只在下层社会使用的白话，不经过大批文人写作这一阶段，便可以在五四时突受重视，一夜之间成为打倒古文的权威。正因为有了晚清白话文运动在量上的积累，才可能产生文学革命的突变"②。因此，辛亥革命时期的白话报刊在语言观念的转变上为五四文学革命做好了铺垫。谭彼岸先生认为，晚清白话报刊是"五四白话文运动的前驱"③，这一评价是十分公允的。

综上所述，清末民初时期白话报刊的兴起与发展，无论在维新时期、清末新政时期，还是在辛亥革命时期，都与时代的发展密切相关，既是当时社会变革的产物，也促进了社会的变革。在辛亥革命时期，白话报刊的发展达到了新的高潮，其中有留日背景的革命党人和知识分子利用白话报

---

① 刘师培：《国文杂记》，《刘师培辛亥革命前文选》，北京：生活·读书·新知三联书店，1998年，184-191页。

② 参见夏晓虹《五四白话文学的历史渊源》，载《中国现代文学研究丛刊》1985年，第3期。

③ 谭彼岸：《晚清的白话文运动》，武汉：湖北人民出版社，1956年，第3页。

刊这一传播平台，不仅传播了革命思想和先进文化，促进了辛亥革命，也因为参与白话报刊的编撰实践，为此后的五四文学革命做了必要的人才储备和语言文学变革的准备。

战争美学中的悲剧人文主义

——战争题材电影如何表现当代中国大众的情感结构

当代中国战争题材电影以巨大的悲剧牺牲力量弘扬爱国主义情怀，唤起了当代中国大众在文化记忆与情感结构上的深刻认同，体现了战争美学的悲剧人文主义情怀。这些电影如何在消费社会的背景下，处理好审美形式与审美理想的有机统一，体现坚定的理想信念与中国式悲剧内核的情感交融，实现爱国主义思想与中国传统情感结构的交织互动？是本文要探索的。因为唯有如此，这些电影才能够引起当代观众强烈的情感共鸣，在命运共同体的构建之中重建信仰。

战争是文学艺术的重要母题，在每个时代都是被反复书写不可或缺的艺术题材。自新时期以来，从《高山上的花环》到《战狼2》，再到《八佰》《金刚川》《长津湖》，无论是对越自卫反击战、抗日战争，还是抗美援朝战争，当代中国以战争为主题的电影以巨大的悲剧牺牲力量歌颂英雄、弘扬爱国主义精神，唤起了当代中国大众在文化记忆与情感结构上的深刻认同，体现了战争美学的悲剧人文主义情怀。重新检阅这些电影的审美效果与社会效应，我们发现电影中感人的细节与场景无不植根于中华民族的情感结构。本文所要讨论问题是，在电影工业时代，怎样处理好电影作为文化商品与艺术品的有机统一；怎样处理好战争的历史真实与艺术真实，怎样跨域几十年的历史时空间隔，将当代中国大众的情感结构与历史记忆紧密连接起来？这不仅是当代美学的理论问题，也是当代美学的实践问题。本文将尝试做初步的探讨。

一、超越英雄主义的悲剧美学

战争题材电影深受每个时代大众的喜爱，这是因为以艺术形式呈现的战争在本质上是悲剧美学，给人以崇高的生命敬畏与强烈的心灵震撼。战争是不同的政治、民族、国家、区域之间矛盾斗争的表现形式，是使用暴力手段对秩序进行破坏与维护、崩溃与重建的角逐，是人类在极端生存状态下交织着正义与邪恶、压迫与反抗、勇猛与懦弱、残暴与仁慈、忠诚与背叛等关乎真善美的本质探讨。战争以生命的牺牲、精神的创伤呈现出巨大的悲剧力量，尤其是在战争中英雄们所展现的大无畏的牺牲精神，带给人类清晰的历史记忆、强烈的心灵震撼与坚强的团结意识，是汇聚着强大精神力量的悲剧美学。战争是人类社会发展历史阶段不可调和的矛盾产物，马克思以世界历史变革的宏观视野论述现代悲剧的根源，认为只要人类社会发展中的矛盾依然存在，悲剧就不会消亡。雷蒙·威廉斯在《现代悲剧》中进一步论述："在马克思的影响下，精神历史的客观性既得到了肯定，又被加以改造。伦理力量的冲突以及它们通过更高力量的解决，都被用社会和历史的术语来阐述。社会发展的性质被看作必定是矛盾的。当互相冲突的力量因自身性质的规定而必须采取行动并将其进行到底的时候，悲剧就产生了。"① 在现代社会，人类遭遇的"相互冲突的力量"未必就是最为极端生存状态的战争，更多的是文化与伦理的矛盾冲突需要面对

① [英]雷蒙·威廉斯:《现代悲剧》，丁尔苏译，译林出版社，2007年，第25页。

和解决。悲剧依然在现代社会中存在着并影响着人的生活，“悲剧是人类应对危机的一种文化形式”[①]。因此，作为历史记忆的战争悲剧与当代社会的文化悲剧依然有着美学理论发展的逻辑必然性与情感共通的连接性。

战争美学的悲剧内核是肯定与弘扬个体的生命价值为人类追求未来幸福而消逝所蕴含的崇高精神力量。电影通过惨烈的场景画面与扣人心弦的声音叙事塑造英雄人物为完成不可能完成的使命而展现的强大生命力。当代战争电影常常通过塑造一个聚焦的英雄形象，将情感聚集到高光时刻，以个体英雄主义气概与爱国主义情怀相结合。《金刚川》中张飞排长点亮炮台四周，一个人在高炮台上对着敌机喊着“了断吧”，这一刻，张排长如同《英雄儿女》中高呼“向我开炮”的王成一样，代表的是高炮阵地上所有已经牺牲的战士们。这是个体对集体价值的融合与认同。《八佰》在刻画职业军人的同时，则重点塑造了一群溃败的散兵与民众在战争中的成长，他们逐渐从一己的小天地里走出来，主动融入战斗及个体生命对民族国家的认同。在这里，就悲剧美学的审美对象来说，对战争英雄的崇拜已经超越了康德哲学中对个体天赋异禀与天才的崇拜，而是对普通大众群体力量的价值肯定。在“相互冲突的力量因自身性质的规定而必须采取行动并将其进行到底的时候”，危难来临，谁也不能幸免，正如雪崩的时候没有一片雪花是无辜的一样，每一个普通个体都可以成为英雄，这是超越英雄主义的悲剧美学。

超越英雄主义的悲剧美学还表现为超越此刻/瞬间与未来/永恒的价值对立。战争意味着对现存不合理秩序的反抗，虽然有牺牲，但是牺牲的意义是为了更美好的未来。“让我子孙后代，再不受此屈辱。”（《八佰》）这样，当下的奋斗与未来的幸福就建立起一种内在的联系。英雄的生命付

① 王杰：《艾克的歌声：关于COVID-19病毒造成危机的美学思考》，《马克思主义美学研究》第23卷第1期，上海：上海人民出版社，2020年，第9页。

出通过当下实践指向未来社会，以追求更为合理的人类生存状态为宗旨。战争的悲剧冲突就是要体现永恒追求与当下困境（甚至是绝境），对美好未来的向往（胜利的渴望）与此刻的困境之不可调和的悲剧性。马克思在《致拉萨尔》的信中将之概括为“历史的必然要求和这个要求实际上不可能实现之间的悲剧性的冲突”[①]。这种悲剧性在《金刚川》中就是搭桥，在《八佰》中就是守住四行仓库阵地。桥是保证援军及时通过并实现前方战场胜利的必然要求，四行仓库是中国军队坚持抗日并由此获得国际援助的必然要求。在敌机不断炸桥与日军明日即将重炮轰炸仓库的现实面前，搭桥和守住仓库已经变成不可能完成的任务，其实,《金刚川》搭建的木桥最后还是被炸断了，炸不断的是人体搭建的桥;《八佰》中守军最后也放弃仓库准备冲桥撤退。一种以失败告终的坚守所展现的悲剧美学超越了个体英雄主义的内涵，而指向集体对未来的精神向往。这样的战争主题表现更易唤起观众丰富而深刻的审美体验与价值认同。

当代中国战争电影如何超越单纯的民族主义，在《金刚川》《八佰》中有了一定的探索。《金刚川》以敌机驾驶员的视角对炸不断的桥表示无奈，并通过回忆的画外音流露出强烈的厌战与反战情绪;《八佰》中，租界中的人们从开始对河岸对面战争漠不关心，到对守军的担忧和由衷敬佩，再到为守军投递物资，直至最后主动参与战斗。在电影中，以他者的视角透视战争，多维度立体地展现战争的残酷所带来的悲剧力量，进而超越简单的英雄主义与民族主义，更能唤起人类对战争带来伤害的共同情感体验与悲剧反思。

---

① [德]马克思:《致斐迪南·拉萨尔》(1859年4月19日)，载《马克思恩格斯选集》(第4卷)，北京：人民出版社，2012年，第443页。

二、穿越感性的深层情感结构

电影是文化工业时代的产物，是商品与艺术品的有机统一体。尤其是在当代，审美已经弥散到人类生活的方方面面，审美如同科学技术一样成为一种资本，变成一种推动社会发展和变化的重要力量。于是，注重感性经验与审美体验的文化工业与消费文化成为时代的主导形式商品。电影艺术也发生着转变，以科技支撑的视听声像制作与审美的感性体验结合起来，如电影注重视听感觉的震撼效果，追求将各种特效技术、仿真效果呈现得美轮美奂。迎合观众审美品位的文化产品成为文化工业的内在追求，感性的丰富性被过度呈现为感性的过剩，感性的真实性被异化为感性的虚幻性。2020年在B站上何冰朗诵送给青年的祝词《后浪》，但是时代青年的“后浪们”在情感上对此并不认同，这就是没有把握时代青年真实情感结构的典型案例。战争题材电视剧《雷霆战将》刚上映几集就被下架，网上更是一片批评之声。这些影视作品都是遵循审美资本时代感官至上原则而失败的例子。艺术总是要感染人的，不能深刻把握艺术对象深层的情感结构而只关注情感表象的艺术表现就会收到背道而驰的艺术效果。战争电影需要穿越感性经验而深刻地表现当代中国大众的深层情感结构，才能实现电影艺术作为文化商品与艺术品的有机统一。

雷蒙·威廉斯用“情感结构”这一概念来探讨文本与现实社会在情感结构上的同构关系，通过对文本的分析，“能在某种程度上重建那个时代的物质生活和一般的社会组织形式，甚至能重建那时居主导地位的思想观念”[①]。当然，威廉斯所强调的情感并不是观念的存在，而是正在发生的鲜活经验。这些鲜活经验并不是孤立的存在，需要体现历史文化积淀的连续

① Raymond Williams. *Drama from Ibsen to Brecht*，New York：Penguin Books Ltd，1981，p3.

性。战争电影以中国传统的道德伦理、文化习俗、自然人伦、血缘宗法这些几千年积淀下来的情感结构为隐线，与爱国主义主线之间形成交织互动，才能够引起当代观众的情感共鸣。虽然战争电影所赞扬的英雄主义与弘扬的爱国主义精神在主题上易于唤起大众的集体记忆与情感认同，但是也容易流于形式化。马克思在致拉萨尔的信中讨论其悲剧《济金根》时指出，“革命中的这些贵族代表 —— 在他们统一和自由的口号后面一直还隐藏着旧日的皇权和强权的梦想 —— 不应当像在你剧本中那样占去全部注意力，农民和城市革命分子的代表（特别是农民的代表）倒是应当构成十分重要的积极的背景。这样，你就能够在更高得多的程度上用最朴素的形式把最现代的思想表现出来，而现在除宗教自由以外，实际上，市民的统一就是您的主要思想。这样，你就得更加莎士比亚化，我认为，你的最大缺点就是席勒式地把个人变成时代精神的单纯传声筒[①]。”马克思重点指出拉萨尔注重展现贵族而忽视了农民对革命的重要贡献，最终导致作品成为时代精神的单纯传声筒。战争电影中的英雄们同样也不应“席勒式”地成为英雄主义和爱国主义的单纯传声筒，英雄也是复杂性的社会存在者，每个人信仰、阶级、知识、经历、出身各不相同，对待战争和牺牲自然有不同的认识，多层次多维度地反映社会各个群体人民的真诚渴望，将会使战争所带来的悲剧人文主义具有更立体真切的感染力与凝聚力。

战争电影需要处理好坚定信念与中国式悲剧内核的情感交融关系，爱国主义与中国传统情感结构交织互动的关系。浙江大学王杰教授将之称为“红色乌托邦”与“乡愁乌托邦”的中国审美现代性之“双螺旋结构”。“它们在中国社会现代化过程中几乎同时产生，但是，在文化的性质和情感的导向方面又存在巨大的差别。红色乌托邦和乡愁乌托邦组成一个双螺旋结

① [德]马克思，恩格斯:《马克思恩格斯文集》(第10卷)，北京：人民出版社，2009年，第171页。

构，形成了一个巨大的、充满张力的情感空间，成为中国社会在漫长的现代化的艰苦磨难中，能够有所支撑，不息追求，并且不畏任何牺牲和艰难困苦在情感方面和精神信念方面的根据所在。这种以双螺旋为特点的深层情感结构，产生出一种以中国传统文化中的'天行健'般崇高为内涵的精神上和情感上的力量，这也是解释中国现代化过程中若干奇迹事件的文化逻辑。"① 战争电影在爱国主义核心主题下需要传达的一个重要观念是中华传统文化的家国同构观念。国是家的抽象存在，家是国的具象存在。战争电影必须处理好家国同构，才能深刻展现电影的历史性、现实性、艺术性与超越性。如果处理不好爱家，爱国就会成为概念化的抽象表达，"保家卫国"是中国传统文化最精准的概括。英雄在战场上舍生忘我的冲锋杀敌，其始是对保家的责任，其终是对卫国的理解。在《长津湖》中，宋时轮在赴朝前的动员讲话中振臂高呼："抗美援朝，保家卫国!"这反映的正是从一己之家到大众之国，从个体到集体，这是情感的升华过程，是思想的超越过程。电影只有表现好情感的升华，才能实现思想的超越。电影需要将这些真挚的情感历程在战争的宏大主题背景下，通过各个细节的艺术加工再造，形象地再现人物的内心情感变迁。唯有如此，历史记忆才能链接当下现实，艺术形象才能超越时空，家国同构的心理结构就是中国传统文化最深层的情感结构。《八佰》多次表现对家的守望："上海的背后就是南京，就是我们的家。""带他（小湖北）回家!"《金刚川》也在电影开始时强调，"打完这一仗就可以回家了"，"家"是所有战士的情感命脉，这是电影表现最为真切的细节。

战争主题电影必然要表现宏大而悲壮的战争场面，这是视觉震撼对心灵的冲击。但是中国式悲剧内核更是内心的悸动与悲痛。严格来说，《八

① 王杰：《革命与乡愁：文化记忆与中国审美现代性的情感结构》，《北京电影学院学报》2018年第3期。

佰》的战场并不宏大，却展现了战争的宏大。战场虽小，但是战士们的故事很大。中国式悲剧必须在中国精神内涵的基础上进行阐释，中国文化传统与中国经验成为建构中国式悲剧情感结构的基础。鲁迅在《几乎无事的悲剧》中谈到一种悲剧模式："这些极平常的，或者直近于没有事情的悲剧，正如无声的言语一样，非由诗人画出它的形象来，是很不容易觉察的。然而人们灭亡于英雄的特别的悲剧者少，消磨于极平常的，或者简直近于没有事情的悲剧者多。"[①] 即便是战争题材这样的宏大悲剧，也要深入到人物的内心与情感结构之中，注重展现日常生活的细节与中华传统文化心理结构的历史积淀。《战狼2》在这方面明显表现不足，其按照文化产业规律制作商业大片，以好莱坞式大片的视觉场景与爱国主旋律相结合，在票房上赢得了商业的巨大成功，但是在电影的表现力上并没有深刻展现中国传统文化的情感结构，缺少中国式悲剧内核的情感纽带，虽在视觉审美上震撼观众，但在共通情感上缺少共鸣。《八佰》却重在表现战争中人物的多元立体性。面对死亡的恐惧，懦弱与退让是人性的常态反应，英雄也不是毫无情感的机器人，也有恐惧的时刻。普通人物是如何从常人走向英雄的，这一心理转变正是个体精神成长的历程，是个体融入爱国主义精神洪流的历程。《八佰》从开始的队伍集结时的松散状态，随着残酷战争的推进，逃兵、懦弱者开始主动参加战斗，直到租界女学生冒死送来国旗，国旗升起，护旗宣示主权，中华命运共同体意识在这一过程中逐步强化，甚至租界的看客都被感染来参与战斗。一个接着一个陈树生式的人体炸弹从库房的楼上跳下，英雄们在牺牲前最后报名，是对家乡亲人的告别，是对自己"丈夫许国"的认同，这也是中华传统中"人过留名，雁过留声"的价值观与人生观。至于电影在激烈的战斗中不时穿插的细节，诸如托付

---

① 鲁迅:《鲁迅全集》(第六卷)，北京：人民文学出版社，1981年，第371页。

战友给家人的口信、军官给妻子的家书、视烟如命的神枪手羊拐最后递给“瓜怂”老铁的“烟”、决战赴死之前的热水澡，这些都是中华民族代代相传的文化习性。这些细节不是电影战争主题的枝蔓与溢出，而是对战争悲剧做出深刻解释的民族情感结构。

三、重建信仰的悲剧人文主义

战争美学是一种悲剧人文主义，体现了人类面对悲剧事件的共同文化。战争美学在反映历史记忆的同时，连接当下社会大众的共情结构，并指向未来的人类幸福生活追求。战争电影要深刻表现当代中国大众的情感结构，除了要超越英雄主义的悲剧美学与穿越感性的深层情感结构，还要处理好审美形式与审美理想、艺术真实与历史真实的有机统一。“伟大的悲剧作品和任何伟大的艺术作品一样，都是有十分坚实的现实生活条件基础的。”① 在后现代消费社会，高科技与审美资本主义紧密结合，世界已经成为碎片化、流动性、无中心、去本质、差异化的存在。否定本质主义和终极追求造成人的信仰缺失，怎么解释都行的虚无主义、感性经验的虚假性与人的异化成为不可回避的问题。悲剧艺术再次担当构建人类命运共同体与重建信仰的使命。电影作为当代社会文化的重要活动形式，深刻反映了当代中国正在遭遇怎样的文化与社会变革。尤其是当代中国战争主题电影，其具有先锋性与大众性的双重品质。所谓先锋性，主要体现为战争电影在审美形式上的不断创新性；所谓大众性，主要体现为其作为时代主旋律具有强大的感召力与现实接受性。战争题材悲剧是最能表现人文主义的艺术形式。战争主题电影表现的本就是对理想信念的追求，有着天然的命

---

① 王杰：《艾克的歌声：关于COVID-19病毒造成危机的美学思考》，《马克思主义美学研究》第23卷第1期，上海：上海人民出版社，2020年，第21页。

运共同体意识。战争中必然伴随着大量生命的牺牲，对生命的致敬与反思同样具有人文主义精神。

《八佰》在审美形式上实现了一定的创新性突破。这主要表现在审美体验的在场与不在场的叙事视角。看与被看对于电影《八佰》来说，是内容与形式的统一体。所谓内容主要体现在守住四行仓库，就是要让国际世界看到中国抗战的决心，并以期获得国际援助。所谓形式则主要体现在电影叙事视角所实现的电影内视角叙事与观众观看影片的代入感无缝对接的审美效果。战争发生在与租界隔河相望的对岸一栋银行的仓库，租界的人们看着这场战争，观众观看影片。影片情节的推进，带来同步的一致性与强烈的代入感，这是电影为增强审美体验在叙事上独特的艺术创造。租界人们对苏州河对岸的战争从开始漠不关心的隔岸观火，到后来被英雄所感染的帮扶投递物资，再到最后决战时的主动投入战斗，租界的观看者与现实世界观看电影的观众在共情结构上的一致性，弥合了在场与不在场的审美距离，形成超越时空的心理与情感共通。在升旗护旗这一阶段，随着旗帜的倒下又升起，观看者情感与旗帜所代表的主权爱国主义情感融于一体。在准备冲桥阶段，电影特别安排了一个细节，租界的小女孩向对岸战士敬礼，战士看到小女孩的敬礼后回敬以军礼，苏州河两岸的军民互看敬礼场景，在看与被看中建构命运共同体，同时也包孕着生命对生命致敬的人文主义关怀。

《八佰》实现了艺术真实与历史真实的高度融合。电影讲述的是作为历史真实事件的淞沪抗战中的四行仓库守卫战，至今作为历史见证的四行仓库依然千疮百孔地矗立在上海苏州河对岸，参加抗战的英雄们与牺牲的英烈们也有照片和新闻报道作为历史见证。导演管虎再次用荧屏重现八百勇士的抗战故事，在历史真实的基础上加入艺术真实的再创造。在人物塑造上，除了谢晋元、陈树生这些真实的英雄之外，电影更多的镜头用来刻画“老算盘”“羊拐”“老铁”“端午”“小湖北”这些在战争面前展现复杂人性的虚构人物。除了英雄的牺牲之外，战争中还有平民的懦弱与偷生，除了胜败的结局，还有当时政治的虚伪与无能。在环境描写方面，除了有浴血奋战，还有歌舞升平。无论是战争年代还是和平年代，这些刺眼的对比都是真实存在的历史，艺术真实如果不能合情合理地虚构和再现历史真实，就会成为过往历史机械的复制，而无法预示未来。用亚里士多德的话来说，这就是历史不如诗更高贵的所在：“前者记述已经发生的事，后者描述可能发生的事。所以，诗是一种比历史更富哲学性、更严肃的艺术，因为诗倾向于表现带着普遍性的事，而历史却倾向于记载具体事件。”[①] 在这个意义上来说，《八佰》已经达到了亚里士多德所说的诗学高度，这是战争面前人性的高度，也是战争美学所应展现的悲剧人文主义。

四、结语

当代中国战争题材电影以巨大的悲剧牺牲力量唤起了当代中国大众在文化记忆与情感结构上的深刻认同，聚焦坚定信念与中国式悲剧内核的情感交融，实现爱国主义与中国传统情感结构的交织互动，引发当代观众强烈的情感共鸣，在命运共同体的构建之中夯实信仰。

---

① [古希腊]亚里士多德：《诗学》，陈中梅译，北京：商务印书馆，1996年，第81页。

3

三　作品

毕飞宇的现实主义及其叙事策略

对毕飞宇小说创作的总体概述，学术界多以《青衣》为节点，分为前期与后期两个阶段。毕飞宇的前后期创作在小说主题与语言修辞方面存在着鲜明的创作转向，批评界多有阐释，已成定论。毕飞宇自身也有着清醒的认识，在创作初期“不关注生活，不关注现实，不关注人生…… 我沉迷于自己的玄思与想象之中。那时候我感兴趣的是形而上、历史、终极，总之，那时候我是‘闭着眼睛’写作的。”[①] 经过前期创作经验的积累，毕飞宇适时调整了创作的技巧与方法，一头扎进了现实社会的汪洋大海中。关注现实生活、展现世俗人情、体悟世道人心成了他小说创作的主题与原则。实践证明，这一创作转向无疑是正确的，真正为其带来了巨大声誉与影响力的正是创作转向之后的小说。这是一次现实主义的伟大胜利。“我只是一个现实主义作家。我唯一的野心和愿望只不过是想看一看‘现实主义’在我的身上会是什么样子。”“我想强调的是，我比以往任何时候都渴望做一个‘现实主义’作家——不是‘典型’的那种，而是最朴素，‘是这样’的那种。”[②] 当然，毕飞宇并不是简单地回归现实主义，他在从“历史哲学”转身投入现实社会的同时，并没有毅然决然地与过往断裂与告别，而是将前期的创作经验与技巧潜移默化地融入新的创作探索之中，

① 毕飞宇:《答贾梦玮先生问》,《沿途的秘密》，北京：昆仑出版社，2002年，第44页。

② 毕飞宇:《答贾梦玮先生问》,《沿途的秘密》，北京：昆仑出版社，2002年，第45页。

在继承现实主义传统的同时，也创造了一种新的现实主义。本文的目的就是探究毕飞宇的现实主义及其具体的叙事策略。好在毕飞宇不仅勤于写作实践，也善于批评实践与理论总结，他的很多访谈、创作谈，较为清晰地阐释了这一问题。

一

无论是从文学审美类型来看，还是从历史哲学范畴来看，都没有完全不变的现实主义，在每一个历史阶段，总有一种新型的现实主义出现。面对充满勃勃生机的社会现实，敏锐的作家是不会墨守成规地机械复制以往现实主义创作方法的，总会适时调整文学与现实的关系。如何理解、把握与表现现实成为作家不可回避的理论探索与写作实践。说到底，现实社会孕育与催生着作家去创造一种新的现实主义。毕飞宇的小说字里行间流露出现实主义的品质，但是这种现实主义不是“典型”的现实主义，不是批判现实主义，不是社会主义现实主义，也不是魔幻现实主义，也不是20世纪80年代中后期以来流行的新写实主义与现实主义冲击波，毕飞宇是在改写与创造着一种新的现实主义。有学者说：“毕飞宇很好地处理了‘文学性’与‘现实性’的关系，使这两个互为表里的因素在小说中获得了某种‘互文性’，才最终使得自己的‘现实主义写作’超越了传统的现实主义写作模式，从而使自己的写作具有了某种可贵的品质。”[①] 这个概括相当精准。然而，对于“文学性”与“现实性”的关系具体是什么，并没有讲清楚。虽然现实主义形式多变，但是“现实性”是现实主义不变的本质内核。怎样通过“文学性”来赋形社会现实的“现实性”，这是每个时代的

① 张莉：《论毕飞宇兼及一种新现实主义写作的实践意义》，见吴俊编：《毕飞宇研究资料》，北京：人民文学出版社，2016年，第152页。

作家都不可回避的创作难题。解决了这一难题，就有可能创造出一种新的现实主义。在现实主义的传统面前，毕飞宇展现了充分的理论自信与实践勇气。在处理作家与现实的距离、写什么与怎样写等方面均有新的理解与突破。

毕飞宇首先关注的是作家与现实的距离。这不仅仅是创作视角的问题，还是创作的本质问题。小说家怎样看世界，就会有怎样的小说。“观察力的价值就在于，它有助于你与这个世界建立这样的一种关系：这个世界和你是切肤的，它并不游离；世界并不只是你的想象物，它还是必须正视的存在。这个基本事实修正了我对艺术的看法，当然也修正了我对小说的看法……现实主义不完全是小说修辞，它首先是凝视与关注。”[①] 凝视注定了细节的真实，而关注则意味着一种深刻的理解。从作家与现实的距离来看，毕飞宇是贴着地面飞行的现实主义者。贴着地面飞行不同于翱翔在万里高空，凌驾于现实之上而出乎其外，流于无根的想象；贴着地面飞行也不同于站在大地上行走，淹没在现实生活的浪潮之中，入乎其内而迷失自我。贴着地面飞行令观察者时刻保持着对现实生活的凝视与关注，能够看清每一个动人心魄的细节，同时又能保持着必要的理性分析与超拔的视界。毕飞宇对日常生活的细节描写极为缜密，但又超越了鸡零狗碎的新写实主义的客观展现与零度叙事；毕飞宇并不热衷于在小说中展现天马行空的虚构与想象力，而将精力灌注到对日常生活背后生存智慧的理解上。这并非说虚构的力量不重要，而是更看重理解世俗人情背后的伦理性与思想性。这正体现了他所秉持的现实主义创作原则：“对于一个小说家来说，理解力比想象力更重要。”[②] 毕飞宇的现实主义从来不凌空蹈虚，总是密切地关注着现实大地，既要鲜活地反映现实生活，又要超拔于世俗生活。虽

① 毕飞宇:《谈艺五则》,《南方文坛》，2001年第5期。

② 张莉，毕飞宇:《理解力比想象力更重要》,《当代作家评论》，2009年第2期。

然毕飞宇小说所展现的现实生活与新写实主义小说的题材几近相同，不外乎家长里短、街谈巷语、邻里乡情，但不同的是加入了小说家的理解与阐释，因此，写世俗而不流俗，讲世俗人情而论世道人心，俗中见雅，俗中见智。

其次是写什么的问题。恩格斯说："现实主义的意思是，除细节的真实外，还要真实地再现典型环境中的典型人物。"① 为了更好地塑造典型环境与典型人物，小说家往往在宏大的历史背景中塑造个性丰满的人物形象，揭示个体在一定的社会历史条件下所代表的阶级、阶层的社会关系的本质。面对现实生活，毕飞宇主动回避了这种史诗般的现实主义创作模式，而选择对日常生活中平凡人的命运书写。平凡人的命运虽不如英雄人物那般惊心动魄，但同样令人喟叹不已。在现实生活面前，英雄人物毕竟并不多见，而寻常百姓则每天都在忙碌着追求自己的幸福。文学要反映现实，当下的现实生活是什么？不是传奇时代英雄人物的气壮山河，也不是战争年代英雄人物的壮怀激烈，而恰恰是寻常百姓的喜怒哀乐。这就是毕飞宇对现实主义写什么的定位。"我写的悲剧不是英雄史诗式的，基本上是家长里短的，一般讲不喜欢悲壮的，大场面的，巨大冲突的。我喜欢的悲剧是发生在内心，不声不响，外人看不见的。比如筱燕秋、玉米、玉秀都是静悄悄的。我特别渴望真正地写实，把生活的本来面貌展现出来。当一个人遇到不幸时，承受痛苦都是安静的、沉静的、自我消化的。我希望我的小说在这一点上切合我们的生活、心理的写实，写肉眼看不到的悲剧。"② 为此，毕飞宇小说的人物并不是什么英雄人物，所讲述的事件也不是什么惊天伟业，小说的叙事空间狭小而逼仄，甚至小说的情节都波澜不

① 《马克思、恩格斯、列宁、斯大林论文艺》，北京：人民文学出版社，1986年，第161页。

② 毕飞宇，周文慧：《内心的表情——毕飞宇访谈录》，《长江文艺》，2003年第12期。

惊。在这一点上，毕飞宇的小说体现了鲁迅在《几乎无事的悲剧》中所说的创作原则：“这些极平常的，或者直近于没有事情的悲剧，正如无声的言语一样，非由诗人画出它的形象来，是很不容易觉察的。然而人们灭亡于英雄的特别的悲剧者少，消磨于极平常的，或者简直近于没有事情的悲剧者多。”[①] 历史不仅是英雄人物的历史，更是平常百姓的历史。英雄人物身后做背景的人民群众如何走到前台，成为小说的主人公，这是毕飞宇思考的新问题。

最后来看看怎样写。毕飞宇的现实主义在注重客观现实的细节再现的同时，更注重对现实生活的心理分析与哲学思辨，是一种心理分析的现实主义。这就为他所追求的“朴素”的现实主义带来了诗意提升与思想深度。毕飞宇在小说创作中有着更大的抱负，他将文学的感性与哲学的思辨融于一体，追求感性与理性、具象与抽象、世俗与超越、俚俗与雅正、个体与普遍的创作风格，既不失文学的灵动，更兼具哲学的深刻。文学是感性经验的诗意提升，哲学是感性经验的思想概括。虽然文学与哲学的根基都是广阔的现实生活，是近邻朋友，但是在表现方式与目的上毕竟泾渭分明。文学家是将感性生活的经验更加感性化，哲学家是将感性生活的经验总结为凝练、深邃的思想性。毕飞宇早期小说中的语言诗化与历史哲学的探讨，与“现实主义”转向后的书写有着很大的差异。评论界对这种转变多有关注与讨论，而对其中的内在联系讨论较少。其实，毕飞宇小说创作的前后期有着千丝万缕的内在联系与沿袭关系，转变不是断裂，而只是写作的调整。前期小说中关于历史哲学的深度探讨在“现实主义”转向之后并没有消失，反而改头换面延伸到对日常生活的深度分析，毕飞宇在现实生活细枝末节的地方，驻足流连忘返，展开哲理与历史反思。这使纯粹的理

---

① 鲁迅:《几乎无事的悲剧》,《鲁迅全集》(第六卷)，北京：人民文学出版社，1981年，第371页。

性思辨写作更具有了实践理性的现实亲近感，前期“思想性”探讨所带有的玄想与“学究”味因表现对象的转变而更接地气，带有浓郁的“人间烟火”生活气息。毕飞宇在现实主义转向之后坚持在小说中对“思想”进行深度挖掘，在这一点上，他是自觉的，亦可以说是他的写作动力与宗旨。没有思想性探讨，在他看来是毫无意义的写作。与此同时，小说题材的选择也决定了语言的风格，较之前期小说语言的典雅与诗化，后期小说更加通脱质朴。甚至在语态上，毕飞宇都有刻意的追求，偏爱在写作中使用逗号与句号，少用那些惊叹号。[①] 这是一种语言自觉，也是一种审美自觉。他希望通过内心的悸动来书写现实社会的宽广与博大，而不是通过场面的恢宏与语言的惊悚来达到这一叙事效果。

二

毕飞宇的现实主义原则无疑是对自己的写作实践提出了巨大的挑战。在狭小的叙事空间中讲述平凡人的日常生活，无法回避的叙事难题是小说人物怎么塑造、叙事空间怎样展现、叙事节奏如何掌控。如何实现“现实性”与“文学性”的双向互动，这必然要在小说叙事上采用独特的技巧与策略。

小说是讲故事的艺术，也是塑造人的艺术。总的来说，英雄人物与滑稽人物的故事最为精彩。英雄人物的故事自然是跌宕起伏、荡气回肠的，令读者心向往之、无比艳羡。滑稽列传同样自带笑点，令读者捧腹不已。写好一部英雄史诗或滑稽列传需要仰仗小说家高超的叙事才能，但是故事本身的精彩着实也让小说家在结构布局上省心不少。相比起来，将平凡人

① 沈杏培、毕飞宇:《介人的愿望会伴随我的一生》,《文艺争鸣》，2014年第2期。

的日常生活叙述得有声有色，令读者心驰神往，这比讲好英雄史诗与滑稽列传更为难得。毕飞宇小说中的人物正是我们身边熟悉的近邻朋友，他们没有什么过人的长处，也不存在低人一等的缺陷。他们走在大街上会淹没在人群中，他们身上所发生的事情每天都在我们身上发生。慧嫂、旺旺、筱燕秋、玉米、玉秀、玉秧、端方、王大夫、沙复明，他们太普通、太平凡，在现实生活中我们几乎从不在意他们的存在。然而在毕飞宇的笔下，他们如同穿上了五彩霓裳，顿生光彩，令人难以忘怀。我们不禁要问：毕飞宇如何塑造了他们？使用了怎样的叙事魔法？

塑造平凡的人而不平庸，讲述平常的事而不平淡。既然选定书写平凡人的平常事，在小说叙事的广度上不便展开，那便向小说叙事的深度上挖掘。放弃在恢宏的历史长河中塑造史诗般的英雄人物，而转向对小说人物内心深处进行剖析与阐释。文学性是“写得出，说不出”的感觉，但是对于毕飞宇来说，是写得出，也说得出，更要把现实说得明白，讲得透彻。他将现实性彻底解构，将世俗生活的伦理解读得条分缕析，动之以情，晓之以理，分析利弊得失、兴衰荣辱，透过现象看本质。在人物塑造的叙事策略上，毕飞宇使用的技巧就是两个字——“会心”。他并不对笔下人物进行360度全方位无死角的客观展现，而是钻到人物的心里去。这种对小说人物会心的理解，不仅拉近了作者与人物的关系，也拉近了作者与读者的关系。毕飞宇牵着读者一起走进了小说人物的内心。在《青衣》中，减肥的筱燕秋感觉自己是在“扣肉”；玉米初次面对郭副主任脱衣服时，“觉得自己扒开的不是衣裳，而是自己的皮。”在《平原》中，为了端方的婚事，沈翠芬分别与大辫子和孔素珍两次交谈，话不说破又各自心意明了；在《推拿》中，由王大夫如何处理与小马的上下铺关系的叙述，进而论述先天盲人与后天盲人的区别。这种对人物的理解是推己及人的，是换位思考的。

每个小说人物对于毕飞宇来说都是重要的。在这点上，毕飞宇继承了《红楼梦》的传统，不仅要塑造出光彩亮丽的贾宝玉、林黛玉这些主要人物形象，也要塑造出平儿、晴雯、小红这些鲜活的次要人物形象。单从对小说人物的态度来讲，毕飞宇的小说人物是没有主要与次要之分的。他尊重与理解小说中的每一个人物，认为人物决定了小说思想的广度与深度，而广度与深度都是小说不可偏废的。"小说的广度往往是由'一号'带来的，小说的深度则取决于'二号'、'三号'和'四号'。而不是相反。我甚至认为，'一号'其实是不用去'写'的，把周边的次要人物写好了，'一号'自然而然地出来了。"[①] 因此，我们在记住玉米、端方的同时，也记住了有庆家的、三丫、顾先生等等。以至于到了《推拿》中，我们不禁要问，谁才是小说的主要人物？是王大夫、沙复明、小马，还是都红、小孔、金嫣？说到底，他们都是一类人，然而一类人又各自不同、各有特征。毕飞宇走进了每个人的内心深处，讲述他们各自的隐痛与命运，才实现了"是这样"的现实主义人物塑造。

小说是时空体艺术。毕飞宇的小说空间从王家庄开始，后来走到了镇上与县里，最终来到了南京，似乎叙事空间越来越广阔。其实，毕飞宇的小说空间大多是封闭的小格局，极少客观地展现广阔的社会历史空间。即便来到了南京，小说讲述的也大多是发生在一栋房子里的故事。这是毕飞宇叙事的偏爱："我只想看看长篇小说撇开宏大叙事的可能性是怎样的，包括《平原》，时空关系很简单，故事开阖很简单，到了《推拿》，在这种小格局里我又推进了一步，格局更小。"[②] 即便毕飞宇没有构建宏大史诗的雄心，小说也依然需要表现现实社会的广度。虽然毕飞宇小说的故事空

① 毕飞宇：《〈平原〉的一些题外话》，《南方文坛》，2012年第4期。

② 岳巍：《毕飞宇说〈推拿〉：我们一起走进没有光的世界》，《华夏时报》，2008年11月1日，第39版。

间是逼仄的，但是并没有切断与外部世界的联系。毕飞宇的叙事策略就是在这小格局的空间中塑造外来闯入者形象。这些闯入者将空间与存在的状态改变了，通过外来者的观察、体验与社会实践，构筑了小说故事空间与宏大社会历史空间的联系，使得小说人物的情感体验、个人命运与社会历史连接起来，构建一个有机的整体。在早期小说《白夜》《怀念妹妹小青》等作品中，“我”的全家都是王家庄的闯入者，父母象征着现代文明，由此带来小说关于现代文明与乡村文明冲突的历史思辨；在《平原》中，吴蔓玲、混世魔王也是王家庄的闯入者，对于端方与王家庄来说，他们代表的是城市空间与社会主流；在《生活在天上》《相爱的日子》《推拿》中，小说人物是城市的闯入者，他们依然没有脱离身后的乡村空间与文明形态，讲述传统遭遇现代性的危机。另一方面，毕飞宇善于通过小说的语言修辞暗示与影射社会历史空间。他关注小空间中的人情世故，讲述的话语方式则是开放的。在他的小说叙事中，诙谐幽默的比喻与比拟产生了丰富的联想，富有张力的语言不仅产生了审美效果，更拓展了社会历史的叙事空间。例如，在描写沙宗琪的推拿店面时，毕飞宇这样叙述：“沙宗琪盲人推拿的市口并不好，勉强能够挤进南京的二类地区。二十年前，这地方还是农田呢。但这年头的城市不是别的，是一个热衷于隆胸的女人，贪大，就喜欢把不是乳房的地方变成乳房。这一‘隆’，好了，真的值钱了，水稻田和棉花地也成了二类地区了。”[①] 毕飞宇表面上介绍的是推拿店，实际上描摹的是当代社会状况，通过一个比喻写出了某些当代“时尚”与城市扩张的社会现实，不仅带来了文学语言的幽默感，同时也将当代社会的宏大历史背景在不经意间精确地展现出来。再看《玉米》中的“政治话

① 毕飞宇:《推拿》，北京：人民文学出版社，2014年，第26页。

语”:“上床不是请客吃饭，不是做文章，不是绘画绣花，不能那样雅致，不能那样文质彬彬，不能那样温良恭俭让。上床是暴动，是一个人推翻并压倒另一人的暴动。”[①]《平原》中的“军事话语”:“吴蔓玲一手捧着大海碗，一手拿着筷子，在大海碗里进行地道战、麻雀战、运动战、歼灭战，四处出击，四面开花，一边吃，一边转。满尖尖的大海碗，三下五除二，一转眼就被吴蔓玲消灭了。”[②] 毕飞宇用政治话语、军事话语表现日常生活，在细致入微的日常生活描写中，展现大时代的整体风貌，以宏大的历史话语表现日常生活叙事，以小见大，看似描摹日常生活，实则指向社会深层现实。在修辞策略与效果上，通过夸饰修辞，使幽默感在字里行间流淌。同时，这些话语叙事提醒着小说故事发生的时代历史背景。

毕飞宇还需要解决的叙事难题是小说的叙事节奏。讲述平凡人的平常事最易流于琐碎的絮叨。然而，阅读毕飞宇的小说，我们感受到的是张弛有度的叙事语流。这首先归功于毕飞宇的小说语言的逻辑性。毕飞宇将“正反合”的叙事逻辑运用得十分到位。文雅的，粗鄙的，哲理的，世俗的，经过他的叙事逻辑整合，八竿子打不着的事物便扯上了关系，自然就黏合到了一起，在经过“正说”与“反说”的逻辑思辨之后，再进行“合论”，平庸的日常生活就流露出生活的真谛。在早期小说中，毕飞宇就尝试用“正反合”的逻辑推动小说叙事。《是谁在深夜说话》的小说结构就是采用这一叙事逻辑。毕飞宇在小说开篇先声夺人:“(正说)关于时间的研究最近有了眉目，我发现，时间在大部分情况下只呈现两种局面：一、白昼；二、黑夜。时间大致上没有超出这两种范畴。但是，人类的生存习惯破坏了时间的恒常价值，白昼的主动意义越来越显著了，黑夜只是作为陪衬与补充而存在。(反说)其实我们错了。我想把上帝的话再重复一

① 毕飞宇:《玉米》，北京：人民文学出版社，2013年，第219页。

② 毕飞宇:《平原》，北京：人民文学出版社，2011年，第55页。

遍：你们错了，黑夜才是世界的真性状态。基于上述错误，我们在白天工作，夜间休息。（合说）但是，优秀的人不，也可以这么说：接近上帝的人不采用这种活法。例子信手拈来，我们的哲学家，我们的妓女，他们就只在夜间劳作。”[①] 严格来说，毕飞宇从《是谁在深夜说话》就开始了关于现实主义创作转向的思考。在后期的小说创作中，这样的叙事逻辑不再仅仅服务于小说的整体架构，已经扩大与渗透到小说叙事的细枝末节之中，成为常见的叙事策略，对于任何一个细节，毕飞宇随即展开“正反合”的逻辑论证。例如，在《大雨如注》里，“（正说）这年头一个管道工和一个教授能有什么区别呢？似乎也没有。（反说）但区别一定是有的，在嘴巴上。不同的嘴说不同的话，不同的手必然拿不同的钱。（合说）舌头是软玩意儿，却是硬实力。”[②] 在《玉米》中，待字闺中的玉米看到村里年龄相仿的姐妹给未来的男人做鞋，不免牵动少女的心思，情不自禁地羡慕。而在听到好姐妹对玉米未来男人的夸赞后，毕飞宇这样叙述玉米的内心活动：“（正说）玉米听了这样的话当然高兴，私下里相信自己的前程会更好些。（反说）但终究没有落到实处，那份高兴就难免空虚，有点像水底下的竹篮子，一旦提出水面都是洞洞眼眼的了。这样的时候玉米的心中不免多了几缕伤怀，绕过来绕过去的。（合说）好在玉米并不着急，也就是想想。瞎心思总归是有酸甜的。”[③] 在这里，毕飞宇写尽了玉米面对别人的幸福时此起彼伏、百转千回的情感波动。再如，对玉米与妹妹们进行的比较叙述：“（正说）二丫头玉穗只比玉米小一岁，三丫头玉秀只比玉米小两岁半，然而，说起通晓世事，说起内心的深邃程度，玉穗、玉秀比玉米都差了一块儿。（反说）长幼不只是生命的次序，有时候还是生命的深度和宽

---

① 毕飞宇：《是谁在深夜说话》，沈阳：春风文艺出版社，2007年，第21页。

② 毕飞宇：《相爱的日子》，北京：人民文学出版社，2013年，第235页。

③ 毕飞宇：《玉米》，北京：人民文学出版社，2013年，第10页。

度。（合说）说到底成长是需要机遇的，成长的进度只靠光阴有时候反而难以弥补。”① 毕飞宇该议论的时候绝不手软，说出了其中的利害关系，还得补上一刀，非如此不痛快。

毕飞宇的叙事逻辑还体现在对逻辑错位的巧妙运用上。吴义勤曾概括为“错位的情境”，即“历史错位”“心理错位”与“人性的错位”②。其实，这都是一种逻辑的错位，体现在语言的错位与情感的错位上。毕飞宇小说中有很多二元对立，小与大、轻与重、欲与情、俗与雅、诙谐与庄重，毕飞宇在小说中描摹着前者，而在叙述中又不自觉地导向后者。例如，在《白夜》中，“我”被逃学孩子王信任去砸教室玻璃，这样一件调皮捣蛋的事情毕飞宇以严肃认真的方式讲述，仿佛地下党人找到组织。在《玉米》中，“王连方开始和自己犟。他下定了决心，决定排除万难去争取胜利。儿子一定要生。”③《彩虹》中虞积藻与德国外孙女聊天，语言不通干着急，毕飞宇这样叙述：“这时候的虞积藻往往是心力交瘁。这哪里是做外婆啊，她虞积藻简直就是国务院的副总理。”④《推拿》中沙复明与老外讨小费，同事们一听吓坏了，这哪里是讨价还价，简直就是国际贸易，简称“国贸”⑤。与外国人的交谈上升到副总理与“国贸”，这样错位的叙事逻辑在毕飞宇后期的小说中越来越多地被广泛使用，已经形成了其小说叙事的一种话语风格。

过多的论述与说理对小说叙事节奏无疑是有伤害的，极易留下疲沓的阅读感受。阅读毕飞宇，我们时常有这样的错觉：毕飞宇似乎偏离了讲故事的主线，更像是在剖析人物心理，阐释故事原委，透过现象看本质，他

① 毕飞宇：《玉米》，北京：人民文学出版社，2013年，第5页。

② 吴义勤：《感性的形而上主义者》，《当代作家评论》，2000年第6期。

③ 毕飞宇：《玉米》，北京：人民文学出版社，2013年，第3页。

④ 毕飞宇：《是谁在深夜说话》，沈阳：春风文艺出版社，2007年，第175页。

⑤ 毕飞宇：《推拿》，北京：人民文学出版社，2014年，第28页。

不是个小说家，而是批评家与思想家。为此，毕飞宇小说的叙事节奏是缓慢的，通过叙事空间的延展来实现对叙事时间的停滞。这种延宕为毕飞宇的哲理思考留下了充分的空间，如果删去这些论述与想象，毕飞宇的小说就失去了质感与特色。与此相对的则是，毕飞宇小说叙事又是直奔主题的。叙事话语转换迅速，从不拖泥带水，有股子一竿子插到底的爽快利索。例如，玉米经历退婚到结婚的迅速切换，经过对玉米心理活动漫长的剖析和阐释之后，毕飞宇话锋一转，“不幸的女人都有一个标志，她们的婚姻都是突如其来的。”[①] 直接就写到了玉米的婚姻，在叙事上没有任何停顿与枝蔓。叙事情节的快速推进与停滞的分析与议论形成强烈的落差，有效地冲淡了疲沓的叙事节奏。

总的来说，毕飞宇通过运用小说人物、叙事空间与叙事节奏的技巧与策略有效地解决了他尝试新现实主义创作的难题。当然，毕飞宇的现实主义小说选择在小的空间格局里展现平凡人的平常事，并不意味着他排斥与反对宏大的历史叙事，只是现阶段的叙事偏爱。他也曾明确说过：“我对宏大叙事一点都不反感，甚至有一天我也会宏大叙事，这个我可以预见得到。”[②] 我们期待着，在宏大叙事中毕飞宇又将会创作怎样的现实主义。

① 毕飞宇:《玉米》，北京：人民文学出版社，2013年，第65页。

② 岳巍:《毕飞宇说〈推拿〉：我们一起走进没有光的世界》,《华夏时报》，2008年11月1日，第39版。

论毕飞宇小说的写作美学

以20世纪90年代中期《青衣》的发表为标志，毕飞宇有意地调整了其小说创作的策略。这种策略调整是源于一种小说美学的追求。具体来说，在小说立场上，从工于小说叙事转向以塑造人物为中心；在写作伦理上，从热衷于历史想象转向更为关注日常生活中的世态人情；在小说的史诗性品格上，区别于传统的英雄史诗而探索平民大众的史诗，通过对日常生活小格局中小人物的内在精神的提升来展现一种大人生的美学理想。

毕飞宇是一位极富有创作耐心的作家。无论是起初的崭露头角，还是后来的大红大紫，毕飞宇总是珍爱羽毛，惜墨如金，他的小说创作犹如涓涓细流，舒缓有致。自1991年发表处女作中篇小说《孤岛》以来，在这种不急不躁的创作节奏中，毕飞宇起初是每年创作三五部中、短篇小说，最近几年却是每隔三五年写一部长篇，从小说创作量上看，并不存在创作的高峰期与低落期。但是，从小说创作艺术水准来看，无论是思想的内涵还是叙事的技巧都渐趋成熟。正是凭着这种从容不迫的创作心态，从早期的《祖宗》《楚水》《叙事》到中期的《哺乳期的女人》《青衣》《玉米》再到新近的《平原》与《推拿》，毕飞宇一路走来，渐行渐阔，声誉日隆。纵观毕飞宇的整个创作历程，按小说的类型来分，他的小说创作经历了从倾心于短篇与中篇到专注于长篇的转变；按小说的题材来分，他的小说创作呈现为三个阶段，即历史的阶段、哲学的阶段和世俗的阶段[①]；按小说的写作风格来分，他的小说创作呈现为从工于先锋技巧到专注于日常生活写实的转变。在作家代际划分上，虽然毕飞宇属于新生代作家，但是，他从没有融入创作主流的归属感，也没有趋时媚俗的功利心。在创作中，他一直追随自己内心的艺术感觉，秉持自己的艺术信念与美学准则，逐渐形成了具有其“个人标识”的小说风格，“他总是让自己的写作证明：毕飞宇是毕飞宇，而不是毕飞宇们”[②]。作为一位成熟的小说家，毕飞宇丝毫没有显现出当红作家无法遏制的创作激情，相反，他的小说创作一直保持着相当理性的节制。尤其是，当我们从其最近的长篇小说《推拿》去回望他的整个小说创作历程时，可以发现，毕飞宇的成功并不是偶然的，因为在其二十年来的小说创作中，他一直有着较为清晰的美学追求。

一、坚持以人物为中心的小说立场

毕飞宇对小说人物塑造有着鲜明的自我意识。在经历短短几年的先锋实验之后，毕飞宇在小说叙事与小说修辞方面收获颇丰，同时也清醒地认识到先锋小说存在的致命弱点——将叙述置于至高无上的地位，弱化甚至是消解了小说人物和情节。所以，人物塑造是当代小说创作中极为薄弱的一个环节。基于此，他及时调整自己的创作策略，在一次访谈中他说：“当今的小说缺什么？人物没了。1995年，当时我认为我的小说写人物的能力不够，从那时起，我主要写短篇。《青衣》以后我有底气了。我对围

① 吴义勤：《感性的形而上主义者——毕飞宇论》，《当代作家评论》，2000年第6期，第49页。

② 施战军：《克制着的激情叙事——毕飞宇论》，《钟山》，2001年第3期。

绕人物的中篇很有把握了。”[1] 的确，每当读罢毕飞宇的小说，我们总是能够记住一个个鲜活的人物形象。这首先要归功于他的这种清醒认识以及在创作上的策略调整。其次，我们还要指出：一直以来，人们都将毕飞宇视为一位钟情于短篇小说创作的作家，批评家汪政就曾在《毕飞宇的短篇精神》[2] 中深入讨论过毕飞宇的短篇小说情结。其实，毕飞宇钟情于短篇小说创作不仅仅是出于一种文体上的偏爱，更是其创作生涯中的一个重要阶段，他是在对自己创作上的软肋加强训练。换句话说，多年来“款款而行”的短篇小说创作并不意味着毕飞宇没有大的创作野心，恰恰相反，毕飞宇的短篇小说创作正是为日后的长篇小说创作做必要的经验准备，是一种韬光养晦。在经过大量的以人物为中心的短篇创作实践磨炼后，毕飞宇对长篇小说的把握自然得心应手得多了。所以，在《青衣》之后，他紧接着又推出了备受赞誉的《玉米》，而后从中篇逐渐转向长篇，《平原》与《推拿》的出版都受到极大的关注，归根结底，这些成绩无不源自20世纪90年代中期以来毕飞宇倾心于小说人物的塑造。

早在毕飞宇自觉地意识到通过创作短篇小说来提高人物塑造能力之前，他的小说就不缺少鲜活的人物。《雨天的棉花糖》中一直生活在战争恐惧中的红豆，《叙事》中挣扎于家国仇恨与个人身份矛盾之中的男主人公，《楚水》中因大水家道中落而后通过诱骗家乡少女开妓院组织卖淫的冯节中，这些人物在毕飞宇的笔下都栩栩如生，令人难忘。可是，毕飞宇并不满足于此，他希望小说人物更为立体丰满，坚持以人物为中心来创作小说。所以，在《青衣》中，我们看到的是一位将京剧艺术看得比生命还要珍贵的悲剧名角筱燕秋。李敬泽在评价“玉米”系列小说时同样认

① 毕飞宇、周文慧：《内心的表情——毕飞宇访谈录》，《长江文艺》，2003年第12期。

② 汪政、晓华：《毕飞宇的短篇精神》，《上海文学》，2000年第9期。

为："我们看到的首先是'人'，令人难忘的人。"[①] 例如主人公玉米，为了替终于生了儿子的母亲出气，抱着弟弟到处羞辱父亲的那些情妇们；为了树立自己在家中老大的权威，对玉秀恩威并重，将其收拾得服服帖帖；为了重振父亲失势后的家业，她毅然决然地委身于可以做自己父亲的公社副主任。在《平原》中，美好纯洁的女孩三丫为了爱情至死不渝，在她临死前那至情至性的手势中写尽了一个美好女子的所有品质。大凡读过这些小说的人，都对这些小说人物无不铭记在心。不过，将人物置于小说最为突出地位的还要属长篇小说《推拿》。它通过展览式的人物结构将整个小说串联起来，讲述一个发生在推拿房中的故事。他写作的基本思路是：小说人物不仅是构成小说每个篇章的重要标题，而且利用小说人物的出场来组织小说情节的发展。每一章节可谓是每个小说人物的专辑，但是人物专辑之间又相互照应，颇有《史记》中互见法的结构特点，通过多个角度来塑造人物。这种结构安排在长篇小说中颇为新颖，可谓是一种新型的人物小说。小说可以没有典型的环境，可以没有完整与跌宕起伏的情节，但是，有了富有艺术感染力的人物便足以感动读者。

与这个时代的大多数作家们苦心孤诣地追求小说叙事技巧不同，毕飞宇对于小说的理解较为简单，回归以人物为中心的小说立场，小说家只要倾心塑造鲜活的小说人物，自然会带来一个有趣的小说叙事。这样说并不是反对小说叙事的创新，但有时候，坚守传统的创作规则更值得尊重。小说创作中那些早已是陈规的说法往往包含着更富有实践意义的真理。鲜活的人物形象依然是衡量优秀小说的重要尺度。当代小说在热衷小说叙事的实验之后，普遍忽略了对小说人物的倾心塑造，小说人物形象苍白无力，人物类型化和理想化丧失了感动人心的艺术力量。让我们再来回顾传统小

① 毕飞宇：《玉米》，李敬泽序言，北京：作家出版社，2005年，第3页。

说人物观的经典总结，阿诺德·贝内特说：“优秀小说的基础就是人物塑造，此外再没有别的什么东西…… 风格是有价值的，情节是有价值的，观点的新颖独创是有价值的，但是，它们中间没有一项像塑造令人信服的人物那样有价值。”① 茅盾在《关于小说中的人物》中说：“对于构成小说的主要成分，我以为首先便是‘人物’。如果照自己的经验说，必先有个人物在脑子里成熟了而且活灵活现，以致一闭眼就像真有其人站在我面前，然后动手写作，则其势颇顺，不至半途搁笔 —— 即流产。”② 可以说，在某种程度上，毕飞宇的小说创作是一次回归小说人物创造的伟大胜利。

二、倡导世态人情的伦理写作

毕飞宇曾明确地将“世态人情”视为小说的拐杖，他说：“世态人情是要紧的，无论我们所坚持的小说美学是模仿的、再现的、表现的，无论我们的小说是挣扎的、反叛的、斗争的，世态人情都是小说的出发点，你必须从这里起步，你必须为我们提供一个小说的物理世界。”“任何时候，小说只要离开了世态人情，必死无疑。”③ 许多评论家在论及毕飞宇近年来的小说创作时都指出，毕飞宇这种对日常生活中世态人情的关注是一种写实主义的回归。的确，毕飞宇小说中的写实有对现实生活细腻而真切的洞察。但是，我们也要指出，毕飞宇坚持写实的小说风格并不同于20世纪90年代小说中的新写实主义，后者钟情于对日常生活中“一地鸡毛”的细节、小事的客观描写，而毕飞宇的写实旨在建立一种新的现实主义原

① ［英］伍尔夫：《论小说与小说家》，瞿世镜译，上海：上海译文出版社，2000年，第292–293页。

② 茅盾：《茅盾文艺杂论集》（第2卷），上海：上海文艺出版社，1981年，第887页。

③ 毕飞宇：《文学的拐杖》，《上海文学》，2007年第7期。

则——一种饱含真情实感的写实，在世俗的日常生活中寻找那些感人的场面，不拔高，不矮化，小说中人情世故表现出作者的体验之理解。毕飞宇希望小说能够涉笔成趣，给予读者以亲近感与真切感。读其小说犹如身处其中，而不是那种置身事外不带任何情感的冷眼旁观。毕飞宇的小说是贴近人心的。说毕飞宇的小说是一种写实只是看到了“世态”而忽略了“人情”，其实，毕飞宇在这段话中更想表达的是小说的人情味，是一种小说创作的伦理。这种伦理写作主要体现在毕飞宇对小说人物的深刻理解以及在小说叙事中大量的作者评价。

毕飞宇在小说观上视人物为小说的中心，但具体到创作策略上，与其说毕飞宇是在塑造小说的人物，不如说他是在理解小说的人物，毕飞宇对其笔下的人物总是寄予深刻的同情和理解。作者的介入性评价已成了小说中塑造人物的重要手段，这些评价又是作家对人物的理解与同情之所在。例如，在《青衣》中，毕飞宇是这样叙述筱燕秋为重返舞台而减肥的:“筱燕秋不是在‘减肥’，说得准确一些，是抠。筱燕秋热切而又痛楚地用自己的指甲一点一点地把体重往外抠，往外挖。这是一场战争，一场隐蔽的、没有硝烟的、只有杀伤的战争。”又如，在《玉米》中，玉米为了获得权力不惜以奉献肉体为代价,“郭家兴看着玉米，最后还是玉米自己扒光了，自己爬进了被窝。玉米觉得自己扒开的不是衣服，而是自己的皮。”“抠”“挖”“扒皮”，这些表述真可谓是神来之笔！我敢说，毕飞宇在写下这些句子的时候绝不是在刻意地锤词炼句，而是源自作家融入小说人物内心的真切感受。尤其是在《推拿》中，作者以一段极富有诗意与哲理的文字来描述那些曾经目睹过生活的美好、于今却要眼睁睁地告别美好生活的后天盲人的悲观绝望的心态的:“后天的盲人是没有童年、少年、青年、中年和老年。在涅槃之后，他直接抵达了沧桑。他稚气未脱的表情全是炎凉的内容，那是活着的全部隐秘。他透彻，怀揣着没有来路的世故。他的肉体上没有瞳孔，因为他的肉体本身就是一直漆黑的瞳孔——装满了所有的人，唯独没有他自己。这瞳孔时而虎视眈眈，时而温和缠绵。它懂得隔岸观火，将信将疑和若即若离。离地三尺有神灵。”然而，小说毕竟不是哲学，不是通过逻辑思辨来阐发深刻的人生哲理。小说追求的是感人心魄的生活细节的生动展现。毕飞宇的高妙之处是总能用感性形态的生活细节赋予生活以哲理。例如，后天的盲人小马每天抱着时钟听时间的“咔嚓”，赶在全盲之前拼命看电影与看婚礼的性情女孩金嫣，时钟的“咔嚓”永无止境，时复一时，看电影、看婚礼也都是生活中很常见的凡事，然而，作家在这里却是以这些生活细节来表达生活的哲理，在“听”与“看”的过程中蕴含的不仅是人物小马与金嫣对时间的认知，更是作家自己的时间观的体现。短短几句话，似乎是静态的场景，然而，略细加品味就会发现静中有动，不能不启发读者深思。因此，王彬彬在《城墙下的夜游者》一文中指出，毕飞宇的小说实现了形而上的哲学思考与日常生活的世俗描写的完美结合，“毕飞宇重视超越、超验和形而上，同时也明白，在小说里，超越、超验和形而上必须通过世俗、经验和形而下来传达。因此，在毕飞宇的小说中，又可读到较为充盈、鲜活和饱满的世俗描写和经验叙述。用一句大白话来说，毕飞宇小说仍然是有血有肉的。”①

在毕飞宇的小说中，人物之所以总是那样亲切地走向读者，是因为小说家首先走进了人物的内心。许多作家在谈到其创作的人物时都曾说那是自己。福楼拜说：“包法利夫人就是我！”郭沫若说：“蔡文姬就是我！”可见，作家只有进入人物的心灵才能创造出生动鲜活的令读者印象深刻、难以忘怀的人物。用沈从文的话说就是：“要贴到人物来写。”其实，沈从文所要强调的就是，作者时刻要理解小说人物，小说的叙事、抒情和议论都

① 毕飞宇:《祖宗》，北京：中国华侨出版社，1996年，第297–298页。

要与人物保持一致。毕飞宇喜欢对小说人物做一种介入性的评价，这是其伦理写作的一大特色。唯有保持着一种对现实生活的人情观察才能写尽生活的流动质感，小说才会写得有声有色，情趣盎然。所以，毕飞宇笔下的人物与语言修辞都极力追求一种现实生活的气息。毕飞宇的这些评价与讨论在小说叙事中并不显得累赘，恰恰成为其小说叙事节奏的一种策略，这在小说故事的叙述中设置了暂时的停顿，在此停顿中对小说故事做一次短暂的回顾与思考，体味其中蕴含的乐趣与深度。

三、追求平民大众的恢宏史诗

毕飞宇善于通过日常生活中的一个小格局来展示对整个社会的认识和理解，喜欢选择小人物作为小说的主人公来表达一种对大人生的理想追求，他对此有明确的意识。“相当长的时间里，长篇小说是作为宏大叙事的代名词出现的，我对宏大叙事一点都不反感，甚至有一天我也会宏大叙事，这个我可以预见得到。但是从目前这个阶段，我只想看看长篇小说撇开宏大叙事的可能性是怎样的，包括《平原》，时空关系很简单，故事开阖很简单，到了《推拿》，在这种小格局里面我又推进了一步，格局更小。”① 这是毕飞宇小说写作的一种偏爱，也是一种锐意进取的写作实验。在毕飞宇的小说美学中，史诗是有着另一种定义的：“我一直渴望自己能够写出一些宏大的东西，这宏大不是时间上的跨度，也不是空间上的辽阔，甚至不是复杂而又错综的人际。这宏大仅仅是一个人内心的一个秘密，一个人精神上的一个要求，比方说，自尊，比方说，尊严。我认为它雄伟而又壮丽，它是巍峨的。我把任何一种精神上的提升都看得无比的宏

① 岳巍：《毕飞宇说〈推拿〉：我们一起走进没有光的世界》，《华夏时报》，2008年11月1日。

大，史诗般的，令人荡气回肠。很不幸，我承认我的看法会遭到反对。”[①]

一般来说，史诗是要有宏大的时空格局，唯有如此才能承载大的容量，更易表达一种历史的沧桑。同样，史诗的主人公也要是顶天立地的英雄人物，以便展现一种撼人心魄的英雄气概。但是，毕飞宇显然希望通过别样的写作，达到同样的效果。对于这样的一种写作，有学者曾提出尖锐的批评，认为“作家基本放弃重大题材，而过分注重‘一地鸡毛’式的琐碎日常生活题材”[②]。而我以为，毕飞宇的这种写作虽然不能成为一种主流写作，但他的小说在某种程度上同样具备了另一种史诗般的气魄。人们总是迷恋史诗，但小说所呈现的现代人精神与肉体的毁灭同样具有撼人心魄的力量。只要抓住这一点，无论小说题材在时空上是否恢宏，小说主人公是否令人景仰，小说同样具有令人荡气回肠的感人力量，平凡世界的小人物同样能构建出现代史诗。在没有英雄的年代，没有战争的年代，和平年代是否还有史诗，史诗该如何表现这个时代，世俗社会中的平凡人如何表现自己在世的英雄史诗？卢卡奇在《小说理论》中论述了现代小说的兴起是英雄史诗衰败后的产物。近代社会以来，资本主义的发展，个人主义的兴起，史诗和传奇中的英雄人物早已风流云散，市民阶层才是文学关注的主体群落。正是从英雄到市民的转移造就了现代小说形式。乔伊斯的《尤利西斯》不愧为一部爱尔兰的民族史诗，不过这部小说所展现的正是一位都柏林人的灵魂的日常，在时空上又有多大呢？看来，时空并不是指小说中人物的时空，而是叙述者的精神空间，是小说人物的心灵时空。毕竟十年一战的荷马史诗的时代已经烟消云散了。

毕飞宇的小说将视线转向日常生活小格局中的小人物，但他并没有回避社会历史的宏大主题，而是在不动声色中引入历史的维度。在《推拿》

---

① 毕飞宇:《〈推拿〉的一点题外话》,《当代作家评论》，2009年第2期。

② 丁帆:《新世纪文学中价值立场的退去与乱象的形成》,《当代作家评论》，2010年第5期。

中，毕飞宇从细微处谈到历史文明的变迁，在谈到过去社会对残疾人的认识时，他写道："若干年前，中国是没有'残疾'这个词的，那时候的人们统统把'残疾人'叫作'残废'。'残废'成了残疾人最忌讳、最愤慨的一个词。"在谈到中国的城市化进程时又以当代人的审美观做比喻，"这年头的城市不是别的，是一个热衷于隆胸的女人，贪大，就喜欢把不是乳房的地方变成乳房。这一"隆"，好了，真的值钱了，水稻田和棉花地也成了二类地区了。"几句调侃似的语句精炼地勾勒出现代生活的某些面貌。

世俗日常生活中的平民大众，虽然他们做不到场面上的宏大，但是在他们的精神世界同样可以达到史诗英雄的高度。例如，《推拿》中的王大夫的人生目标十分明确："好好工作，凑足钱，回家开个店，早一点让心爱的小孔当上老板娘。"这个人生目标可以说是外来务工人员的共同心声。推拿店的老板沙复明在经历惨不忍睹的原始积累之后做了半个老板，虽然年纪轻轻却已得了严重的颈椎病与胃下垂，在小说的结尾生死不明。还有那位富有音乐才华的盲女都红，坚持以自己的方式生活着，不愿意因为自己的卑微而心安理得地接受同情，在小说的结尾，受伤后的她选择悄然离去，更凸显她内心的精神高度。这些生活在社会底层的小人物，在一个空间极其闭塞的格局中，演绎了一曲曲小人物的大人生美学，这是平民大众的恢宏史诗。毕飞宇在一篇访谈中说："我写的悲剧不是英雄史诗式的，基本上是家长里短的，一般讲不喜欢悲壮的，大场面的，巨大冲突的。我喜欢悲剧是发生在内心的。"① 显然，在《推拿》中，他至少已经部分地实现了。

综观毕飞宇的小说创作，毕飞宇的小说写作策略是回归现实的，以尊重现实和读者的阅读感受为中心，贴近生活并反映生活的现时状态及人们的内心感受，是一种从专注于小说技巧实验向小说叙事伦理转向的胜利。

① 毕飞宇、周文慧：《内心的表情——毕飞宇访谈录》，《长江文艺》，2003年第12期。

中国叙事传统的现代转换

——葛亮的长篇小说《朱雀》《北鸢》合论

中国当代小说家们普遍有长篇小说情结，在经历了几年的短篇与中篇小说的创作经历和积累之后，一定要拿出一部作为代表作的长篇小说。这种创作冲动并不是认为长篇小说的艺术价值就高于中短篇小说，但这确实是当代最优秀的小说家们创作历程的普遍现象。余华、苏童、格非、毕飞宇等，莫不如是。这也为更年轻的小说家们提供了创作历程的参照与借鉴。青年小说家葛亮正是沿着这样的模式进行创作的。在创作了《谜鸦》《七声》等短篇小说集之后，葛亮终于开始在长篇小说方面大显身手，《朱雀》与《北鸢》相继出版并获得了良好的口碑与广泛的赞誉。两部小说一出版便很快获得文学大奖，在各类图书推荐榜单上均名列前茅，批评家们对其小说所展现的美学与历史情怀更是不吝美辞，同时也证明了这种创作模式的有效性。《朱雀》与《北鸢》因相同的家族小说题材与具有连贯性的叙事风格，又被合称为"南北书"。一时间，葛亮被誉为"当代华语小说最可期待的作家之一。一种属于葛亮的叙事抒情的风格，已经隐然成形。"[①] 当然，风格并不是一时形成的，而是经历了探索、实验、修正、定型的长期写作实践与作者阅历经验的不断调整和完善。纵观葛亮小说的创

① 王德威:《抒情民国》,《北鸢·附录》，北京：人民文学出版社，2016年。

作历程,《朱雀》与《北鸢》与其前期的短篇小说创作在题材、结构与语言修辞上都具有鲜明的传承性。前期短篇小说大多打上强烈的葛亮个人成长的印迹，大多围绕作者的家世背景、童年记忆、教育历程展开小说的虚构叙事。在《朱雀》与《北鸢》中，短篇小说的信息容量与文本格局已经无法满足葛亮巨大的叙事野心，他要将三十多年的个人生活经验、家族往事与历史记忆展开充分的虚构想象来构建宏大的家族小说叙事，那么，从短篇小说转向长篇小说就是必然的选择了。在历史复原与虚构想象之间，“学院派”出身的葛亮更工于叙事，精于剪裁，在小说的主题隐喻、历史寓言、人物塑造、情节设置与语言修辞等方面，无不展现了作者独辟蹊径的叙事气度和格局。作为青年小说家，葛亮未来的创作之路未可限量。《朱雀》与《北鸢》虽然未必就是其小说创作的代表作，但是已经初步构建了葛亮小说独特的叙事风格。

一、民间精神与传奇叙事

一切文学都是记忆。历史为文学记忆提供了模仿与想象的叙事空间。但是文学记忆与历史记忆向来存在着显著的差异。亚里士多德认为这种差异的本质在于“前者记述已经发生的事，后者描述可能发生的事。所以，诗是一种比历史更富哲学性、更严肃的艺术，因为诗倾向于表现带普遍性的事，而历史却倾向于记载具体事件。”[①] 文学不仅可以忠实地模仿已然发生的历史事件，而且更喜欢在历史止步的地方出发，根据可然律与或然律想象尚未发生的事情。格非也曾谈到这一区别：“我写小说是非常偏重对‘记忆’的开掘的 …… 它是对遗忘的一种反抗。小说提供的历史恰恰

① [古希腊]亚里士多德:《诗学》，陈中梅译，北京：商务印书馆，1996年，第81页。

是被正史所忽略的，作家敏感到的，一个更加丰富的背景当中的个人的历史，这是历史学家不会关注的。”[①] 历史记忆向来偏爱宏大叙事，往往带有强烈的意识形态色彩，重在揭示社会发展之必然规律，忽略那些并不能左右历史发展的民间日常生活细节。这就为文学叙事留下了隐匿的缝隙，文学家正是从历史学家笔端的阴影处出发，插上想象的翅膀，通过日常生活的微观叙事，演绎生命个体在历史长河中逃避、疏离、反抗、顺从、坚守等各种形态的命运遭际。因此，文学叙事往往比历史叙事更加生动有趣味。《朱雀》与《北鸢》的写作初衷正是基于对历史记忆的补充，更为关注“在规整的时代长卷之下，隐埋着许多断裂与缝隙，或明或暗，若即若离”[②]。尤其是国丧家颓之际，“中国近代史风云跌转。人的起落，却是朝夕间事。这其中，有许多的枝蔓，藏在岁月的肌理之中，裂痕一般。阳光下，似乎触目惊心，但在晦暗之处，便了无痕迹。这是有关历史的藏匿。”[③] 历史的藏匿向来不见于正史传记，却一直流传于民间传奇，生生不息。

《朱雀》与《北鸢》的写作视角与写作情怀不在于历史叙事的史诗建构，而恰恰在于对民间真精神的传奇叙事。作者屏蔽了历史宏大叙事中峨冠博带的形象，而专注于在历史沧桑巨变中民间的平凡人遭遇不平凡的际遇所展现的个体生命的飞扬想象。作为小说的核心意象，朱雀与风筝的寓意繁丰，但作为实物，均出自于民间匠人之手，无不带有民间想象的传奇色彩。朱雀，神话传说中象征着南方之神的上古神鸟。风筝，初用于军事窥探与情报传递，隋唐以后成为中国北方民间常见的娱乐玩具工艺品。葛亮将之作为小说的题目和叙事的线索，彰显着对民间精神的敬意。两部小

① 格非、于若冰：《关于〈人面桃花〉的访谈》，《作家》，2005年第8期。

② 葛亮：《北鸢·自序》，北京：人民文学出版社，2016年，第3页。

③ 葛亮：《北鸢·自序》，北京：人民文学出版社，2016年，第3页。

说分别以朱雀和纸鸢为贯穿小说的主要意象，来隐喻两个家族人物在乱世之中颠沛流离的命运，这是现代中国小说常见的家族小说叙述模式。但是，葛亮的家族小说叙事创造性地继承和发扬民间想象的智慧与传奇叙事的技巧，对传奇叙事进行策略化的改造，将家族小说的平民叙事加以传奇化，凸显民间平民大众的奇崛经历和人格风采，展现了当代家族小说传奇叙事的崭新风格。

传奇，即传述奇闻逸事，向来是民间大众深爱的文学类型。从早期神话到志人志怪小说再到唐传奇，传奇叙事一脉相传，渐为成熟。传奇叙事也成为中国古典小说的重要叙事传统。“这种传统在以反传统为发端的中国现代文学中并未消失，而是得到了相应的继承和创造性转化。”[①] 在五四时期，鲁迅、沈从文的小说以及之后的左翼文学与解放区文学中都有鲜明的传奇叙事的印迹。传奇叙事作为一种传统历久不衰，展现了文体类型强大的生命力。说到底，“传奇所追求的就是‘奇异’二字：立意奇异而不落俗套，故事奇异而可示人，情节奇异而曲折多变，笔法奇异而婉转有致”[②]。作为“学院派”小说家，葛亮深谙各种现代小说叙事技巧，但是在其小说叙事中偏偏师法古典小说的叙事传统，这不是由小说家叙事的偏好所决定的，而是小说家明白讲述中国故事自然要用中国叙事学的方法。

葛亮小说的传奇叙事首先体现在对传奇人物形象的塑造上。作为家族小说,《朱雀》与《北鸢》传奇叙事的开端均聚焦于民国期间的商贾人家。从叙事空间来看,《朱雀》的历史时空从民国至20世纪末，而《北鸢》则是半部民国历史的再现，商界的兴衰浮沉与民国的风流倜傥交织在一起，正好契合了当下社会公众追慕民国风范的阅读期待。但是作者的叙事重

---

① 逄增玉:《志怪、传奇传统与中国现代文学》,《齐鲁学刊》，2002年第5期。

② 陈惠琴:《传奇的世界——中国古代小说创作模式研究》，北京：北京师范大学出版社，1999年，第7页。

心并不是展现家族资本辉煌的发迹史，而更倾心于商贾人家在商业经营中所坚守的传统道义与文化情怀。《朱雀》中的叶楚生，不似商人更像宿儒，他以棋论人的交友原则也是其经商的准则。《北鸢》中的卢家睦原本就是诗书人家，从商后仍然恪守着孔孟遗风的家训，捐资襄办私学，泽被后世；冯家先祖冯大烈义修荆山大桥，造福乡邻；昭如家庭有难，孟家同族愿倾囊相助；好友永安生意濒临破产，文笙倾家解困；四声坊四代民间工艺人践行着在卢文笙本命年免费做一虎头风筝的诺言。没有尔虞我诈、钩心斗角，竞呈道义坚守、诚信原则，将民间的传奇叙事与传统的道德警训融为一体。这种传统文化所标榜的人格风范不仅体现在家族主要人物的身上，在其家族的雇工与帮佣身上同样绽放光彩。诚信忠义的郁掌柜，善良朴实的云嫂，富有道义担当的小荷，这些民间底层的平凡人，虽然出身卑微，但是高洁的品质无不熠熠生辉。这正是葛亮塑造人物的方法与策略。不仅重视对小说主人公进行浓墨重彩的塑造，对小说次要人物群体也进行轻描淡写的精心刻画。次要人物并不是小说叙述的次要部分，次要人物的叙述与小说主人公形象塑造的成功与否休戚相关。陈思和在评论《北鸢》时说："这是一部向《红楼梦》致敬的作品。"① 在此，葛亮向《红楼梦》的致敬首先就体现在学习曹雪芹对小说人物群体的精心塑造。曹雪芹的伟大不仅体现在成功塑造了宝、黛、钗、凤这些流光溢彩的主人公们，即便是躲在《红楼梦》角落里仅露一面的小人物，曹雪芹对其刻画同样传神写照。毕飞宇也曾谈这一问题："小说的广度往往是由'一号'带来的，小说的深度则取决于'二号'、'三号'和'四号'。而不是相反。我甚至认为，'一号'其实是不用去'写'的，把周边的次要人物写好了，'一号'自然而然地出来了。"② 配角是观察主角的眼睛，他们在小说叙事中的

① 陈思和:《此情可待成追忆》,《北鸢·序》，北京：人民文学出版社，2016年，第1页。

② 毕飞宇:《〈平原〉的一些题外话》,《南方文坛》，2012年第4期。

偶露峥嵘，可以从铺叙、烘托、补叙等多角度有效地凸显主人公的个性风采。在《朱雀》与《北鸢》中，有些配角甚至比主角更为光彩照人。《朱雀》的主题是叙述叶毓芝、程忆楚、程囡祖孙三代主人公青春爱情的悲剧传奇。但在葛亮的小说叙事中，程云和的形象更令人印象深刻。作为秦淮河畔一名“商女不知亡国恨”的名妓，她委身于国军军官以求现世安稳，未料战争毁坏了这一切。在逃难流亡中，她接过襁褓中的程忆楚，生命之花开始绽放，从甘做“羊脂球”来解救众人，到中华人民共和国后在“反右”“文革”中胆战心惊地经营着平淡而精致的日常生活，无不展现坚韧的品质与人性的光芒，她的人生传奇比三位女主人公更具光彩。《北鸢》的叙事以卢文笙与冯仁桢的爱情为主线，但在小说叙事中，主人公的两位母亲昭如与慧容在坐言起行方面更具“民国范儿”，还有命运坎坷的名伶言秋凰，她对冯明焕隐忍的深情以及对日本军官的拒唱和刺杀行为，俨然是现代版“李香君”。

葛亮家族小说的传奇叙事更见于其叙事笔法上。葛亮的叙事策略是将小说叙事进行诗意化提升，在对小说人物日常生活的环境、器物、待人接物、言谈举止等方面的描写与叙事中，将诗词、歌赋、字画、书法、曲艺、茶道、棋论、禅宗等古典艺术与人生哲理思辨引入小说叙事。一方面，有力地展现了小说人物高雅的情操与生命的风采，另一方面这些文字的镶嵌又构成了小说富有古典韵味的抒情叙事风格。如在《朱雀》中以日本俳句与中国古典诗画成谜的游戏来叙述叶毓芝与芥川私下通好的书信往来，既典雅含蓄，又暗示了他们暗度陈仓的爱情的神秘性与传奇性。这种叙事笔法在《北鸢》中更是比比皆是，吴清舫在卢文笙抓周宴会的出场，卢文笙与毛克俞之间的交往言谈，冯明焕听戏唱戏的情感寄托，独乐寺中关于“独乐”的人生思辨，即便是在避乱逃亡的途中，来到鲁苏边界的乡间，还不忘地形堪舆，品评翰墨笔意。相比较而言，《朱雀》在小说情节上曲折多变,《北鸢》更着意于叙事笔调的婉转有致。《北鸢》的叙事笔调徐缓平静，注重细节描写与环境渲染，叙事空间随着人物的现实遭遇而辗转多地，葛亮在钩沉历史的同时，对各地的人文节庆、市井风俗、政经地理与社会风貌等，无不进行博物志式的工笔描摹，“以淡笔写深情”[①]，用叙事笔调烘托人物的传奇色彩。

葛亮家族小说的传奇叙事还体现在适度控制好传奇与现实的平衡。一味刻意追求传奇性，难免天马行空、无所凭附而不接地气，这就又倒回神话传说、志人志怪的老路；过度工于细节描摹与现实反映，容易走向对鸡零狗碎的现实呈览，过浓的人间烟火气息会导致小说虚构的贫乏与叙事的了无生趣。想象的飞升与现实的牵制成为葛亮小说传奇叙事的两翼。葛亮在小说主人公的传奇叙事中十分注重与现实的对比叙事。《朱雀》在叙述叶毓芝的爱情传奇时不忘对赵海纳的现实叙事，在叙述程忆楚与陆一纬的爱情传奇时又加入与老魏的现实婚姻，程囡的传奇叙事更加繁复，交织于敌特、赌场、吸毒等现代性社会的迷幻与腐烂中，与许廷迈的爱情又充满着理想主义。《北鸢》在书写个体在乱世流离中的传奇叙事的同时，也注重对民国民间现实社会与历史真实的展现。对军阀的混战、底层民众的疾苦、家族内部的钩心斗角等均有鲜活的记录。传奇叙事不超然于历史之外，人物命运受制于社会现实。这正是英雄传奇与平民传奇的不同。生命的光彩不仅体现在抗争命运的一面，同样也存在于坚韧生存的一面。葛亮家族小说的传奇叙事想展现的并不是英雄抗争命运的传奇，而是要凸显平民大众在苦难中坚韧生存的风采。

---

① 王德威:《抒情民国》,《北鸢·附录》，北京：人民文学出版社，2016年。

二、重复叙事与轮回意识

人类叙事的原初功能源自沟通与交流的基本诉求，追求简洁明了，避免啰唆的重复叙事是叙事的基本原则。但是，文学叙事从一开始就僭越了日常叙事的这一法则，在中西方早期的诗歌中均出现大量的重复叙事。重复叙事不仅带来了回环往复的音乐美，而且营造了一唱三叹的抒情咏叹调。长篇小说因其漫长的篇幅与宏大结构，一方面重复叙事似乎无法避免，另一方面则成为小说家们刻意追求的叙事策略。"'重复'事实上是思想的构筑，它去除每次出现的特点，保留它与同类别其他次出现的共同点……一系列相类似的、仅考虑其相似点的事件在这里将被称作'相同事件'或'同一事件的复现'。"① 这在现代小说中更成为普遍的叙事艺术。重复叙事不仅已经成为现代小说家的叙事策略，在一定程度上，这也成为阅读与阐释小说的新路径。"任何一部小说都是重复现象的复合组织，都是重复中的重复，或者是与其他重复形成链形联系的重复组合。"② 葛亮在《朱雀》与《北鸢》中使用了大量形色各异的重复叙事。这些重复叙事，一方面起到叙事线索、结构布局、情节推进等功能，强化小说的主题寓意；另一方面，重复叙事构成小说时空上的循环叙事，凸显了作者在命运、血缘、家族、宗教诸方面的轮回意识。

葛亮最善于小说结构的布局，其布局的一个重要技巧就是小说的重复叙事。《朱雀》与《北鸢》作为家族小说，明线是叙述家族人物在历史时空中的个体命运遭遇，但小说叙事的暗线都是以主人公身边的器物串联起

① [法]拉热尔·热奈特:《叙事话语 新叙事话语》，王文融译，北京：中国社会科学出版社，1990年，第73页。

② [美]希利斯·米勒:《小说与重复》，王宏图译，天津：天津人民出版社，2007年，第3页。

来的。朱雀，作为爱情的信物，在毓芝、程忆楚、程囡祖孙三代手中传递，见证了三代女性的爱情悲剧；作为中国上古神话中的保佑南方之神，又寄寓着对南京这座城市历史命运的思考。朱雀作为一件挂饰的流传串起了家族女性的传奇人生与南京城的命运浮沉。《朱雀》以留学生许廷迈的叙事视角展开，不论是对南京城市的历史探寻，还是与程囡的恋爱经历，均是从朱雀开始的。虽然小说在家族回忆叙事与许廷迈的视角叙事之间来回切换，但是叙事时空并不紊乱，这全依赖于朱雀的串联。通过朱雀不仅过去与现在建立联系，也顺理成章地推动了小说的情节发展。叶毓芝不顾民族大义与芥川在库房私通的时候，"药柜上，镌着'辟邪'的头，这神兽魔一样的眼睛，看着她，看着他们。她感到了前所未有的恐惧。那眼睛膨胀鼓突出来。她在男人的撞击中突兀地弹动，而乳房在剧烈地颤抖。这些都让她羞耻，如同一场罪恶的献祭。"在此，已暗示家族后代的命运注定与朱雀紧密地联系在一起。在叶毓芝临终之际，"将一枚金色的挂饰放在女婴的胸口。"叶毓芝的故事终结，程忆楚的故事开始了。"朱雀，此时安静地挂在他的颈项上。斑斑铜绿，没有蒙蔽了兽的眼睛。时光荏苒。这双眼睛曾和一个小女婴的利目对视，是许多年前了。"这种叙事如同电影中的闪回，通过注视朱雀，小说叙事视角自然地从许廷迈过渡到程忆楚。在程忆楚的爱人陆一纬流放北大荒后，程忆楚将朱雀寄给爱人，"这是一只牛皮纸信封，一纬打开，赫然看见那只金朱雀。"而在他们的爱情覆灭之后，程忆楚又收到了来自陆一纬的包裹。"打开来，是那只金朱雀。擦拭得很干净，发着灿烂的光。摸上去冰凉的，没有温度。"作者用一个词为一段爱情悲剧画上了句号。"冰凉"不仅是一种物理温度，也是一种情感温度。朱雀的重复出现，巧妙地将祖孙三代的爱恋传奇以明线与暗线两种方式交叉叙述，同时又形成首尾圆合的小说结构。《北鸢》同样有大量的重复叙事。葛亮以风筝作为小说的叙事线索，巧妙地将"家"与"国"

的同构叙事寓于一体。从“家”的方面来看，风筝不仅是小说主人公文笙与仁桢爱情的线索，也寄寓着父亲卢家睦对文笙的爱，以及家族与人物命运的颠沛流离；从“国”方面来看，风筝不仅是国家“命悬一线”的隐喻，也象征着民国历史时空中各方势力此起彼伏的更替。作者似乎感觉风筝的重复叙事不足以表达写作的寓意，又在虎头风筝的“虎”上加以多次重复。卢家睦因文笙生肖属虎，便为其做了虎头风筝作为生日礼物，以寄寓对儿子“虎”气的期望，不料儿子的性格偏偏如“猫”一样乖顺。小说对“虎猫”进行多次重复描写，卢家睦画虎头被夫人误认为猫，昭如堆雪虎被侄女误认为堆雪猫，仁桢也认为文笙不像他的生肖，缺少些“虎”气。作者通过龙宝之口对“虎猫论”做了辩证的解析：“老虎若是不吃人，只顾上睡觉，便也是一只猫；猫要是急了，色形厉行，毛竖起来，凶得也像只老虎。只是大小不同罢了。”这些重复叙事看似枝蔓的日常生活展现，实则是对历史现实和人物命运的隐喻，为小说的情节发展埋下伏笔。生性平静乖顺如“猫”的文笙，后来弃学参军便是其骨子里“虎”气的展现。

《朱雀》与《北鸢》的重复叙事体现了作者对历史发展与人物命运在命运、血缘、家族、宗教诸方面关于轮回意识的思考。在《朱雀》与《北鸢》中，血缘与归命在小说叙事中多次重复出现。例如《朱雀》中的程忆楚就是从血缘的角度来认识家族命运的。面对程囡与间谍泰勒的孽缘，她想到了自己正是母亲叶毓芝与芥川孽缘的产物，“母亲想象着六十年前的那个夜晚，自己被包在襁褓里，带出了圣约瑟教堂的情形。一切不幸的根源，都包藏在血管中东奔西突的液体里，衍生，流传”。而如今，面对女儿程囡隆起的腹部，程忆楚想到，从母亲到自己再到女儿，一切都是宿命。“母亲用绒布轻轻地擦拭这张泛黄的照片，扫了她一眼，将恨意在心底沉沉地压制下去，终于一面有些自暴自弃地想，这是血里带来的。”《北鸢》也多次强调宗教的归命。仁珏听父亲唱《文姬归汉》，不由谈到戏与人生。“仁珏说，蔡文姬唱给王昭君，奠酒祭明妃。哭的是人家，悼的是自己。父亲说，既不是人家，也不是自己。是命。”教会医院为了拯救十一位国军将士，昭如将姐姐留下的整匣“大黄鱼”送给叶师娘渡过难关，而这匣子盒盖上图案的轮廓正是梵文“归命”。

重复叙事更易形成小说的循环叙事结构。循环本是自然的法则，“凡是最具有天然运动和生死的，都有一个循环。这是因为任何事物都是由时间辨别，都好像根据一个周期开始和结束；因此时间本身也被认为是一个循环”[①]。正是从这种自然的循环中，人类才意识到生命的轮回。“也许我们感受到的、统一了开始与结尾的循环回归感来自自然——日夜、季节、年月，它们为人类的死亡与再生概念提供了一种模型。”[②]在其前期短篇小说《谜鸦》中，葛亮就带有强烈的宿命论色彩。“我想写的，是一则关于宿命的故事……这样的故事，剔除了传奇的色彩，其实经常在你我的周围上演。”[③]在《朱雀》与《北鸢》中，这种宿命与轮回意识通过小说的循环结构表现得更为浓郁。《朱雀》在叙事时空与文本时空上均采用了循环叙事结构。小说叙事起点从许廷迈游览南京夫子庙开始，而终于其又从国外回到夫子庙，兜了一大圈，又回到了叙事的起点，“归来未见朱雀航”作为小说最后一章的标题所要彰显的正是叙事的循环。从文本时空来说，家族人物的命运与血缘延续是从圣约瑟教堂开始的，从叶毓芝生下程忆楚到程囡怀孕后再次来到圣约瑟教堂，这也是一个环形结构。朱雀作为线索，随着人物命运起伏，辗转多人之手，最终又回到当年制作的工匠之手，“将军说完，打开一只精致的工具箱，取出一把锉刀，在小雀的头部

① [古希腊]亚里士多德：《物理学》，张竹明译，北京：商务印书馆，2009年，第72页。

② [美]华莱士·马丁：《当代叙事学》，伍晓明译，北京：北京大学出版社，1990年，第80页。

③ 葛亮：《谜鸦·序言》，南京：南京大学出版社，2013年，第1页。

缓缓地锉。动作轻柔，仿佛对一个婴孩。铜屑剥落，一对红色的眼睛见了天日，放射着璀璨的光”。这似乎又在暗示着程囡腹中婴儿的未来命运。《北鸢》的小说结构从昭如收养了文笙开始，到文笙与仁桢收养了好友永安的遗腹子而终，采用的同样是环形叙事结构。再来看看风筝意象，在小说的开头，昭如将文笙抱回家，父亲为其定制了一个虎头风筝作为生日礼物，风筝就成了串联起文笙亲情、参军、从商的命运线索，在小说中反复出现。在小说的尾声中，文笙与仁桢抱着婴儿，漫步在上海外滩的暮色中，“他们望见了一只风筝，飘在对岸某幢建筑的上空，孤零零的”。这风筝是属于文笙的，也是属于他们怀中婴儿的，预示着他未来的命运。《朱雀》与《北鸢》的家族叙事都没有终结，循环叙事结构为传奇人生的命运书写留下了延续的叙事空间。葛亮正是通过小说的重复叙事来表达对生命轮回的敬意，卑微的生命在苦难中坚韧地生存，绽放光彩。

三、间离效果与温情叙事

如果从葛亮的短篇小说开始读，一直读到《朱雀》与《北鸢》，你就会有一种奇特的阅读感受：一方面，体验到小说叙事理性、节制、客观、冷静，叙事节奏不温不火，舒缓有致，叙事口吻平静淡然，即便是大喜大悲的变故，也不见起伏波澜，几近情感零度，呈现出一种间离效果的叙事风格；另一方面，在整体的阅读感受上，又能明显感受到萦绕在心头的温情叙事。这两方面似乎是矛盾的，但在葛亮小说中很好地调和起来。在小说的间离效果叙事中往往带有淡淡的温情叙事。这也展现了葛亮对小说叙事距离有着很好的掌控力。

叙事距离是小说叙事修辞的重要技巧。布斯在《小说修辞学》中认为，现代人重新发现了“审美距离”，在奥尔特加的“非人性化艺术”、布洛的“心理距离”与布莱希特的“间离效果”的基础上，提出小说叙事中的距离问题：“使我们与现实保持一定距离的人为的力量可能是一种优点，而不仅仅是达到充分现实主义的不可逾越的障碍。”“强调需要控制距离显然是正确的。”① 在现代小说中，间离效果是小说家控制距离的重要修辞技巧。

《朱雀》的故事发生地南京是葛亮生长二十多年的家乡，《北鸢》所述的故事是以其祖父辈往事为基础虚构想象的家族小说。对其来说，这两部小说的题材，一个是亲身经历，一个是耳濡目染，都可谓是再熟悉不过的了。对于如今身居香港的葛亮来说，写故乡，忆祖辈，自然少不了触动情感的记忆，弥漫着缅怀与感伤的情绪。但是，葛亮偏偏别出心裁，刻意跳出家族小说这种常见的怀旧叙事模式。在叙述距离上以陌生化的叙述视角来讲述熟悉的故事，葛亮一路写来，没有悲天悯人，亦无煽情矫饰，情感节制有理，仿佛世事如此，不必刻意抒怀。关于这一点，葛亮在《朱雀》的后记中有着明确的自省：“所谓的熟悉，让我们失去了追问的借口，变得矜持与迟钝。而一个外来者，百无禁忌，却可以突围而入。于是，有了后来的寻找与走访，以一个异乡人的身份，在原本以为熟识的地方，收获出其不意，因为偏离了预期的轨道。”② 以熟悉的陌生人冷眼旁观大时代的华美与落拓，其叙事笔调与短篇小说《七声》一脉相传。“人生如一席破败棉絮，难堪、意外、挫败，外加意念与宿命，最终都不免于沦落到人生的底层，以悲剧作收。”③ 唯在悲剧叙事中，终究触动了作者内心隐匿的不忍，往往在悲剧之上平添一抹亮丽的希望，在小说间离叙事的主流风格

① [美]W. C · 布斯:《小说修辞学》，华明等译，北京：北京大学出版社，1987年，第136页。

② 葛亮:《朱雀 · 后记》，北京：人民文学出版社，2016年，第379页。

③ 张瑞芬:《命若琴弦 —— 葛亮〈七声〉》，载《七声 · 附录》，第322页。

之上又带着温情叙事的特征。这在《谜鸦》的写作时就已埋下了种子。总想为悲剧“覆上一层喜剧的膜”，即便加不上，也总想展现“庸常里的一点亮色。虽然稍纵即逝，但已入秋水，浩荡可观。”① 这种情感的节制与叙事的理性不仅考验作者的叙事技巧，更体现了叙述者的耐心与真诚。

葛亮小说叙事的间离效果首先体现在小说中人物距离的处理上。不论是生死荣辱，还是喜怒哀乐，小说人物很少流露出情感的动荡，常常以冷眼视之，即便内心暗潮涌动，表面依然不动声色。《朱雀》开篇的第一句话就定下了小说叙事间离效果的调子。“他本无意于这一切。说到底，他不过是个局外人。只因为有了她，这无穷的陌生才对他打开了一个缺口，施舍似的。”许廷迈是小说潜在视角的叙述者，“无意”“局外人”“陌生”这些冷色调词语一下子就将作为参与者的叙述者与即将发生的故事拉开距离。《朱雀》三代女主人公都以陌生与冷静的视角观察与打量着世界。叶毓芝的眼光：“他的右手，牵着个很小的女孩子，打扮是一团锦簇的样子。眼神却冷漠着，不是这年纪的小孩子通常因在生人前的惊惧，表现出的畏缩。而是，生性里的冷。”程忆楚的眼光：“她的腹部的弧度，终于无所遁形。做母亲的，冷眼之间，有绝望冉冉上升。母亲不动声色地看了一眼大衣橱上的照片，将双手绞缠在一起。”程囡的眼光：“那女孩却并不关心似的，也不搭话，仍旧剪她的指甲，剪好了就又用小锉子一下下地磨。”“她往往一言不发，表现出坚执的冷漠。偶尔和他对视一下，也是内容简洁的，没什么含义。”小说间离效果叙事还体现在对人物的称谓上，小说叙述者对小说人物的称谓很少使用姓名，均以“他”与“她”这些没有情感内涵的人称代词指代，刻意藏匿了叙述中的人物的情感。例如在小说结尾，程囡怀孕，睡梦中醒来，“在这瞬间，她想的是，如果身边

① 葛亮：《谜鸦·序言：迷离记》，南京：南京大学出版社，2013年。

是他，该有多好。”在疾病控制中心告诉雅可血样检测发现HIV抗体呈阳性，自己与孩子未来不可预测的情况下，“她眼前恍惚出现了一张脸，是他的。”“他”的模糊所指及其所反映的情感零度与她内心的强烈渴望形成巨大的情感落差与叙述张力，也更能牵动读者的情感。《北鸢》的人物同样展现出冷静的一面。对于卢文笙的安静讷言，通过昭如的眼光，我们看到，“笙哥儿扬起了头，在他的脸庞上，她听到了一种端穆的深情。不属于这个年纪的小童，甚至与她和家睦都无关。那是一种空洞的、略带忧伤的眼神，通常是经历了人生的起伏，无所谓挂碍之后才会有的。这一瞬间，她觉出了这孩子的陌生，心里有一丝隐隐的怕。”在他的女友仁桢看来，“放风筝的人，是个少年……他脸上并无表情，没有哀乐似的……他的声音清冷，是个大人的口气。”这种冷静的叙事不仅体现在人物的目光中，还表现在人物的行为中。例如，仁珏因与家庭闹翻离家出走，本想跟父亲告别，父亲正一人分饰两角，在摆一出《梅龙镇》。而在仁珏被日军抓走的时候，父亲还是没有露面，依然正一人分饰两角，在摆一出《梅龙镇》。女儿因婚姻问题受委屈与被日军抓捕命在旦夕，做父亲的不可能不知晓，没有露面与内心的关切都化在戏文里，看似漠不关心，实则大爱至深。所谓淡笔写深情，无声胜有声，都蕴藏在平静叙事与内心炽烈情感的强烈反差之中。

葛亮小说叙事的间离效果还体现在情节间离的设置。“情节间离是指割裂生活事件发展过程中的内在逻辑关系，破坏人物性格的展示与成长过程中的完整性。”[①] 葛亮小说的情节间离主要表现为情节间断、情节阐释与情节预设等方面。《朱雀》在情节间离上的主要方式是情节间断。小说叙事不断在过去与现在之间来回穿梭，打断线性叙事的连贯性，在阅读上很

① 鲁峡：《当代小说的情节离间效果》，《文艺评论》，1999年第2期。

难形成完整的情节发展逻辑，为了构建完整的情节逻辑不得不随着小说叙述在过去与现在之间来回对照。《朱雀》以许廷迈与程囡的交往为现在时叙事，以程忆楚与叶毓芝的人生经历为过去时叙事，二者交叉叙事，在情感与逻辑上互为补正，构成间离而又完整的小说结构。与《朱雀》不同，《北鸢》情节离间的主要方式是阐释情节。虽然《北鸢》对卢家与冯家的叙事采用二水分流的交叉叙事结构，但没有情节间断，是完整的线性叙事模式。情节阐释就是叙述者刻意在情节发展的重要节点停顿下来，或是做必要的意义阐释，或是引导读者以回忆的视角回望过去或展望未来，总之要打断情节的继续推进并淡化情节自身的感染力，将读者带出情节之外，回望与思索小说的意义。《北鸢》通过仁桢的儿童视角叙事时，总是在重要的时刻出现这样的句子："多年以后，仁桢想起她与这女人的初遇，仍然觉得是美好的。哪怕此后，她的记忆受到历史与他人的改写。"这是仁桢第一路遇言秋凰。"仁桢心下遽然一惊。她并未意识到，瞬间，这一眼会影响了她之后数十年的审美。"这是仁桢第一次在戏园听言秋凰唱戏。"直至多年后，仁桢也并不知晓。在这歌声里，仁珏对自己的小妹妹，产生了前所未有的依赖。"这是仁桢第一次听姐姐唱歌。这都是典型的《百年孤独》式的开篇叙述。儿童视角的陌生化与神秘性本身就是一种间离叙事，通过叙事时间的转换将此时此刻的情景转述为遥远未来的回忆，虽然在时空上造成巨大的间隔，但是这种具有间离效果的叙述也蕴涵着人物在追忆中的丝丝温暖。

间离效果叙事还体现在情节预设上。所谓情节预设就是在情节发展中埋下伏笔，在后来的叙事中再与之呼应。《朱雀》中的赵海纳就是小说情节预设的重要人物。她一出场，叙述者就借用叶楚生之口这样叙述："后来他想起来，觉得那个叫作赵海纳的女孩，就是这个时候乘虚而入的。"回顾整个小说，赵海纳与叶氏家族三代女性命运紧密联系，虽然在小说叙事中所占篇幅不大，但是在小说情节的重要节点上，她无不映照着这句话，尤其是在小说主人公的命运似乎走向绝境时起到了至关重要的作用。人物的偶然获救不仅仅是传奇叙事的卖点，也承载了作者的叙述情感。这在《北鸢》中也极为常见。丈夫家睦与女儿秀娥因瘟疫去世，昭如把丧礼办得并不铺张，秀娥的坟头也没有立碑，惹得哥哥盛浔动怒，以为丢了面子，而上下人也纷纷议论昭如做后娘的凉薄，“昭如并不言语，只是按部就班地办了”。而这正是为了三年之后令人倍感温馨的冥婚所做的情节预设。在一定程度上，小说的情节间离不仅具有情节上的暗示与预叙功能，而且在叙述效果上还注入了作者的温情与美好愿望。

葛亮在小说中频繁使用具有间离效果的叙事技巧，并不是刻意屏蔽叙述过程中的价值、道德、情感等评价，而是通过心理距离的调控，展现更为丰富的叙事空间。对于叙述者来说，叙述距离上过度的亲近与热闹会丧失很多阐释与解说的必要。葛亮在小说中对距离的适度控制，在情感克制与情感抒怀之间形成既富有间离效果又兼具温情叙事的叙述张力，更有利于实现其小说的修辞目的。

舌尖上的人生艺术

——解读美食纪录片《舌尖上的中国》

初看《舌尖上的中国》，沉睡的记忆和莫名的情感不禁油然而生。这是一种久违重逢的喜悦，是一种远年记忆里的淡淡乡愁，是一种厚重的历史情怀，是一种阅尽人生的感动。五味杂陈，百态人生。

没想到，这样一部美食纪录片，不但创造了收视率的纪录，而且其影响力正从荧屏走向现实，无论是各地美食店的生意还是厨师学校的招生都异常火爆，引发了一连串的蝴蝶效应；更没想到，“舌尖上的××”已经成为各个领域的流行语：“舌尖上的高考”“舌尖上的建筑”“舌尖上的楼市”“舌尖上的母亲”，俨然创造了一种“舌尖体”。

到底是什么让这样一部介绍中国美食的纪录片有着如此魔力？在看完这部纪录片之后，我不由地意识到，《舌尖上的中国》不仅是一档美食纪录片，而且是一档文化纪录片，是一档讲述人生哲学的纪录片，其定位并不是通过美食这一主题来吸引观众的眼球，从而赢得收视率，而是通过电视媒介这一大众化娱乐方式来展现内心那一份别样的期许和责任。正如该片的总导演任长箴所说，这不仅是一部美食片，它还是写人的片子①。通过对各地美食的介绍，《舌尖上的中国》所要讲述的是中国人的情感与记忆、

① 汤文靖:《〈舌尖上的中国〉是如何“炼”成的?》,《中国记者》2012年第7期。

文化与认同以及人生的哲学。

一、情感与记忆

《舌尖上的中国》激起了人们对美食的欲望，更唤起了人们对食物的情感与记忆。这种情感是漂泊游子们的淡淡乡愁，这种记忆是对陈年往事刻骨铭心的记忆。以美食作为电视节目的主题内容并不是《舌尖上的中国》的独创，而使其大放异彩尤为独特的地方在于，它不像其他美食类节目，出于广告利益的商业原则，刻意渲染消费和娱乐性氛围，只有舌尖上的美味，缺少心灵上的慰藉。对于天涯游子来说，《舌尖上的中国》中的美食不再仅仅满足口腹之欲，而是承载着乡愁和记忆的一泓清泉，可以慰藉那干涸的心灵。导演陈晓卿说，这是一部带着敬意做的纪录片，每个人的舌尖都是一个故乡。是的，美食承载着每个人对故乡的情感和记忆，背井离乡的人对家乡菜都有着浓浓的深情和记忆，这种对食物的情感和记忆会一直留在我们身体里。为了更细腻地表现这种情感和记忆，《舌尖上的中国》在叙述视角上刻意凸显与观众的亲近感。不炫技，不炒作，追求平淡中的真实。在这部美食纪录片中，以平民的视角和日常生活的饮食习惯来展现民族风情和民族气派。几乎所有的美食并非什么稀奇珍馐，既没有美轮美奂的卖相，也没有出神入化的手段，都是日常生活里的家常菜，但是中国人就是对这种家常菜有着无限的眷恋。

《舌尖上的中国》在介绍各种美食的同时，无不追溯食物的来源和制作过程，极为重视对各类美食的情感展现，因为，这些食物的来源和制作无不饱蘸着劳动者的艰辛付出。香格里拉的卓玛采拾松茸，需要凌晨三点就出发，在原始森林里要走一公里才能采到一个松茸。绥德的老黄手工制作的“黄馍馍”，劳作同样极为辛苦，三天时间制作 700 个黄馍馍，从上碾到揉面，从发酵再到蒸熟，然后骑着脚蹬三轮车到县城去销售，我们看到的是满头大汗的老黄，是在寒冷的冬季扯着嘶哑的嗓子吆喝着“黄馍馍”的老黄。来自安徽无为县的职业挖藕人圣武和茂荣兄弟俩，一年中有七个月离家在外，来到湖北嘉鱼挖藕，这是他们一家人生活的主要来源。挖藕是一件极为辛苦的工作，它不仅要耐心而且要细心，更何况没有任何机械化的采藕工具，全凭人力。诺邓火腿的制作需要自制的盐，用卤水熬盐，手工制盐程序繁复，这让人们对每一粒盐都珍惜有加。影片中时刻展现劳动者对劳动成果的极度珍惜，并非仅仅因为其珍贵，而是珍惜自己劳动过程中艰辛的付出，在这份珍惜中为舌尖上的美食注入了浓浓的情感。

中国是有着历史的农业大国，即便在城市化突飞猛进的今天，虽然很多人从农村走向了城市，但是他们内心对农村和农业文明的情感和记忆从来没有忘却，反而随着流年的变迁更为怀念。《舌尖上的中国》尤为关注自然生态中的农耕文明，城市工业文明中的食物加工镜头很少，偶尔将镜头推向工厂，那些制作依然是手工制作。在纪录片中，几乎所有食物的制作方法都延续着原生态传统程序。例如，放弃较为便捷的现代机械磨面机，而用石碾子将糜子磨成面，用毛竹碾压面团，这些本身就是一种记忆，是一种情感的记忆，是一种醇厚的历史情怀。这样的食物制作流程，极大地激发了观众的情感共鸣和精神回归。

电视是视觉文化最为重要的载体，已经成为今天人们日常生活中最主要的娱乐方式。因为，“大城市的生活和它限定的刺激及社交方式，为人们看与想看（而不是读或听）事物提供了优先机会。其次，当代风尚的本质是渴求行动（和冥想相反），寻求新奇，欲求感官刺激。而恰是艺术中的视觉元素最好地安抚了这些冲动。”①《舌尖上的中国》秉持了电视的这

① [美]丹尼尔·贝尔著，严蓓雯译：《资本主义文化矛盾》，南京：江苏人民出版社，2007年，第109页。

一制作原则，为我们提供了精彩绝伦的视觉盛宴。但是，我们也要指出，“电视擅长的是给观众留下印象，而不是给观众留下观点。”① 当然，更不是本雅明所说的韵味和想象的空间。在大众娱乐的时代，电视秉持的是视觉思维，追求的是感觉刺激和震惊效果。显然，《舌尖上的中国》超越了电视的这一制作原则，更为注重表现视觉形象背后的韵味和沉思。在电视这一媒介统治文化的今天，娱乐化和感官刺激已经深入日常生活的每一个细节，甚至左右了我们的思想和情感，让我们渐渐养成了丧失思考与情感表达的习惯。《舌尖上的中国》却以饱蘸情感的视角记录美食及美食背后的故事，让我们在观看纪录片之余，依然沉浸在那些镜头引发的情感和记忆中，久久难以忘怀，而这正是其成功的法门。

二、文化与认同

所谓文化，是人对历史记忆难以割舍的情怀，这种情怀在历史中不断地积淀下来，融入每个人的心理结构和人格结构中，潜移默化地影响着个体的精神追求、价值判断和行为方式。所谓文化的认同，“就是指对人们之间或个人同群体之间的共同文化的确认。纪录片《舌尖上的中国》使用相同的文化符号、遵循共同的文化理念、秉承共有的思维模式和行为规范，是文化认同的依据。”② 换句话说，文化的认同就是个体或群体对某一文化系统强烈的皈依感和归属感，是一种回归精神家园的自我意识，是一种心灵的固守。文化的认同在社会生活中的具体表现就是对传统习俗和行为方式的传承。

---

① [美]尼尔·波兹曼著，章艳、吴燕莛译：《娱乐至死·童年的消逝》，桂林：广西师范大学出版社，2009年，第85页。

② 崔新建：《文化认同及其根源》，《北京师范大学学报》，2004年第4期。

《舌尖上的中国》在讲述中国各地形形色色美食的同时，总是深情地回顾美食背后的历史文化。这是一种历史情怀，也是一种文化认同。每种美食背后都有其悠久和厚重的历史，从盐焗鸡谈到客家人避中原战乱而背井离乡长途迁徙的历史，在漫长的颠沛流离的过程中，客家人为了保证食物的长期储存而对盐进行了创造性的运用，并形成了依赖于盐的味蕾基因；从奶豆腐谈到蒙古人远征的历史，蒙古人将奶豆腐的制作方法带到了云南，竟然在千年以后，依然代代相传，延续至今。不仅仅是食物，炊具的背后也承载着历史文化的记忆。虽然现代烹饪炊具已经走进每个家庭的厨房，但尼西人的日常烹饪炊具仍然少不了尼西黑陶。《舌尖上的中国》不仅介绍了黑陶的制作原料和制作过程，更由此而讲述陶制炊具对厨房文化的创造性提升。正是因为有了陶制炊具，煮与蒸才被带进了厨房。“陶器诞生之前，人们无法想象，在烧和烤之外，还有另外一种令食物变熟的方法，这是一次惊喜的飞跃。”这直接将饮食文化的历史推到了青铜时代之前的史前文明时期。

在《舌尖上的中国》中，有一类高频词在解说中不断地被反复提及，例如，百年老店、家传秘方、老味道等等。大澳郭少芬和儿子经营打理着传承了四代人的百年老铺虾酱店，不管如今虾酱如何制作，她们依然踩着自己不变的步伐前进。达濠古城阿鸿继承家传手艺开了家糖葱薄饼店。峡山阿植的鸭脯店，传承着 300 多年前祖先留下的秘方，依然延续着炭火木桶熏鸭的古法。新会陈柏忠家则从曾祖父那一代起，就做陈皮生意。陈柏忠的一句话道出了他们守着百年老店的心声：“不能离开陈皮，因为它就是我们这一条根，它不单单是一种我们谋生的工具。”百年老店不仅是情感和记忆，而且已经成为他们生命的一部分，守着它们就有了一种归属感。即便在现代大都市，老味道依然得到人们的强烈认同，来自五湖四海的人们在上海的三阳杂货店里，都可以找到属于自己的那种熟悉的老味道。生活在北京的金顺姬，播下从老家呼兰河带来的种子，并且开始自己制作泡菜，将家乡的老味道一直带在身边，这是一种文化的传承，更是一种文化的认同。

在《舌尖上的中国》中，还有一些独特的镜头一再被展现。《舌尖上的中国》在讲述美食故事的同时，更为详细地展现了人们在获取食物之前举行的仪式活动。仪式是人类学的重要术语，它承载着人类的文化记忆和文化心理。在今天，虽然仪式已失去人类童年时代的那种实用价值，但举行仪式的心理则是同样的虔诚。本雅明说："'真实'艺术作品的独一性价值是筑基于仪式之上，而最初原有的实用价值也表现在仪式中。"① 这正是《舌尖上的中国》作为一部艺术品独特的价值体现。在吉林查干湖，每年冬季捕鱼前都有祭湖祭鱼活动。远洋捕捞船长林红旗，每次远洋前，都要到妈祖庙祈福，祈求自然的馈赠。绍兴的酿酒师们在每年酿酒前都要摆上祭祀供品举行请酒神仪式。西藏日喀则的望果节，每家都要派个代表参加对青稞丰收的虔诚祈祷仪式，到青稞田间转地头，将沾满青稞粉的手印在祭台上，撒一把青稞粉，面对苍穹，朗声发愿。在藏人们看来，"祭台上铺满青稞粉的手印，被赋予强大的精神力量，人们相信，祈祷的声音可以直达天宇"。早已告别了原始社会的现代人，在获取食物前依然举行的这些仪式，其中蕴含着丰富的文化内涵，它不仅折射了人类在童年时代对天地自然的敬畏，也反映了现代人对前人的文化认同以及对天地自然恩赐的感恩。

① [德]本雅明著，许绮玲、林志明译：《迎向灵光消逝的年代》，桂林：广西师范大学出版社，2008年，第64页。

三、人生的哲学

烹饪美食是一门艺术，而从烹饪美食中感悟和领略到人生哲理更是一门艺术。《舌尖上的中国》则将这两种艺术通过镜头浑然天成地交织在一起，让我们在品味各地美食的同时，也经历了一场人生哲学的洗礼。《舌尖上的中国》在每一集的主题选择和布局上都格外用心，它不像其他美食类节目按照食物的菜系或者烹饪方法来进行分类，它的立足点超越了饮食本身，是以对人类文化整体把握的方式来组织纪录片。《舌尖上的中国》采用了研究小辑的结构形式。例如，从植物学的角度，谈到物种、自然、土地，再从中延伸到《自然的馈赠》；从物理学的角度，谈到食物的腌渍，用盐的大分子置换食物的水分子，风味就变化了，从而引申出《时间的味道》。[①] 这样安排的好处，不仅超越了时间和空间的限制，也突破了地域与族群之间的饮食差异，从而将各地民族风情和饮食文化放置到人生艺术哲学这一宏大的背景中进行整合与分置。因此，我们在每一集中，都可以从饮食文化的视角领略到人生的哲学。

食物是自然的馈赠，人类除了表达对自然的敬意和感恩，还要遵循自然的法则。我们在纪录片中看到，香格里拉人到森林里采拾松茸，她们严格遵循自然的法则，松茸出土后，立刻用松针把菌坑掩盖好，这样菌丝才不会被破坏，从而能代代延续自然的馈赠。在查干湖职业捕鱼人的法则中有着严格的规定，他们人为地控制渔网孔的大小，只捕大鱼，漏掉小鱼，遵循猎杀不绝的自然法则。在獐子岛这片人工海洋牧场，潜水员深潜到海底采拾各种海鲜，捕捞上来之后，发现没有发育好的扇贝，随手再抛入大海。在获取食物的源头上，我们看到人与自然和谐相处的哲学思想。

① 汤文靖：《〈舌尖上的中国〉是如何“炼”成的？》，《中国记者》，2012 年第 7 期。

每种食物走向餐桌成为美食的道路并不是一帆风顺的。这需要人类智慧的创造性转化，才能改变食物的命运。例如，陕北的糜子煮成饭口感很差，但经过特殊的加工，蒸成黄馍馍则又成了人们口中的美食；再如大豆，在豆腐没有发明之前，大豆作为食物的境遇是十分尴尬的，一旦找到了石膏点化豆腐这一诀窍之后，豆腐很快发展出形形色色的各种吃法，臭豆腐、豆腐球、毛豆腐、纹丝豆腐等等，纪录片在娓娓道来中将豆腐的前世今生和盘托出。豆腐的命运也如同人的命运一样，这是在讲美食，也是在讲人生哲学。

食物有着不同的味道。酸、甜、苦、辣、咸，五味调和，变化万千。每种味道都反映了不同的人生况味。人们不仅喜欢甜所代表的幸福和喜悦的感觉，也青睐苦所意味着的丰富人生历练。例如陈皮鸭，人们爱吃陈皮鸭，不仅是在品味陈皮鸭所散发出陈皮苦中回甘的芳香，也是在品味世俗生活的人生况味。再如，在豆腐清寡的味道之中蕴含着某种精神方面的气质。“中国古人称赞豆腐有和德。吃豆腐的人能安于清贫，而做豆腐的人也懂得‘顺其自然’。”《舌尖上的中国》在介绍各种味道美食的同时，更深入到每位饮食者的内心世界。因为，人类“对于味道的感知定义，既源于饮食，又超越了饮食。也就是说，能真真切切地感觉到‘味’的，不仅是我们的舌头和鼻子，还包括中国人的心”。 看似味道是厨师之于食物的创造性加工，而实际上，“五味最佳的存在方式是调和以及平衡，这不仅是中国历代厨师不断寻求的完美状态，也是中国人在为人处事、甚至在治国经世上所追求的理想境界”。五味调和是美食的艺术，更是人生的艺术。

《舌尖上的中国》以日常生活中的饮食作为切入点，讲述劳动者春耕、夏耘、秋收、冬藏的辛勤劳作，讲述厨房中水与火交融的烹饪技术，讲述各种食物独特的味道。这是在讲述舌尖上美食的故事，同样也是在讲述舌尖上的人生艺术。

《蒹葭》的形式分析

《诗经·蒹葭》的艺术表现力与感染力更多源自其文本形式而非内容:《蒹葭》在文本语言上的非特指性产生了巨大的想象与艺术再创空间;《蒹葭》把自然界的物理时空转化为虚拟的心理时空,通过时空的拓展来表达歌者内心深蕴的情感;《蒹葭》还体现了中国诗歌原初的声音诗学,通过歌声的反复咏唱来表现心中浓郁的情感。

经典作品之所以能够超历史而激起读者的阅读共鸣,其中一个重要的特质就在于文本的开放性结构具有无限被阐释的可能。几千年来,《蒹葭》这么一首短短的诗歌,不知牵动了多少痴男怨女的心弦,激发了多少有关浪漫与忧伤的回忆,在每一次阅读与接受中拓展了对该诗无限遐想的情感空间。仅就它的主题来说,古代经学家多持"怀人求贤"说,"五四"以来学者多释为"恋爱情歌",钱钟书先生则认为是"企慕的象征"。其实,《蒹葭》在《诗经·秦风》中的出现本身就是一个"奥秘","向来以粗犷、激扬、劲厉著称的'秦风',却飘出一支幽婉浩渺的《蒹葭》",由此而被誉为"《国风》第一篇飘渺的文字"[①]。王国维也曾赞曰:"《诗·蒹葭》一篇,最得风人深致。"[②] 至于如何"飘渺",怎样"深致",读者大多在主

① 魏耕原:《"国风"的第一篇飘渺文字——说〈诗经·秦风·蒹葭〉》,《文史知识》,1992年第6期。

② 王国维:《人间词话》,上海:上海古籍出版社,1998年,第6页。

题思想的解读上智者见智，却很少从文本形式角度来分析其为何具有广泛而深刻的艺术感染力。

这原本就是一首歌，一首浪漫而忧伤的歌。歌者是谁，我们并不知道；向谁而歌，我们也不知道。我们所知道的仅仅是有位歌者在苍凉的秋风中，面对横亘眼前的河流，以歌声倾吐内心浪漫的向往与求之不得失落的忧伤。从内容中所得信息，仅此而已。但是，为什么这么简单明了的诗歌会历久不衰地如此感染、感动着读者呢？这正是《蒹葭》在文本形式上进行艺术化处理的结果。

> 蒹葭苍苍，白露为霜。所谓伊人，在水一方。
> 溯回从之，道阻且长。溯游从之，宛在水中央。
> 蒹葭萋萋，白露未晞。所谓伊人，在水之湄。
> 溯回从之，道阻且跻。溯游从之，宛在水中坻。
> 蒹葭采采，白露未已。所谓伊人，在水之涘。
> 溯回从之，道阻且右。溯游从之，宛在水中沚。

在笔者看来，《蒹葭》在文本形式上的开放性结构远远超越了文本内容在主题思想上的艺术表现力，甚至正是文本形式赋予了文本内容的多元化解读，抑或可称为形式丰富了内容的艺术表现力。《蒹葭》在文本语言上的非特指性产生了巨大的想象与艺术再创作空间。因为文学语言是一种审美符号，并且“严格意义上的审美符号是一种独立自主的虚幻性的形式，并不指称任何特定的客体实在”①，于是，在歌者与“伊人”这一对象性关系中，歌者隐匿在文本背后，而“伊人”又是不确定的，由此导致双

① 赵宪章：《文体与形式》，北京：人民文学出版社，2004年，第222页。

方明确身份缺席，于是诗歌中的环境描写便凸显出来。在诗歌的艺术效果上，环境由此上升为第一要素。所以，读者阅读《蒹葭》所感受到的，是一种风飘飘、水淋淋、湿漉漉富有灵性的印象。由于诗歌在景物描写上对悲凉的秋意大肆渲染，人的情感不觉亦随之苍凉凄切，最终营造了诗歌在情景上的若合一契以及情绪上感伤的整体氛围。同时，因为歌者与“伊人”身份均不可知，只能诉诸环境描写来建构彼此的对象关系。于是，各种对这一关系的考证便由此生发，诸如“怀慕贤人”“恋爱情歌”等等说法。再者，从接受美学的角度来说,《蒹葭》预设了文本空白，读者阅读的时候便带着个体情感体验进行了一次艺术再创造式的填充。当读者阅读《蒹葭》的时候，其实已不再是歌者在唱心中的悲歌，每一位读者也都在歌唱自己的过去与未来，在艺术接受的同时也拓展了《蒹葭》文本内容的情感辐射范围。

在时空关系上,《蒹葭》善于把自然界的物理时空转化为虚拟的心理时空，通过时空拓展来表达歌者内心深蕴的情感。首先，从空间上看，歌者与“伊人”的距离不过是近在咫尺的“在水一方”，通过歌者反复咏唱“伊人”“宛在水中央”“宛在水中坻”“宛在水中沚”可知,“伊人”近在眼前。可是，如此目之能及的距离在歌者的咏叹中又是那样的遥远 —— 歌者不仅反复用“溯游”“溯回”来刻意形容相见路之曲折，更以道阻“且长”“且跻”“且右”来极力渲染路之艰难，原本隔水相望的咫尺距离被夸大为“上下求索”的天涯相隔。其实在这里，歌者是把自然物理空间转化为想象中的心理空间了。这正是歌者追求“伊人”的内心情感的形象表达：他（她）距离“伊人”如此之近，心理上却又如此之远。通过从物理空间向心理空间的转化，我们可以体验到歌者对“伊人”在情感上的热切以及求之不得后的极大失落。

艺术符号是一种情感符号，它允许艺术家的情感思维不遵循客观现实的空间逻辑，并且艺术家也正是通过对物理空间的超越才能实现心理空间的拓展。因为人的心理空间越广阔，所激发的审美体验越丰富，所受到的艺术审美感染也就越深刻。① 同样，在艺术创造上，文本形式预设的心理空间越广阔，人在阅读文学作品的时候受到的审美感染也就越为深刻。清代学者牛运震说："'所谓伊人，在水一方'，位于内容的中心焦点，极要紧的话，却恍惚其辞，不可色相。"② 这正是《蒹葭》对文本形式的艺术化处理。如果《蒹葭》果真不再"恍惚其辞"，可以"色相"的话，那就可以成为历史的考据了。确实有学者费尽心思根据"在水一方"以及"溯游""溯回"去考证河流的走向与"诗人位置"和"伊人位置"，③ 这就和《红楼梦》索隐派的猜谜语别无他样了。在时间上，有学者称"白露"体现了时间的变化，白露"为霜""未晞""未已"的变化，形象描绘了从朝露成霜到融为秋水的渐变情状与过程，刻画了时间发展的轨迹，由此来说明歌者是天刚放亮就来到河滨，一直待到旭日东升，露水方干。其实这也不是现实中的物理时间，而是歌者在情感想象中的心理时间。

《蒹葭》在文本形式上还体现了中国诗歌原初的声音诗学。在源头上，诗与歌是不分的，不过在《诗经》的时代，诗更多依赖声音系统来传情达意。所以，通过对歌声的解读进行诗的分析最能贴近歌者的心灵，诗歌在本源上就是一种声音诗学。历来我们解读《诗经》总是评价其重章叠句，一唱三叹，富有音律美，仅仅把音律作为对诗的解读的次要方面。其实，音律并不是附着在诗上的华丽外衣，它在起源上恰恰就是诗的内核，因为要歌唱所以才有了语言歌词。《蒹葭》三章，隔句押韵，首句入韵，每章

---

① 席勒:《审美教育书简》，冯至，范大灿译，北京：北京大学出版社，1985年，第26封信。

② 魏耕原:《"国风"的第一篇飘渺文字——说〈诗经·秦风·蒹葭〉》,《文史知识》,1992年第6期。

③ 涂光雍:《〈蒹葭〉"溯游"、"溯回"解考辨》,《华中师范学院学报》，1985年第3期。

转韵，是最为典型的重章叠句结构。王力《诗经韵读》认为,《蒹葭》三章分别用了三韵，即阳韵、脂微合韵和之部韵。苍、霜、方、长、央均属阳部韵；凄、晞、湄、跻、坻属脂微合韵；采、已、涘、右、沚均属之部韵。[①] 通过音韵的分析，我们可以更为鲜明地把握歌者反复咏唱《蒹葭》之歌的情感变迁，他（她）的反复咏唱并不是简单的情不能已，而是一种情感的层层递推。起初，歌者对“伊人”的追求抱着乐观的态度，虽然知道不会那么一帆风顺，但尚未萌生无奈的幻灭，所以在歌中依然流露出意气风发的情绪，第一章韵脚落在音域宽广、底气充沛的阳部韵；继而，随着歌声再起，歌者的情感已渐渐低迷，在底气上也不再如最初那样饱满昂扬，于是第二章韵脚就落在音域上不如阳部韵宽广的脂微韵；最后，歌者感觉对“伊人”的追求已经彻底无望，情绪一落千丈，在歌声的表现上更加逼仄低沉，于是第三章的韵脚就落在之部韵。从阳部韵到脂微韵再到之部韵，歌者声音的渐趋低沉婉转正是情感渐趋颓唐无奈的表现。歌声的反复咏叹表达的不仅是歌者情感上的无穷向往，也是一种难遂心愿的落寞与感伤。通过对《蒹葭》的音韵分析，可清晰地看到歌者情感是如何得到形象生动传达的。

一首《蒹葭》，千载传唱，令无数读者为之倾倒，勾起浪漫与忧伤情怀。《蒹葭》自问世后就不再仅仅属于那位河边的歌者。每一位读者与它相逢的时候，都是在歌唱自己曾经的记忆和对未来的向往。《蒹葭》能超越时空获得受众喜爱，归根结底在于它在文本形式上的开放性结构，因此也涵纳了异彩纷呈的情感回忆。

---

① 王力:《诗经韵读》，上海：上海古籍出版社，1980年，第228–229页。

后　记

收在这本小书里的文章是近十来年所写的部分论文，关注的主要领域在文学批评理论与当代小说批评方面。这些论文大多也曾先期发表过，感谢《当代作家评论》《扬子江评论》《创作与评论》《天府新论》《中南大学学报》《天津师范大学学报》《江苏师范大学学报》《北京工业大学学报》《江苏大学学报》《河北民族师范学院学报》《语文知识》等刊物的录用。现将之辑录在一起，一方面是回顾往昔，反思十多年走过的路，作为一种纪念；另一方面是展望未来，继续行走在文学批评的路上，作为一种激励。

十年前，从烟雨江南来到紫塞江南工作；十年后，从燕赵大地回到美好江苏。兜兜转转一圈，也来到了不惑之年。本书的出版，感谢中央民族大学出版社杨爱新老师的督促与编校，感谢盐城师范学院宽松自由的工作环境，感谢十年来诸多好友的激励与陪伴。回首过去十年写作，倍感惭愧，希望以后更多一些勤奋，用写作来充实未来。

李新亮

二〇二三年二月